목

사도세자의 마지막 7일

숨

나남
nanam

작가 **김상렬**(金相烈)은 1975년 〈한국일보〉 신춘문예에 소설 〈소리의 덫〉이 당선
되어 문단에 나왔다. 지금은 공주 마곡사 근처의 한 산촌에서 오직 글농사, 밭농사
에만 전념하고 있다.
그동안 펴낸 작품집으로는 《당신의 허무주의》, 《붉은 달》, 《따뜻한 사람》, 《달아
난 말》, 《그리운 쪽빛》 등이 있다.

나남창작선 84

목 숨
사도세자의 마지막 7일

2008년 1월 25일 발행
2008년 1월 25일 1쇄

저자_ 김상렬
발행자_ 趙相浩
발행처_ (주) 나남
주소_ 413-756 경기도 파주시 교하읍
      출판도시 518-4
전화_ (031) 955-4600 (代), FAX : (031) 955-4555
등록_ 제 1-71호(79.5.12)
홈페이지_ http://www.nanam.net
전자우편_ post@nanam.net

ISBN 978-89-300-0584-5
ISBN 978-89-300-0572-2
책값은 뒤표지에 있습니다.

김 상 렬

장편소설

목숨

사도세자의 마지막 7일

나남
nanam

오늘의 왕도王道는
어디에 있는가?

숨 막힐 듯 무더운 한 계절, 내가 바로 뒤주에 갇힌 사도(思悼)였다.

꼭 그만한 공간의 좁고 어두운 풍주선원 골방에서, 혹은 어리석은 미망이 불러일으키는 마음의 감옥 안에서, 나는 도무지 꼼짝달싹할 수가 없었다. 그럴 때면 나는 곧 친애하는 사도에게 이런 질문을 던졌다.

— 인간이여, 어쩌다가 그 지경이 되었는가?

이를 다시 바꿔 말하자면 '나는 도대체 누구인가?'에 다름 아닐 터.

그에 대한 소박한 대답이 이 소품으로 빚어진 셈이다. 피냄새가 진동하는 칼바람 속에서 우리네 본성은 얼마나 잔인, 교활하고 사악해질 수 있는가를 나름대로는 제법 진지하고 속 깊이 천착해 보았는데, 글쎄. 아울러 그와 정반대의 착하고 아름다운 사랑에의 가능성까지도 늘 잊지 않았다.

이것은 어디까지나 문학적 상상력으로 만들어진 가공의 현실이다.

역사가 아니라 소설이다. 등장하는 인물들이나 줄거리의 얼개는 철저하게 그 시대의 사초(史草)를 토대로 삼았으되, 그 구성이나 서술 전개에서는 순전히 작가 나름의 작의(作意)가 우선되었음을 밝혀 둔다. 뒤주에 갇힌 세자가 죽은 건 정확히 아흐레(영조 38년인 1762년 윤5월 13일부터 21일까지) 만이지만, 이를 과감히 일주일로 줄여 기술한 것 역시 그러한 소설적 장치를 적절히 이용하기 위한 이유에서이다.

따라서 여기에는 당시의 기록에 존재하지 않는 사람이 불쑥 튀어나오거나 사건이 생겨나기도 하고, 단순한 개연성만으로 어떤 곁가지 이야기가 사실인 양 엮여지기도 한다. 현명한 독자들의 오해와 착각 없으시기 바란다.

소설은 지난날에 있었거나 오늘 벌어지는 일, 그리고 앞으로 일어날 수 있는 모든 일들을 취급하고 상대한다. 그러므로 이 소설은 어쩌면 이미 지나가 버린 과거 속의 옛이야기가 아니라, 우리가 아프게 살아갈 새로운 미래에의 담론이며 화두인지도 모르겠다.

이 작품을 쓰는 데에는 기왕의 많은 서책과 앞선 참고문헌 등이 큰 도움이 되었다. 그렇게 길을 열어 주신 여러 사학자 선생님들과 나남의 조상호 형께 깊은 감사를 드린다.

2008년 정초, 새 날을 맞으며
김 상 렬

5

목숨

사도세자의 마지막 7일

차례

6

일식

쾅, 세상의 문이 닫혔다. 아버님이 나를 정말 죽이실까? 아니야, 하고 나는 강하게 고개를 가로저었다. 그러나 당신은 손수 나무뚜껑을 닫고 둠중한 자물쇠까지 찰그락 채운다. 눈앞이 너무 어두워, 나는 질끈 두 눈을 감는다. 그리고 어금니를 지그시 깨물고 있다가 천천히 눈을 뜬다. 하지만 나를 그물처럼 옥죄며 에워싸는 건 여전히 캄캄칠벽뿐이다. 어둠을 더욱 짙고 무겁게 나를 감싸며 천근의 무게로 짓누른다. 그 어둠의 농도가 너무 진해서, 차라리 희디흰 빛이 아닐까 싶다.

쾅, 세상의 문이 닫혔다.

아버님이 나를 정말 죽이실까?

아니야, 하고 나는 강하게 고개를 가로저었다. 그러나 당신은 손수 나무뚜껑을 닫고 둔중한 자물쇠까지 찰그락 채운다. 그것도 모자라,

"가서, 긴 널판자와 대못을 가져오너라."

또 누군가에게 불호령이다.

눈앞이 너무 어두워, 나는 질끈 두 눈을 감는다. 그리고 어금니를 지그시 깨물고 있다가 천천히 눈을 뜬다.

하지만 나를 그물처럼 옥죄며 에워싸는 건 여전히 캄캄절벽뿐이다. 어둠은 더욱 짙고 무겁게 나를 감싸며 천근의 무게로 짓누른다. 그 어둠의 농도가 너무 진해서, 차라리 희디흰 빛이 아닐까 싶다. 그 어둠에 익숙해지려고 몇 번씩이나 두 눈을 깜작이는 사이, 밖에서는 대못을 쾅쾅 때려 박고 동아줄까지 둘러 묶어대느라 야단이다.

11

지금은 저래도 당신이 하마 세자인 나를?

결코 죽이진 않으리라는 믿음이, 한 움큼의 햇살과 함께 비쳐 들어온다. 천우신조라더니, 뒤쪽 한 귀퉁이에 주먹만 한 옹이가 떨어져 나간 듯 웬 구멍이 나 있다. 그것만으로도 나는 얼마쯤 숨을 내쉴 수 있을 것 같다. 하지만 홱 돌아선 당신의 성난 음성은 어둠 밖에서 또 이렇게 들려온다.

"지키는 입직 군사 외에는, 어느 놈도 이곳을 얼씬거리지 말라. 그 땐 가차 없이 목을 베리라."

"……"

그리고 정적.

당신이 대전으로 돌아간 다음, 사위는 갑자기 죽은 듯 고요해졌다.

어떤 지존의 엄명인데, 누가 감히 이곳을 얼씬거리며 나를 애달파 동정할 것인가. 그들은 아까 참에도 잠깐씩 연민의 언행을 보였다가, 대번에 칼바람 맞는 몇몇 흉한 꼴을 두 눈으로 똑똑히 보았었다. 궤 안으로 들어가려는 나를 엎드려 한사코 만류하던 시강원 강관들은 다 역적으로 몰려 쫓겨났고, 잠시 후 시위 별감들이 또 땅에 엎드려 곡하자, 당신은 시퍼런 장검을 탕탕 두드리며 호통쳤었다.

"이놈들마저 저 흉인을 두려워하고 내 편을 안 드는구나. 선전관, 저 중의 한 놈을 끌어내, 목을 베어 합문 밖에 걸어두라!"

12

"예, 전하!"

이렇듯 궁관들이 무참하게 칼에 베이거나 멀리 쫓겨났음에도, 나의 억울을 끝내 감싸고 비호하던 임덕제와 이광현만은 흐느껴 땅에 엎드린 채 떠나지 않았다. 그러자 당신은 저 두 놈도 당장 잡아내어 목을 치라고 명하였으나, 금군들의 난폭한 강압을 뿌리친 한림 임덕제는 두 눈 똑바로 뜨고 이렇게 소리쳤다.

"놓아라, 이 손은 사필(史筆)을 잡는 손이다. 이 손과 목이 싹둑 잘릴지언정, 나를 결코 여기서 끌어낼 수는 없다."

"저놈도 분명 역적이렷다!"

목숨을 걸고 비호하던 나의 두 후견인이 또 여지없이 밖으로 끌려나갔다.

너희마저 가버리면 이제 누구를 의지하란 말이냐?

억지로 질질 끌려나가는 두 충직스런 신하를 안타까이 바라보면서 나는 진정 속으로 뇌까렸다. 문득 눈보라치는 드넓은 황야에 홀로 내팽개쳐진 미아가 되어버린 느낌이었다.

이게 과연 꿈인가 생시인가.

나는 실성한 듯, 이미 사라진 두 사람의 헛그림자를 따라 합문 밖으로 걸어나갔다. 그리고는 담장에 대고 자신도 모르게 오줌을 질금질금 싸지른 다음, 그 자리에 무너지듯 주저앉았다. 당신의 불붙은 칼날의 저 드센 기세로 미루어 본다면, 일은 이미 돌이킬 수 없는 진

13

구렁창으로 빠져든 게 틀림없다. 한 번 달궈진 그 불의 성정은 반드시 붉은 피를 보고야 말 것이었다.

하지만 땅에 주저앉아 다시 생각하니 얼핏 서광이 없는 것도 아니었다.

따지고 보면 얼마나 인정 많고 눈물 흔한 주상이었나. 비록 언제 어디로 튈지 모르는 기복 심한 성격파탄의 정서불안이 있기는 하나, 당신의 그러한 점이 바로 나를 살려내는 쪽으로 혹 작용하지는 않겠는가.

그래, 당신은 다만 버릇없는 나를 호되게 책망하고 혼내주려는 것뿐이야. 못된 아들놈의 심성을 개과천선시키기 위해, 앞으로의 새 군주로서의 드높은 덕망과 지도력을 한껏 기르고 시험해보기 위해 저런 엉뚱한 장난을 치고 계신지도 몰라!

그래서 나는 쪼그려 앉아있던 자리에서 벌떡 일어나 다시 합문 안으로 걸어 들어갔었다. 그러나 기다리고 있던 당신은 약간 뜨악한 표정으로 쏘아보면서,

"어서 들어가라."

여전히 얼음장 같은 찬바람을 또 휙 일으켰다.

나는 손수 소맷자락을 걸어 올리고 두 손으로 뒤주의 두 모서리를

짚은 채 애원하였다.

"아버님, 살려 주옵소서."

아버님이라 불러보는 것도 실로 얼마 만이던가. 아니, 내가 기억하기로는 아예 생전 처음인 것도 같았다. 그럼에도 목메어 '살려 달라'고 애걸한 건 스스로도 비겁하고 나약하게 여겨져서 이내 후회되었다. 죽을 때 당장 죽더라도, 또는 참을 수 없을 만큼 분하고 원통할지라도 조금은 의연한 장부답게 차라리 입을 굳게 다물고 있을 걸 그랬다. 당신은 뭘 그리 꾸물거리느냐면서 다시 소리쳤고, 나는 싱긋 하늘을 보았었다.

그때 나는 웃었던가?

결코 웃지는 않았었다. 그런데도 당신은 저 흉측한 것이 한껏 조소어린 웃음으로 나를 능멸한다면서 한 번 더 소리쳤고, 나는 이제 더 이상의 주저 없이 뒤주 안으로 들지 않으면 안 되었다. 그리고 세상은 이내 캄캄한 어둠 속으로 변했다.

일식(日蝕).

어둠이 태양을 집어 삼키고 있었다.

어느 해였던가. 인정전 앞마당에선 일식을 퇴치키 위한 의식이 한창이었다. 잠시나마 태양을 사라지게 하는 사악한 기운과의 한바탕 전쟁, 혹은 굿판이었다. 그 전장의 장수, 혹은 박수무당은 물론 아버지 당신이었다.

여기에서 사용되는 기물은 북과 깃발, 창, 도끼 등의 무기류였다.

북은 세 개였는데, 왕이 자리한 북쪽을 제외하고, 동쪽과 서쪽, 남쪽에 하나씩 배치하였다. 동쪽에는 동방천을 상징하는 푸른색 북을, 서쪽에는 서방천을 상징하는 흰색 북을, 그리고 남쪽에는 남방천을 상징하는 붉은색 북을 놓았다. 그 각각의 북 안쪽에는 같은 색깔의 깃발을 벌여놓고, 북의 바깥쪽에는 병기들을 주욱 늘어놓는데, 동쪽에는 외날창을, 서쪽에는 도끼를, 그리고 남쪽에는 삼지창을 놓아두었다. 적을 기다리는 용의주도한 군진과 조금도 다를 바가 없었다. 군사들도 요란스레 동원되었다.

일식이 시작되기 전, 소복을 입은 왕이 북쪽에서 해를 향하여 앉았다. 왕이 앉은 자리는 하늘의 중심에 해당되는데 바로 호천상제가 있는 곳이다. 왕은 이곳에 앉아 동방천, 서방천, 남방천의 청제, 백제, 적제를 지휘하여 하늘의 운행질서에 도전하는 사악한 기운과의 일전을 준비하는 거였다.

일식과의 전쟁은 세 곳에 벌여놓은 북을 치는 것과 동시에 시작되었다. 둥둥둥, 북소리가 울리면 하늘의 삼군과 지상의 병사들을 이끌고 적을 향해 돌격해 들어가는 시늉을 짓는 거였다.

어떤 전쟁이든, 전쟁은 북소리와 함께 시작되었다.

병사들에게 적진을 향해 돌격하도록 명하는 것이 북소리였고, 적을 물리치는 최후의 순간까지 병사들을 독전하는 소리도 이 북소리 였다.

그와 마찬가지로, 일식이 시작되면서 울린 북소리는 일식이 끝날 때까지 계속되었다. 그동안 왕과 병사들은 자신들의 자리를 꼼짝하 지 않고 사수하였다. 자리를 이탈하면 곧 사악하고 교활한 적에게 틈을 보이는 결과였다.

드디어 일식이 끝나고 다시금 찬란한 해가 본래대로의 얼굴을 내 밀었다. 전쟁에서 이긴 왕은 도도한 승리감에 취하여 활짝 웃는다. 하늘에는 태양이 있고, 지상에는 왕이 있었다. 그때 나는 혼자 생각 하였다.

아, 나는 언제쯤에나 저런 찬란한 광휘에 휩싸이는 존재가 될 수 있을 것인가.

벌써 목이 마르다.

입 안이 버석버석 모래알로 차는 듯싶다. 가슴이 답답하고 옷은 진땀으로 흠뻑 젖어든다.

그러나 나를 더욱 미치고 환장하게 만드는 건 견딜 수 없는 수모 감이다.

이게 어찌된 것일까. 일이 어쩌다가 이 지경에까지 이르렀나?

도무지 믿을 수 없는 현실이다. 너무 어처구니가 없어 스스로 뺨을 때려보고 애꿎은 허벅지 살점까지 꼬집어보기도 하지만, 캄캄 뒤주 속에 갇혀 있는 참담한 현실은 결코 꿈은 아니다.

그렇다면 누가 이 기막힌 형틀을 생각하고 바깥으로 끄집어냈을까?

죄인을 벌주고 가두는 곳으로야 의금부 형방보다 더 좋은 곳이 어디 있을 것이며, 세자로서의 체통에 문제가 있다면 하다못해 평소의 처소 가까운 한 골방이나 내수사 곳간 따위를 먼저 떠올렸음직도 한데 하필이면 캄캄 뒤주라니. 이건 암만해도 황당하고 또 황당하다. 일식을 상대로 싸워 물리치겠다고 군사와 깃발, 북소리까지 동원해가며 한바탕 소란을 벌이는 궁중의 벽사의식만큼이나 어이없고 황당하다.

누구였을까? 과연 누가 이 뒤주형벌 발상을 떠올렸을까? 정말 아버님이?

아니다. 아닐 것이다. 내 땅 속 별궁의 야릇한 뒤주의 존재를 당신이 직접 확인해 본 적은 결코 없었으니까.

그렇다면 장인인 홍 영감이?

맞아. 이 뒤주의 존재를 아는 이는 아내와 동궁의 내 신하들 말고는 달리 없잖은가! 노론당의 간자(間者)로서 더없이 충실한 아내가, 이번 사건의 지휘자 격인 지 친정 아비에게 미주알고주알 다 일러바친 게 틀림없다.

이럴 줄 알았더라면 아까 차라리 내 손으로 자결하고 말 것을.

칼이 무릎 앞에 놓여 있다면 지금이라도 당장 목을 찌르고 싶다. 한순간에 심장을 찔러, 콸콸콸 검붉은 피를 쏟아내고 싶다. 질긴 이 목숨이 이렇게 참담히 더럽혀지고 치욕스러워질 줄 어찌 알았으랴.

밤과 낮을 구별할 수 없는 어둠 속에서, 나는 주먹만 한 쥐구멍을 통해 밖을 애써 내다보았다. 바깥 역시 어느새 지척을 분간키 어려운 칠흑의 어둠 속에 잠겨 있다.

"거기, 누구, 없느냐?"

나는 힘겹게 입을 열며 목벽을 두드린다. 부질없는 짓인 줄 훤히 알면서도 나는 애타게 누군가를 찾는다.

그런데 놀랍게도 그 누군가가 아주 가까이에 다가와서 그 좁은 구멍 안으로 물이 담긴 주전자 주둥이를 서둘러 들이미는 게 아닌가. 청심환을 탄 냉수이다.

나는 벌컥벌컥 게걸스럽게 그 물을 받아 마셨다. 그리고 재빨리 무명저고리를 벗어 똘똘 말아 내주며 어서 베적삼으로 바꿔 오라고 이른다. 땀이 차고 끈적거리는 무명보다는 삼베가 훨씬 시원할 듯싶어서이다.

옷을 받아든 이가 급히 사라져 가자, 이번에는 미리 대기하고 있던 미음 주둥이가 구멍 앞으로 다가온다. 나는 죽음의 위협까지 무릅쓴 채 미음 담긴 주전자 주둥이를 밀어 넣어주는 그의 뜻과 충성심이 고마워서, 그것을 순식간에 다 비운다. 아니, 좀 더 살고 싶어서, 죽지 않고 악착같이 살아 복수하기 위해서 그것을 단숨에 꿀꺽꿀꺽 먹어 치웠다고 해야 옳으리라.

그런데 그 순간, 미음이 황망이 물러나는 것과 거의 동시에 당신의 거친 음성이 우레처럼 터져 나왔다.

"이런 고오얀 것들, 그 쥐구멍을 어서 막지 못할까?"

"……"

"좋다. 그럼 내가 막으마."

그리고 당신이 직접 판자조각으로 쾅쾅 구멍을 막고 못질하였다. 어둠 속이었지만, 나는 분명 판자를 부르쥔 당신의 손을 똑똑히 보았었다. 그 증오와 살의가 도대체 얼마나 깊으면 저 지엄한 어수(御手)로 직접 망치를 두드려 못질까지 할까.

아, 나는 이제 진정 죽은 목숨이로구나. 어릴 적 틈만 나면 내 머리를 쓰다듬고 맛있는 걸 먹여 주던 그 따뜻한 손이, 도대체 무슨 전생의 악연이 있어 저렇듯 차디찬 저승사자로 돌변해 버렸단 말인가.

그러나 당신은 더욱 큰 소리로 외친다.

"오늘 이 시각, 비로소 세자를 폐하여 서인으로 삼는다!"

"…… ?!"

베적삼을 빨리 가져왔어야 하는 건데, 하고 나는 속으로 혀를 찬다. 당신이 저 쥐구멍을 막기 전에 미음 주전자를 다 비운 건 그나마 다행스런 일이다, 하고 나는 또 생각하였다. 그러다가 피식, 실소를 베어 문다.

어쨌든 나는 죽게 돼 있는데, 그런 게 다 무슨 소용이란 말인가.

당신은 방금 세자를 폐한다고 분명히 소리쳤고, 나는 이상하게도 마음이 편안해지는 걸 느꼈다. 오래 참고 기다려 온 그 무엇인가가 한순간에 덜컥 이루어진 듯한 묘한 기분이었다. 나는 또 다시 생각한다.

그래, 당신은 말만 그래놓고 슬그머니 나를 풀어주실 작정인 거야. 차마 죽이지는 못하고, 어디 한적한 곳에라도 잠깐 유배 보낼 생각이시겠지. 그래서 지금, 당신은 그럴 듯한 명분을 찾고 계시는 거라구.

나는 벽에 등을 기댄 채 두 다리를 쭈욱 뻗는다.

공간은 의외로 넓고 아늑하다.

두 팔을 벌려 본다. 손과 손끝이 양쪽 벽에 딱 마주친다.

나는 다시 다리를 접고 자세를 바꿔가며 반대쪽 측면의 길이도 재 보고, 높이는 또 어떤지도 가늠한다. 일어설 때 허리를 조금 꺾어야 한다는 점 말고는, 눕거나 앉아 지내기에 그다지 불편하진 않을 듯

21

싶다.

어차피 하루이틀 뒤면 밖으로 나가게 될 것, 그까짓 베적삼이 없으면 어떻고, 잠 좀 못 자면 어떠랴. 조용히 가부좌를 틀고 앉아, 깊은 선정(禪定)에나 들리라. 내가 누구인지, 나는 과연 어떤 존재이며 왜 살고 있는 것인지 한 번 본때 있게 따져 보리라.

가만, 세자를 폐한다는 건 곧 죽이겠다는 의미가 아닐까?

정말 그럴지도 모른다. 이곳에 갇히기까지의 과정을 곰곰 되짚어 본다면, 그것은 거의 확신에 가깝다. 스스로 자결하라며 칼을 던져 줄 때의 그 무서운 광기에 젖은 눈빛이나, 뒤주 뚜껑을 덮고 직접 못 질하던 그 저주 어린 손길에서 나는 이미 당신의 변함없는 살의를 확고하게 전달받았었다.

그럼에도 나는 어떻게든 그에서 벗어나 보고자 끝내 잔꾀를 부리고 발버둥만 쳤으니 심히 부끄럽다. 당신이 죽으라 할 때 당당히 죽어 주었다면 충분히 이 치욕스런 수모를 당하지 않을 수도 있었을 텐데.

하지만 아내가 보여준 마지막 그 태도는 아무래도 서운하다. 사지(死地)로 끌려 나가는 남편이 괜스레 미친 척하면서 중병환자 노릇 좀 하려고 아들의 방한모를 속히 가져 오라 일렀더니,

"이 땡볕 속에 모자는 무슨 … 꼭이 쓰시겠다면, 세손 모자는 너무

작으니, 당신 것을 쓰셔요."

극히 매몰차게, 꽤나 상투적으로 응대하는 거였다.

그것을 쓰면 오히려 이상하게 보여 과연 제정신이 아니라고 판단하실 터이기에 일부러 그런 것을, 그네는 정녕 그 까닭을 몰랐을까? 나는 서슴없이 말하였다.

"자네는 참 무섭고 흉측한 여자로구먼. 혼자 임금아들 데리고 오래오래 살려고, 그걸 꺼리는가? 자네하고 세손한테 화가 미칠까 봐?"

"무슨 그런 맘에도 없는 말씀을 하셔요? 자, 그럼 원하시는 대로 이걸 쓰소서."

"싫네. 꺼려하는 걸 써서 뭘 어쩌겠나. 임금아들 데리고 부디 잘 살게나."

그리고 나는 당신이 기다린다는 휘령전 쪽으로 비틀비틀 걸어 나아갔다.

휘령전은 이미 5년 전에 세상을 뜬 임금의 첫 번째 정비이면서 나의 법적인 어머니 정성왕후 서씨의 혼전(魂殿)임과 동시에, 왕족이 이승 떠날 때 절하는 곳, 궁 안의 사당이었다.

당신이 이윽고 휘령전의 전상에 자리잡고 앉자, 나는 뜰아래 좌대에서 네 번 절하는 의식을 행하였다. 따지고 보니 그것이 곧 당신께 올린 마지막 하직인사였다. 그 예를 마치자마자 당신은 갑자기 손뼉

을 치면서,

"그대들 역시 저 신의 소리를 들었는가? 방금 저 하늘의 정성왕후가 내게 정녕 큰 변란이 호흡 사이에 달려 있다고 말하였도다!"

두 눈에 이글거리는 숯불을 달고 소리쳤다.

그 변란의 호흡은 곧 나를 지칭하는 것이었다. 아들인 내가 변란을 획책하고 역적을 모의했으니, 이제 그 대가를 톡톡히 지불하겠다는 뜻이었다.

나는 이제 더 이상 그게 아니라고 우기거나 변명하지 않았다. 왜냐하면 그것은 얼마쯤 사리에 맞는 진실이었으므로. 당신이 말하였다.

"거기 좌대에서 내려와 맨땅에 엎드리라. 그리고 관을 벗으라."

"예, 아바마마."

"버선짝도 벗고, 맨발로 엎드려 머리를 땅에 조아리라."

"예 … ."

나는 완전한 왕의 노예가 되어, 당신이 시키는 대로 맨땅에 머리를 조아렸다. 당신은 여전히 이글거리는 눈빛으로 긴 칼을 휘두르며 계속해 소리쳤다.

"네가 만약 순순히 자결하면 우리 조선국 세자로서의 이름은 잃지 않을 것이다. 자, 그러니 어서 자결하라."

그리고 내 무릎 앞에 칼을 내던졌다.

드디어, 하고 나는 생각했다. 아, 드디어 내가 죽는구나.

　분노와 슬픔을 이기지 못한 뜨거운 눈물이, 나도 모르게 주르륵 흘러내렸다.

　아득한 현기증이 눈앞을 사정없이 어지럽혔다.

　나는 당신이 던져 준 그 칼자루를 집으려다 말고, 그만 땅바닥에 이마를 내리찍었다. 몇 번이나 짓이기듯 그렇게 이마를 찧고 나서, 나는 고개를 들어 말했다.

　"부자란 천성(天性)으로 맺어진 혈연관계이며, 왕은 동서남북이니, 군부 앞에서 차마 흉측한 거조를 할 수 없습니다. 원하옵건대, 밖에 나가서 자결하게 해주소서."

　"저 악종을 보아라 … ."

　그래도 나는 기어이 자리를 옮겨, 휘령전 뜰 남쪽 모퉁이로 비틀비틀 걸어가서, 당신이 서있는 곳을 향해 다시금 땅에 엎드렸다. 시강원의 강관, 승사들도 모두 관을 벗고 나와 함께 부복했다. 전상에서 내려온 당신이 섬돌 위에서 또 소리쳤다.

　"내가 죽으면 삼백 년 종사가 망하고, 네가 죽으면 그런대로 종사는 보존될 것이다. 그러니 애비인 나보다 네가 죽는 것이 옳다. 내가 너 하나를 베지 않아 종사를 망하게 한다면 이 나라가 과연 어찌 되겠느냐?"

　"전하께서 칼로 찌르신다 해도 신은 그 칼끝에 놀라 도망치지 않을 것입니다. 바라옵건대, 지금 그 칼에 죽기를 간청하나이다."

25

나는 목놓아 통곡하며 외쳤다.

이마에서는 아까부터 피가 흐르고 있었지만, 그까짓 피나 아픔 따위는 아무것도 아니었다. 땅을 치는 내 말에 당신 또한 가슴을 치며 통곡하듯 말하였다.

"저놈, 저, 저, 말하는 걸 보라. 얼마나 흉악한가."

"……."

"어서 자결하라."

"예, 아바마마."

나는 허둥지둥 허리띠를 풀었다.

잔인한 칼 대신 목을 매는 쪽으로 얼른 방법을 바꾼 거였다.

머리 위 나무를 올려다보았다. 길게 늘어진 나뭇가지가 있었다. 허리띠에 고리를 만들어 나뭇가지에 걸고, 그 고리 안으로 고개를 들이밀었다. 결박된 고리 안에서 나는 금방 숨이 막혔다.

그러자 시강원 강관들이 헐레벌떡 달려와 서둘러 허리띠의 매듭을 풀고 의관을 부른다. 입진한 의관이 청심환을 물에 타 입에 넣어 주었으나, 나는 계속 뱉어냈다.

진정 살고 싶지 않았다. 이 가소로운 풍경을 어이없는 표정으로 지켜보던 당신이 또 소리쳤다.

"니놈들이 그러니까 저 흉인이 그걸 믿고 더 흉하게 구는도다. 어서 자결케 하라."

"전하, 세자저하께서 혹 실덕(失德)하셨더라도, 너그러우신 주상 전하께서는 왜 어질 인(仁)과 자비로서 동궁이 새로워지는 길을 열지 않으십니까? 굽어 살펴 주옵소서."

"니놈은 임성이렷다? 당장 파직이다!"

당신은 나를 위해 눈물 흘리고 간언하는 신하는 무조건 목을 칠 작정인가 보았다. 그런 뜻은 곧바로 더욱 분명하게 나타났다.

합문 밖에서 서성이던 영의정과 좌의정, 판부사 등 세 대신들이 누군가에게 떠밀리듯 들어왔는데, '전하, 굽어 살피시옵소서' 어쩌구 할 겨를도 없이 당신은 그 자리에서 이 세 정승들을 모조리 파직시켜 버렸다. 지금껏 침묵으로 일관해 온 장인 홍봉한까지 포함된 이들이, 세자인 나를 옹호하리라고 예상한 데 따른 기민한 조처였다.

하지만 이 운명의 뒤주는 이미 그때 장인의 귀띔에 의해 내 지하 별궁에서 급히 이쪽으로 옮겨지고 있는 중이었다.

뒤주가 놓인 지하별궁은 내가 평양 잠행에서 돌아온 직후 서둘러 만든 것이었다.

세 칸짜리 밀실로서 장차 무기고로도 이용할 계산이었지만, 겉으로는 다만 미친놈의 허튼 놀이공간쯤으로 인식시키는 데 손색이 없도록 허술하게 꾸몄다. 드나드는 쪽문을 위로 내어 사람이 겨우 들락

거릴 만하게 하고, 거기에 얇은 떼까지 덮어 위장하니 땅 속 집은 얼핏 흔적도 없는 것 같아서, 나는 몇 번이고 속으로 쾌재를 불렀었다.

그리하여 어느 누구도 얼씬거리지 못하게 경계하면서 그 안에 은은한 옥등까지 달아놓고 혼자 술을 마시거나, 새로 짠 뒤주 속에 들어가 시체인 양 누워 있거나, 불안스레 다가오는 앞으로의 나라살림을 은밀히 설계하거나 하였다. 한치 앞을 내다볼 수 없을 만큼 불안했던 어느 날 밤에는, 안암골 승방의 가선이를 불러들여 밤새껏 미친 듯 발가벗고 노닌 적도 있었다.

"허, 땅 속에 유락장 만들어 타락하는 것도 모자라서, 종당에는 니승까지 궁궐로 끌어들여? 자칫했더면 그 씨도 왕손으로 둔갑될 뻔했지 않았느냐, 이 천하의 역적놈아, 어서 자결하라!"

"아버님, 죽여주옵소서."

바로 그때 문제의 이 뒤주가 들어왔었다. 내가 지은 나의 무덤, 뿌린 대로 거둔다는 업보가 바로 거기 있었다.

그리고 그와 거의 동시에 나의 아들 산(祠)이, 세손이 들어왔다. 모두가 적으로 둘러싸인 고립무원의 사막에서, 눈이 멀도록 기다리고 기다리던 내 혈육이었다.

아들은 처참한 아비의 몰골을 보고 잠깐 경악하는 표정이더니, 이내 관과 도포를 벗고는 내 뒤에 납작 엎드렸다. 이제 겨우 열 살밖에 안 되었지만, 올 봄에 가례를 올려 제 여자를 맞아들인 탓인지 어느 결에 의연한 어른 흉내도 낼 줄 알았다.

"할바마마, 아비를 살려 주옵소서."

"어느 놈이 세손을 데려왔는가? 어서 다시 데리고 나가라. 어서!"

"아니 되옵니다. 할바마마. 저희 아비를 용서해 주옵소서. 아니면 이 세손을 대신 죽여주옵소서."

"별군직은 뭣하는가? 세손을 어서 끌어내되, 제 에미와 함께 궁 밖 외가로 내보내라. 앞으로 별도 하명이 있을 때까지 절대 궁 안으로 들어와선 안 된다. 알겠느냐?"

"할바마마, 할바 … ."

아들은 안 끌려가려고 기를 쓰며 발버둥쳤으나, 결코 무쇠처럼 완강한 어른들의 힘을 당해내지는 못하였다. 억지로 끌려나가는 저 모습이 혹 우리 생애 마지막 이별이지 않을까 싶어, 내 가슴은 찢어지는 듯 아팠다.

아아, 저 아들과 함께 손잡고 위대한 조선제국, 그 영원한 개혁의 나라를 건설해 보리라 꿈꾸고 또 꿈꿔 왔건만, 내 꿈은 이대로 정녕 일장춘몽으로 끝나고 마는 것인가.

아니다, 하고 나는 감연히 일어나 이마의 피를 닦고 갈퀴 같은 두 손으로 헝클어진 머리칼을 쓸어 넘겼다. 함부로 흐트러졌던 옷매무새를 추슬러 단정하게 손을 보았다. 제대로 된 의관이나 베적삼마저

덧입혀지지 않아 세자로서의 위엄은 형편없이 구겨지고 볼품없지만, 찌는 듯한 더위를 생각하면 오히려 다행이다 싶다. 그리하여 나는 새로이 마음을 다잡아먹고 비스듬히 등을 기대었던 자세를 똑바로 그러잡아 정좌하였다. 그리고 기다린다.

반드시 누군가가 올 것이었다. 지금 당장 그 누군가가 사경의 위험에 빠진 나를 구하러 목숨 걸고 달려올 것이었다.

먼저 아들 산이의 얼굴이 떠오른다. 울며 몸부림치며 별군직에게 억지로 끌려나가긴 했지만, 놈은 어떻게든 이곳으로 다시 찾아들 것이다.

애비를 살려 달라고 몸부림치던 놈의 마지막 모습이 눈앞에 선히 그려진다. 누구보다도 임금의 사랑을 독차지하는 나어린 세손인 데다가 또한 더없이 총명하고 지혜로운 아이라서, 산이는 어떻게든 제 할아버지를 어르고 떼쓰고 꼬드겨 충분히 설복시킬 수 있으리라. 치밀하고도 교묘하게 이번 일을 꾸민 노론당의 영수인 제 외할아버지인들, 진정어린 피눈물로 땅을 쳐 호소하고 마지막 소원으로 살려 달라 애걸하면, 아무 감정 없는 목석이 아닌 바에야 어찌 마음의 움직임이 없을 것인가.

영민하고 어여쁘고 꾀 많은 아내 역시 죽을 힘으로 용을 써 탄원

한다면, 까짓 늙은 눈물자루 시아버지 임금쯤 느껴 울도록 어찌 감흥시키지 못하랴. 대왕대비와 대비전의 여러 어른들에게 지아비 잃는 지극한 설움으로 읍소하고, 이 나라 조정과 권력의 요직을 두루 장악, 좌지우지하고 있는 친정 식구들을 움직인다면, 그 또한 능히 약발을 발휘하고도 남을 터이다.

그리고 어머니. 생모인 영빈 이씨는 어찌 되었는가? 가슴 치고 발을 구르며 진즉에 이쪽으로 달려왔어야 할 터인데, 이상한 일이다. 이제라도 허둥지둥 달려와 통곡을 터뜨려야 이치에 합당한데 … ?

그래, 어머니는 지금쯤 당신의 엄한 지아비의 용포자락을 붙잡고 세상에 어떤 천벌인들 친자식을 제 손으로 죽이는 법이 어딨느냐며 앙앙불락, 입으로 피를 쏟고 있을지도 모른다.

하지만, 하고 나는 또 고쳐 생각한다.

그네의 날카롭게 치켜 올려진 눈꼬리가 불현듯 눈앞을 스쳐 지나가서이다. 언제부터인지는 확실치 않으나, 저만큼 떨어진 먼발치께의 어머니는 매사 나를 못마땅한 눈으로 적당히 경원시해 왔었는데, 땅 속 별궁을 짓고 나서는 아예 사람취급조차 않으려들었다. 왕세자가 미쳐도 단단히 미쳤다면서, 뭔가 큰일이 일어나리라는 헛소문을 주상께 일러바친 낌새도 얼핏 눈치챈 적이 있다.

'변란이 호흡 사이에 있다'는 말은 과연 누구 입에서 맨처음 발설되었던 것일까. 아마 은밀한 베개 밑이 아니면 도무지 불가능한 언

31

사이리라.

아내는 더더욱 믿을 수가 없다.

한여름에도 벌벌벌 몸을 떨 정도로 모진 학질에 걸린 데다가 아리송한 정신분열까지 일었던 게 바로 엊그제였던 터여서, 안 그래도 내 목숨이 위태롭다는 걸 과장해 보여주고자 미친 척 머리통에 맞지도 않는 아들의 작은 방한모 좀 달랬더니, 그네는 그 절체절명의 와중에서도 극히 태연스레 격식 갖춰 거절하지 않았던가.

어디 그뿐이랴.

그네는 이미 부부로서의 애틋한 정을 가슴에서 떼어낸 지 오래이다. 장차 이 나라의 임금이 될 세손자식이나 열심히 치마폭에 싸고 돌면서, 노론과 친정 집안의 부귀영달에나 잔뜩 혈안이 되어 날뛴다는 걸 나는 진즉부터 알고 있었다. 따라서 그네는 벌써 지엄한 전하의 엄명임을 핑계삼아, 자기 친정으로 아들 꼭 붙잡아 데리고 도망치듯 궁을 빠져나갔을 터이다.

아아, 그렇다면 나를 구해 줄 은인은 정말 이 세상에 없단 말인가.

아니다. 조재호가 있다! 그리고 윤필한도.

진실로 나와 더불어 음흉한 당쟁의 도탄에 빠진 이 나라를 건져내고, 통쾌하고도 원대한 북벌(北伐)의 꿈을 오늘에 이룰 수 있는 자들은 한때 우의정을 지낸 조재호와, 한때 세자익위사의 좌사어(左司御)

를 지내고 나중에는 형조참판과 총융사에까지 올랐던 무인 윤필한,
그들밖에는 달리 찾아볼 수가 없으리. 그들은 분명 이 밤이 새기 전
에 아주 잘 조직된 장정과 군사를 이끌고 이곳에 당도할 것이다.

만리재의 윤필한은 춘천의 조재호와 긴밀한 연락을 취해 가면서,
그동안 치밀하게 준비해 둔 사전계획을 착실하게 실천에 옮기고 있
을 것이었다. 궁궐을 호위하는 훈련도감이나 금호문을 지키는 수문
장과도 일찍이 내응하기로 서로 약속되어 있을 터이거니와, 풀뭇골
의 대장간 하나를 아예 통째로 매수하여 비밀 무기고로까지 삼고 있
었음에랴.

작년 가을의 잦은 미행 때, 내가 칠패시장의 객주들에게서 돈을
빌리고 윤필한 그를 자주 만났던 것도 사실은 다 그와 같은 까닭에서
였다.

암, 오고말고!

비록 예정된 거사날짜가 있었던 건 아니지만, 그리고 이미 우리의
계획 한 자락이 슬몃 노출되어 그 실행 자체가 물 밑으로 잠복된 상
태라고는 하지만, 우직하고 현명한 조재호와 문무겸전의 내 변함없
는 동지 윤필한이 지금껏 가만히 숨죽이고 있지만은 않을 터.

이즈음 들어 내가 이런저런 무참한 봉변을 수시로 당하고 있다는
사실을 익히 알고서 곧 거병할 거라는 암시를 엊그제도 전해 왔었고,

33

나 또한 오늘 아침 비밀리에 그들이 있는 춘천으로, 만리재로 긴급 파발마를 보냈었다.

　임금이 당신의 하나밖에 없는 세자를 죽이기로 결심한 것은 오직 그 역모의 기미 때문임이 확실하게 밝혀진 이상, 여기서 더 지체해선 안 될 일이었다. 당신이 선왕을 독살한 것과 똑같은 방법은 아닐지라도, 이 나라 썩어빠진 조정을 확 갈아엎음과 동시에 실권 없는 상왕 정도로 슬그머니 물러나 앉게 할 작정이었던 건 사실이다.

　그러나 그것은 어디까지나 노론과의 싸움이지 하찮은 왕권 따위에 욕심이 나서가 아니었다. 당신의 보령 어언 망칠순, 이즈음 들어 잦은 병치레까지 겪는 실정이고 보면, 언제 갑자기 이승을 하직하게 될지 모르는 일이잖은가.

　그때가 되면 자기들이 일망 도륙당할 걸 뻔히 알고 있는 노론이 순순히 나를 왕으로 선양시킬 것 같은가?

　어림없는 소리였다. 그래서 나는 다만 그때를 대비해 오고 있었을 따름이다.

　그런데 이 몸이 이리 꼼짝없이, 험하게 갇혀 있으니 ….

　어쨌거나 퇴계원에서 마지막 전열을 가다듬은 조재호의 군사가 새벽의 박명을 틈타 진압군을 무찌르고 궁궐에 도착하면, 나의 충성스런 세자궁과 일부 창덕궁 입직군사들이 여기저기서 문을 열어주어야 할 터인데, 그 내부의 비밀스런 작전수행은 누가 또 감당한단 말인가.

하지만 숭례문을 통해 직접 도성 안으로 쳐들어 온 윤필한의 군사는, 사전에 내통한 궁궐 안의 충직스런 동지들 덕분에 피 한 방울 흘리지 않은 채 반정에 성공, 내게로 달려올 것이다.

이 나라는 결국 저놈의 노론 때문에 망하고 말 거라고 침을 튀기기 일쑤이던 그 윤필한이 아니던가. 일찍이 나에게 활쏘기와 칼쓰기를 가르쳐 주고, 채찍을 쓰지 않고도 힘껏 박차를 가해 말 달리게 하는 법을 가르쳐 주었던 헌걸찬 무골(武骨). 그러면서 유학이나 문자에도 더없이 밝아, 그는 내 열몇 살 때의 어느 날 활터에서 이렇게 입을 연 적이 있었다.

"세자 저하, 임금 왕(王)이라는 글자를 시강원에서는 어떻게 배우셨습니까?"

"어떻게 배우다니, 그야 뻔하지요."

나는 그때 약간 뻐기는 듯한 어조로 답했으리라. 너무나 익히 들어왔던, 실로 뻔한 내용이었기 때문이다.

"왕이라는 글자는 한 일(一)을 세 번 그려서 삼(三)으로 만드는데, 그것은 각각 하늘과 땅, 인간을 상징한다 이거예요. 그 한가운데를 쭉 내리그어 모든 걸 하나로 합일시키고, 그 만물을 덕으로 생육케 하는 사람이 곧 왕이라는 겁니다. '천지인'이라는 우주의 중심을 관통하는 덕스러운 존재, 왕이란 참 엄청나지요?"

"아이구, 너무 엄청나서 저하 곁에도 못 가겠습니다."

세자익위사의 젊은 좌사어 윤필한은 한바탕 껄껄껄 웃고 나서 계속하였다.

"허나 진정한 왕은 마냥 덕스럽기만 해선 안 됩니다. 무서울 때는 무서워야 비로소 왕으로서의 체통과 권위가 바로 선다는 겁니다. 그래서 말씀드리는데요, 왕(王)이라는 글자를 다시 한 번 살펴보십시오. 혹시 도끼를 닮진 않았습니까?"

"날이 양쪽에 달린 도끼 말입니까?"

호기심이 많은 나는 땅바닥에 열심히 그림까지 그려가며 설명하는 윤필한의 그럴 듯한 글자 해석에 꿀꺽 침을 삼켰다. 내 반응에 힘을 얻은 윤필한이 신이 나서 다시 말을 이었다.

"그렇지요. 자, 보십시오. 굳이 양쪽에 날이 달린 의장용 도끼가 아니더라도, 도끼는 어떤 대상물을 자르는 날과 그 반대쪽의 머리, 그리고 그 중간에 자루를 끼우는 구멍 등 세 부분으로 이루어지잖았습니까. 이 세 부분의 모습을 형상화한 글자가 바로 임금 왕이라는 겁니다."

"그래서요?"

"그래서 왕은 도끼와 같은 힘의 상징이기도 합니다. 그 상징성을 더욱 북돋기 위해서, 왕은 즉위식이나 종묘사직에 제사를 지낼 때 용을 비롯한 아홉 가지 상서로운 문양의 구장복이라는 신성한 옷을 입는데, 그 문양 중의 하나가 바로 이 도끼지요. 모든 신하와 백성은 왕의 종이로되, 그 본분을 망각하면 여지없이 도끼로 목을 치는 생사여탈권의 소유자가 바로 왕이라는 것이지요."

"그래, 서요?"

"그래서 왕은 강해야 합니다. 앎도 앎이려니와, 힘도 세야 합니다."

"활도 잘 쏘고, 칼싸움도 잘하고 말이지요?"

"그러문요. 자, 이제 말에 오르십시오, 저하."

그리고 윤필한은 저만큼 앞장서 말을 달렸었다.

대궐의 드넓은 후원, 그 싯푸른 초원을 우리는 힘차게 달려나갔었다. 부용정에서 청의정에 이르기까지, 그 숱한 정자와 샘, 개천과 폭포와 솔밭과 언덕들을 넘고 치달리면서, 윤필한은 그렇게 나를 가르쳤었다.

그러므로 그는 반드시 나를 구하러 올 것이었다.

지금은 비록 노론에 의해 관직이 삭탈당한 후 별볼일없이 세월만 죽이는 저자거리의 한 야인(野人)에 불과하지만, 그래도 한때는 총융사까지 지낸 천하의 윤필한이 아니던가.

하지만, 하고 나는 또 문득 고쳐 생각한다.

아직까지도 아무런 기별이 없는 걸 보면 윤필한 그도 혹 붙잡혔을지 몰라.

그렇다면 내가 살 길은 정녕 무망한 것일까. 지금껏 성심으로 나를 여러 각도에서 보살피고 도와온 내시들이나 궁관들, 내명부의 궁녀들, 시강원의 강관들 역시 끈 떨어진 쪽박이요 애비 잃은 고아 꼴로 전락되고 말았을까?

땅 속 별궁은 아직 여전한지 모르겠다.

저들은 진즉부터 그 집을 역적모의의 지휘부쯤으로 단정하고 왔을 게 뻔하다. 변란의 요지부동의 산 증거물로써, 백일하에 그 정체를 지나치게 과장, 조작했으리라는 심증이 간다. 임금이 나를 이토록 무자비하게 죽이기로 작정한 것은, 그러한 증거들과 여러 개연성을 충분히 확보했기 때문일 터이다.

그래서 오늘도 가장 먼저 내가 동원할 우려가 있는 군사를 미연에 차단하거나 발을 묶고, 궁성을 철통같이 방비하는 걸 잊지 않았었다. 지난달 적신 나경언의 고변이 있어 그 치욕스런 국문이 벌어졌을 때에도, 당신이 맨 첫 번째로 손을 쓴 일 또한 궁성의 빈틈없는 호위였으며, 동궁으로 통하는 문부터 막았었다.

지금에 이르러 비로소 창자를 꺼내 보이듯 아주 솔직하게 고백하거니와, 나경언이 고변한 '세자비행의 10여 조'는 그 모두가 사실 그대로이거나 사실에 가깝다. 최후의 승부수를 띄운 그들 노론이 누구이며, 장차 지존의 왕이 될 내가 누구인데, 사실이 아닌 걸 감히 허위로 고변할 수 있겠는가. 죽고 사는 게 가랑잎처럼 오가는 판국에, 자칫 거짓을 늘어놓았다가는 단칼에 목숨을 잘리거나 멸문지화를 입게 되는 건 불을 보듯 뻔한 일, 저들이 그걸 간과할 리는 만무였다. 그러므로 진실은 결코 숨길 수 없는 법인가 보았다.

고변의 주인공인 나경언으로 말할 것 같으면, 일개 중인도 못 되는 남의 집 청지기로서 액정서의 별감인 나상언의 형이라고 했다.

액정서란 군주의 명령전달과 관련된 잡다한 일상업무, 이를테면 붓과 벼루, 먹, 종이 따위를 공급하거나 열쇠를 보관하는 책무 등이 있으며, 때로는 임금이나 세자가 행차할 때 어가 옆에서 시위를 담당하는 등 그 일이 작지만 또한 꽤 중요한 관청이다. 곧 왕실 내부의 사정을 어느 정도 소상하게 알고 관찰할 수 있는 자리가 그 별감인즉, 그 자가 내 비행의 털끝 하나라도 놓치지 않고 낱낱이 캐며 파고들라치면 무엇인들 그리 불가능하겠는가.

하지만 본바탕은 그렇지 않다.

그들 형제는 한낱 보잘것없는 깃털에 불과할 따름이며, 진짜 숨은 몸통은 따로 있다. 나보다 열 살이나 아래인 젊은 계비 정순왕후를 비롯한 그 외척 세력의 못된 김씨 일당과, 간교한 후궁인 숙의 문씨 계열의 문성국 일파, 장인과 아내를 업은 모사꾼 홍계희 등이 교활하고도 치밀하게 짜고 벌이는 거대한 음모가 거기 있었다.

나는 그 피묻은 고양이들에게 완전 둘러싸인 오갈 데 없는 한 마리 생쥐였으며, 사지가 꽁꽁 결박된 힘없는 허수아비였다.

그 고변의 내용은 대충 이러하였다.

1. 세자는 왕손인 은전군을 낳은 후궁 박씨를 죽였다.
2. 칼을 써서 여러 하인과 궁첩들을 죽였다.
3. 여승을 궁 안으로 불러들여 주색을 일삼았다.
4. 궁궐에 불을 냈는데, 하인이 그 죄를 뒤집어썼다.
5. 선비차림으로 변장하여 바깥 미행을 일삼았다.
6. 시전 상인들의 재물을 빌려쓰고 갚지 않았다.
7. 북성(北城)으로 나가 유람하였다.
8. 신하들의 충고를 듣지 않고, 정사를 바르게 행하지 않았다.
9. 주상께 8개월 동안이나 진현하지 않았다.
10. 허락 없이 서로행역(西路行役)하여 역모를 꾸몄다.
11. 땅 속에 집을 짓고 상청을 꾸며 주상을 저주하였다.

이밖에도 몇 가지가 더 있거니와, 그 나머지 것들은 임금이 별로 대수롭잖다고 판단했음인지 묻지 않았다.

앞에 나열한 죄목들만으로도, 당신은 한순간에 충분히 하늘이 무너지고 땅이 꺼졌을 터이다. 그 땅과 그 하늘을 원망하며 펄펄 뛰다가, 결국에는 제풀에 무너져 망연자실 서있는 당신의 참담한 모습이 지금도 선히 그림처럼 그려진다.

그날 아침, 나는 세자궁과 가까운 창덕궁에 있었다.

여느 날과 같이 입맛이 없어 늦은 조반을 어렵사리 들고 뜰 앞을 조용히 산책하는데, 놀란 장인이 헐레벌떡 달려오는 거였다.

"큰일났습니다, 세자 저하. 어서 대전으로 납시지요."

"… 무슨 일인데요, 장인어른? 이른 아침부터 웬 변고라도 났습니까?"

실제로는 정사에서 손을 거둔 지 이미 오래여서, 내가 정전에 나갈 일이 없는데 이상하다 싶어 뜨악한 표정으로 물었다.

그러나 그것은 바로 내 발등 위에 떨어진 불이었다. 그 화급한 불을 끄러 어서 납시라는 거였다.

"변고도 아주 큰 변고지요. 저하를 모함하는 고변이 올라왔사오니, 무조건 아니라고만 잡아떼소서. 지금부터 정신 바짝 차리셔야 합니다."

"고변이라니, 누가 누구를 고변했단 말입니까? 무슨 일로?"

"아뢰옵기 황공하오나, 그동안의 세자 저하의 비행을 십여 가지도 넘게, 누군가가 조목조목 주상 전하께 써바친 것입니다. 대체 어쩌다가 이런 변이 … ."

"심히 답답하구료. 그 자가 누굽니까? 대체 무슨 내용으로 나를?"

"고변자는 액정별감인 나상언의 형으로서 나경언이라 하옵고, 그 내용은 너무 흉측하여 차마 입에 담지 못할 지경이거니와, 주상 전하께옵서는 그 자가 올린 글을 다 읽지도 못하시고 기둥을 치면서

'내 이런 변이 올 줄 알았다'고 부르짖으셨습니다. 아마 지금쯤은 아예 태워 없애버렸으리라고 짐작되오나, 나경언에 대한 국문이 계속되는 중이오니 어서 서두르시지요."

"나, 경언이라고?"

처음 들어보는 이름이었다.

어떻게 그런 보잘 것 없는 인물이 한 나라의 임금이 될 왕세자를 고변할 수 있었을까? 그런저런 나의 궁금증에는 아랑곳없이 장인이 계속하였다.

"입궐하는 즉시 석고대죄부터 해야 할 것인즉, 마음을 단단히 여미소서."

"빨리 보련을 대령하라."

나는 급히 서둘러 임금이 있는 대전으로 허둥지둥 향하였다. 가는 길에 보니 세자궁으로 통하는 문들이 굳게 닫혀 있었다. 만약의 사태에 대비한 용의주도한 조처임이 분명하였다.

그 길로 홍화문에 나아가 무조건 엎드려 대죄했다. 엎드린 채 사방을 둘러보니 그 일대도 창과 칼을 든 군사들이 이미 궁궐 바깥쪽을 향해 사방을 쫘악 에워싸고 있었다. 필시 변란을 염두에 두고 있는 게 틀림없는 임금은, 곧이어 나를 국청으로 부른다는 전갈이었다.

나는 죄인임을 나타내는 흑립과 도포차림으로 국청 뜰에 나아가 엎드렸다.

　나와의 직접 대면을 원했던 나경언은 이미 '동궁을 죄인과 같은 뜰에 있게 해서는 안 된다'는 좌상의 진언에 따라 옥에 가두고 난 뒤였다. 어찌됐든 그 자와 직접 맞닥뜨려 시비곡직을 가리고, 목숨을 건 담판이라도 벌여야 한다고 생각했는데, 장인은 벌써 그 자와의 대질을 통한 이번 사건의 배후의 추궁과 나의 변명의 기회를 교묘하게 봉쇄시켜 놓고 있었다.

　주상은 바닥에 꿇어 엎드린 나를 한동안 정면으로 내려다보지 않았다. 마치 먼산바라기라도 하듯, 아니면 냄새나는 벌레라도 씹는 듯한 표정으로 내내 용안을 씰룩이더니, 갑자기 소리쳤다.

　"네 이놈!"

　"예, 아바마마."

　나는 거의 모기소리만 하게 기어 들어가는 음성으로 뇌까렸다.

　그러나 두 눈만은 똑바로 뜨고 분노에 서린 당신을 조용히 쳐다보았다. 가능하다면 좀 더 당당하고 거리낌없이 나설 작정이었다. 그리고 장인이 일러준 계책대로 일단은 모든 혐의를 무작정 부인해 볼 것이었다.

　애써 평정을 되찾은 임금은, 놀라운 자제력으로 극히 태연스런 침착을 가장하며 나경언의 고변 내용을 하나하나 짚어나가기 시작했다.

　"지금부터 하문하는 것은 조금이라도 거짓없이, 사실대로 이실직

43

고하렸다! 왕손인 은전군의 어미는 언제, 왜 때려 죽였느냐?"

"……"

그러나 나는 처음부터 그만 말문이 막혔다.

궁 안의 거의 모든 이들이 다 알고 있는 비밀 아닌 비밀을 싹 부정할 파렴치한 만용까지는 차마 발휘할 수가 없어서였다. 그러나 기왕 내친김이었다.

"아바마마, 그것은 우연한 사고사였나이다. 그 누구보다도 사랑하고 아끼던 사람인데, 어찌 그런 비정한 짓을 자행할 수 있겠사옵니까?"

"애비를 기만하고 능멸하지 말라. 너는 또 칼을 써서 여러 하인과 궁첩들을 죽였다. 어찌 살인마의 탈을 뒤집어쓰지 않았다면, 그 같은 만행을 식은 죽 먹듯 저지른단 말이냐. 말해 보라."

"……"

두 번째에서도 나는 또 영락없이 말문이 막혀버리고 말았다.

그 역시 어김없는 사실이었기 때문이다. 그래도 무슨 변명인가는 내뱉어야 될 것 같았다. 저 가슴 속 밑바닥에서는 용수철 같은 이런 외침이 나도 모르게 분출하고 있었다.

변명의 여지없이, 제 핏속에도 살기가 충만해 있기 때문이었나이다. 아니, 사람 죽이는 걸 식은 죽 먹듯 해온 우리 왕조사가 훤히 보여주듯, 보고 배운 바가 그것밖에는 달리 없어서였나이다.

"왜 말이 없느냐?"

"……"

그래도 꿀 먹은 벙어리인 양 가만히 조아리고 앉아 있자, 당신은 어탑을 탕, 탕 두드리고 나서 계속하였다.

"네 이놈, 미쳐도 분수가 있지, 하 많은 계집들 다 놔두고 머리 깎은 여승을 끌어들여? 그리고도 종묘사직이 가만 내버려 둘 줄 알았더냐! 그래, 궁 안으로 불러들여서 무슨 짓을 하였느냐?"

"그건, 다름이 아니오라 … ."

"예면 예, 아니면 아니오로 짧게 대답하라!"

"아닙니다, 아바마마. 그 여승은 전에 내명부에 있던 한 궁녀의 딸로서, 사실은 지 어미의 기막힌 인생과 그 종말로 순전히 먹고살기 위한 방편으로 여승방에 적을 두었던 바 … ."

"허, 불충한 놈, 짧게 대답하라잖았느냐! 정녕 그것이 사실이라면, 그 퇴출된 궁녀나 딸자식까지도 정형에 처해야 마땅할 것이로다."

"잘못했습니다, 아바마마."

"순순히 인정한다, 이 말이렷다?"

"그 어미 된 궁녀는 이미 이 세상 사람이 아니라고 하옵니다."

"그럼, 여승은 아직 살아 있느냐?"

"……"

"침묵은 일찍이 긍정을 의미하였느니라. 이제부턴 내 묻는 말이 사실일 경우, 가만히 입 닫고 있어도 좋다. 알아들었느냐?"

"예, 아바마마."

"그 아바마마 소리도 듣기 싫다, 이놈! 그 말도 당장 치우라!"

그리고 당신은 잠시 호흡을 가다듬은 다음 다시 계속하였다. 가슴이 뛰고 역장이 막히는 탓인지, 이후부터는 대충대충 짧게 묻고 쉽게 넘어갔다.

"네놈이 궁궐에 불을 냈는데, 무고한 하인이 그 죄를 뒤집어썼다고 하였다. 맞느냐?"

"아닙니다, 전하 … ."

"선비차림으로 변장하여 미행을 일삼았다고 하였는데, 그렇게 여항에 몰래 나가서 뭘 하였느냐?"

"그건 다름이 아니옵고 … ."

"시전 상인들의 재물을 빌려 쓰고 갚지 않았다고 하였는데, 그것을 어디에 썼느냐고 묻지는 않겠다. 얼마얼마를 누구누구에게서 빌렸느냐?"

"예, 아뢰옵기 황공하오나 … ."

"일일이 기억할 수 없을 것이로되, 바른 대로 자세히 기록해 내수사에 내면 그건 내가 다 갚아 주마. 다음, 북성으로는 언제 누구랑 유람 갔더냐?"

"그것은 절대 유람이 아니옵니다. 한 나라의 살림을 맡아 대리청정하는 세자로서, 어찌 도성의 성곽 경계를 소홀히 감독할 수 있겠습니까? 그 순행은 오히려 상찬받아 마땅할 일이온즉, 나경언 같은 일개 남의 집 청지기가 … ."

"신하들의 충고를 듣지 않고, 정사를 바르게 행하지 않았다는 건 임금인 내가 더 잘 알고 있는 사실이다. 지엄한 임금에게 그 아들이 오랫동안 진현하지 않았음도 몸소 겪은 바이니 더 물어 무엇하리. 그런데 … ."

당신은 이 대목에서 한동안 더 말을 잇지 못하였다.

스스로는 도저히 풀어나가거나 감당키가 어려운, 아주 결정적이고도 중요한 난관 앞에 봉착한 모양이었다. 그것은 들어보나마나, '그런데 어찌 허락 없이 서로행역(西路行役)하였으며, 거기서 누구와 무슨 역모를 꾸몄느냐'는 내용일 것이었다. 그리고 그 다음은, 그 관서여행에서 돌아와 땅 속에 집을 파 만든 내력과 거기 상청처럼 놓였던 뒤주, 이 운명의 존재에 대해 캐물을 작정일 터였다. 네놈이 애비인 나를 어서 죽으라고 저주한 이유는 무엇인가?

그러나 당신은 웬일인지 더 이상의 하문은 그대로 중단한 채, 이렇게 마감질하여 소리쳤다.

"네놈은 다름 아닌 왕손의 어미를 때려죽이고, 삭발한 여승을 궁으로 끌어들였으며, 수상하고 불충한 몸짓으로 관서에 행역하고, 북성으로 몰래 나아가 유람하였는데, 이것이 어찌 대리청정하는 세자로서 행할 일이더냐. 네가 처음에는 왕손의 어미를 매우 사랑하여 우물에 빠진 듯 정신을 못 차리더니, 어찌하여 그 마음이 표변하여 그렇게 무참히 죽이기까지 했단 말이냐?"

"모두 다 사실은 아니오나, 대개는 신이 본래부터 갖고 있던 울화증 때문이었나이다. 하오나 아바마마, 어쨌든 신이 잘못했사옵니다."

"그렇다면 차라리 발광하는 것이 낫지 않겠는가? 차라리 속 시원하게 미쳐버리란 말이다!"

"황공하옵니다, 마마. 죽을죄를 지었사옵니다."

"왕손의 어미는 필시 성품이 올바르고 강직하여, 네놈의 그렇지 못한 행실과 삿된 마음을 진심으로 간(諫)하다가 그로 말미암아 죽임을 당했을 것이다. 또 여승의 경우, 장래 어느 날엔가는 거기에서 낳은 아들을 왕손이라 속이고 나한테 들어와 웃으며 문안하려 했을 것이다. 이러고도 나라가 망하지 않고 배길 수 있다더냐? 이 만고의 역적놈!"

"신은 진정 억울하고 분하옵니다. 진짜 역적인 나경언을 이 자리에서 면질시켜 주옵소서."

"듣기 싫다, 이놈. 썩 물러가라."

"……"

임금 아버지와 왕세자 아들 간의 이 같은 위험하고도 이상한 문답은 일단 여기에서 마무리되었다. 무서운 처벌이 곧 뒤따를 줄 알았는데, 그렇지 않은 것 또한 이상하다면 이상한 일이었다.

어쨌거나 이만만 해도 다행이다 싶어, 나는 바늘방석 같던 국청을 물러나오면서 안도의 한숨이 절로 새어 나왔다. 지금껏 꽤 숱한 석고대죄와 억울한 무릎꿇림을 당해 왔으나, 이토록 조마조마 가슴 조이고 식은땀이 흐른 건 처음이었다. 실로 경각에 목숨이 왔다갔다하는, 참으로 참담하고도 위급한 국면을 용케 벗어난 셈이었다.

하지만 당신은 아직 나를 용서한 것은 아니었다. 아니, 앞으로도 결코 그런 일은 없을지도 몰랐다.

게다가 당신은 왜 정작 가장 결정적이고도 중요한 마지막 하문은 빠뜨렸을까? 왜 짐짓 모른 척 눈감고 넘어가버렸을까?

그 내밀한 저의가 더욱 궁금하고 불안하여, 나는 그날 밤 다시 금천교 위에 거적을 깔고 밤새도록 대죄하였다. 새벽하늘의 별들을 바라보자니까 절로 눈물이 나왔다.

어쩌다가 내가 여기까지 와버렸단 말인가. 바람 앞 등불 같은 내 운명은 장차 어떻게 될 것인가.

불보다 더 매서운 당신의 성정으로 미룬다면, 결코 아무 일도 없었던 듯 그냥 무사하게 넘어가진 않을 것이었다. 무슨 일인가가, 아주 불길하고도 음험한 흉계가 나를 기다리고 있을 것만 같았다.

아니나다를까, 시간이 흐르자 당신의 거조가 심히 수상한 쪽으로 나타나기 시작했다. 이대로는 어떻게든 제대로 살아날 수 없다고 판단한 나경언이 드디어 자신이 세자를 모함했다고 자복, 그날로 사형에 처해졌지만, 임금은 그 배후자 색출작업에 당장 나서야 할 터인데도 전혀 그럴 낌새를 보이지 않았고, 아들인 나를 용서하지도 않았다. 그리고 마침내는 역대 임금의 초상화를 모신 진전(眞殿)에 나아가 경건히 예를 올리고 절하였다.

진전이 어떤 곳인가.

임금이 그곳에 나아가 엎드려 배알할 적에는, 아주 심각하고도 중대한 결심을 할 경우이거나 진정으로 슬픈 일과 기쁜 일이 있을 때로 거의 국한되어 있었다.

나는 그때까지 매일 새벽이면 동궁의 관원들과 함께 시민당 뜰에 나아가 거적을 깔고 당신의 하명을 기다리는 걸 되풀이하는 중이었다. 당신이 나의 문안을 받지 않으니 그렇게 계속 대명할 수밖에 없었다. 아버님 용서하소서, 용서해 주옵소서.

날씨는 찌는 듯 무더웠고, 비는 좀체 내리지 않았다.

산천초목은 바짝 말라 갔고, 농토는 쩌억쩍 금이 갔다. 연일 계속되는 가뭄에 백성들은 아우성이라고 했다. 당신이 진전에 배알하기 전날 약간의 비가 마른 땅을 촉촉이 적셔주긴 하였지만, 여전히 먼지가 풀썩일 정도로 목이 마른 대지는 다시금 타는 가뭄 속으로 빨려 들어가지 않으면 안 되었다.

그리고 나는 학질에 걸렸고, 시민당 월대에 나아가 대명할 수 있는 기력도 잃었다. 나는 이제 더 이상 당신에게 용서해 달라고 빌 수조차 없었다.

아아, 그리고 운명의 오늘, 이렇게 뒤주 속에 갇히는 날이 온 것이다.

목이 마르다.

침을 꿀꺽 삼킨다. 그리고 메마른 입술을 혀로 한 번 핥은 다음, 한 방울의 침이라도 아껴야겠다고 생각한다.

이 몸뚱어리는 온통 끈적이는 액체로 이루어져 있으니까. 혈관 속을 흐르는 피나 입 안의 침, 오줌, 정액, 고름, 담즙, 뇌수, 위액, 똥, 눈물, 콧물까지도 적당히 풀기 어린 점액질을 나름대로 품고 있어야 하니까, 아끼고 또 아껴야 하리라. 이 접착과 윤활 성분의 합일이 곧 살아있는 생성의 법칙을 가능케 할 것이로되, 이 같은 진액의 수분이 다 마르고 바람처럼 소멸되는 날 나는 이윽고 숨을 거두리.

사방은 여전히 죽은 듯 조용하다. 밤이 깊었는지 무더위도 어지간히 가신 듯하다. 오히려 한기가 언뜻 목덜미 속으로 파고든다. 머리는 욱신욱신 미열이 차 있고, 이마의 생채기는 매우 쓰리며 따끔거린다. 어지럽다. 물에 젖은 솜처럼 온몸이 무겁고, 무엇보다도 가슴이 답답하다.

두 다리를 조심스럽게 쭈욱 펴본다. 그리고 스르르 미끄러져, 나도 모르게 눕는다. 푹신한 보료 대신, 냉갈스럽고 딱딱한 널판자가 지친 내 등을 떠받친다. 원앙금침은커녕 얇은 홑이불도, 목침조차도 없다. 양손을 깍지 껴 머리를 받치고 누워 있자니, 생각할수록 기가 막히고 환장할 노릇이다.

나는 벌떡 일어난다. 분하고 억울하고 수치스러워서 도무지 견딜 수가 없다.

어떻게든 살아야 한다. 난 반드시 살아날 수 있어!

나는 다시 누군가를 간절히 기다리는 마음으로 돌아간다.

비록 늙어가는 몸이기는 하지만, 조재호 그는 반드시 말을 타고 달려올 것이었다. 뜻을 한데 모은 많은 군사들을 이끌고, 지금쯤 한 패는 퇴계원으로, 또 다른 한 패는 남대문으로 물밀 듯이 밀어닥치고 있을 것이었다.

아무튼 작년 봄 관서순행 때, 정휘량 그자를 만난 게 큰 불찰이고 화근이었어!

평안감사인 그자가 우리 편이 아니란 걸 좀 더 일찍 알았더라면 오늘 같은 변은 없었으리라.

따라서 그자를 그 즉시에 당장 칼로 베었어야 했다. 그러나 그자는 오히려 무슨 공적에 의해선지는 몰라도 이후 몇 개월도 안 있어 잘난 장인의 천거로 우의정으로까지 올라 승승장구하였다.

노론의 삼엄한 감시 속에 갇힌 내가 과감히 관서행을 선택했던 이유도 따지고 보면 조재호가 그자를 호감있게 연결시켜 주었기 때문이었다. 그자는 조재호를 주인님이라고 부를 만큼 명실상부한 소론으로 분류되었던바, 나는 그래서 별다른 의심 없이 그를 접촉했었고, 때가 되면 한 번 손을 잡아보자고 은근슬쩍 회유했었다. 평양 쪽 세력만 원활히 확보한다면, 국가대계를 위한 일은 언제라도 거의 성공한 거나 다름없을 터인즉, 처음엔 그런대로 긴가민가 솔깃해하고 한술 더 뜨는 척하더니, 또 어느 샌가 홍봉한의 끄나풀 노릇을 자청하고 있었던 것이다.

실세가 누구인가, 시국이 어디로 흘러가는가에만 늘상 눈과 귀를 열고 있는 자가 바로 정휘량이었다.

조재호는 물론 처음부터 그자를 적극 추천하지는 않았었다. 관서행이 있기 전 어느 날 밤의 미행 때, 오랜만에 도성 안으로 들어온 그를 만나 새벽이 훤히 트일 때까지 긴 회포를 푼 적이 있었다. 술잔을 기울이고 난 그가 말하였다.

"평양에 가시면 어디까지나 지방순행의 임무만을 강조하시고, 몸가짐 또한 바르게 하십시오. 행여 술이다, 기생이다 해서 절대 책잡

힐 일은 마시라는 겁니다. 승리를 쟁취하는 열쇠는 무엇보다도 적을
알고 나를 아는 데에 있다는 걸 명심하시라는 겁니다. 정 감사 포섭
은 그 다음 일이외다."

"적을 알고 나를 알면 백전백승이라, 그건 손자병법에 있는 말이
아닙니까. 암, 그래야지요."

"그럼 기왕 말이 나온 김에, 손자병법의 요체만을 몇 가지 더 알려
드리지요. 에, 그건 무엇보다도 승산이 있으면 싸우되, 그게 없을 때
엔 절대 싸워선 안 된다는 겁니다. 또 일단 싸움을 할 적에는 가장 먼
저 주도권 확보에 전력을 기울여야 하는데, 상대방의 병력을 분산시
키고 수세로 몰아넣으면서 그 허술한 부분에 병력을 집중시켜 공격
하는 겁니다. 만약 이쪽이 수세에 몰릴 때엔 그저 죽은 듯 가만히 상
대방이 지치기를 기다리다가, 공세인 때는 가차 없이 쳐들어가는 것
이지요. 강력한 적에 대해서는 이쪽에서 전혀 움직이지 않은 체하여
방심케 만들고 … ."

"그리고 항상 적의 정황에 변화 있게 대응해 나가지 않으면 안 된
다, 이거지요?"

나도 지지 않고 받아 넘긴 다음, 둘은 유쾌하게 웃음을 나누었었
다. 이즈음 들어서는 《논어》나 《맹자》 등의 유가경전 쪽보다는 오
히려 《손자》나 《장자》, 《옥추경》 따위의 잡서에 손이 자주 가는
편이어서, 그런 흔해빠진 전술이나 방략쯤 비교적 잘 알고 있는 편

54

에 속했다. 잠시 뜸을 들이고 난 조재호가 다시 입을 열었다.

"허긴, 가장 좋은 방법은 싸움을 안 하고도 이길 수 있는 것이지요. 훌륭한 무사는 무기를 쓰지 않는다는 말처럼 말입니다."

"어려운 말씀이구료."

"그러니 세자 저하께서도 우선은 덕이 높은 군주가 되시는 데 신경을 쓰셔야 합니다. 임금은 배요 백성은 물이니, 물은 배를 띄우기도 하고 뒤집어엎기도 한다는 말도 있잖습니까."

"그건 순자의 왕제편에 나오는 말이지요."

"간사한 것을 제거하고 아첨배들을 막으려면, 모름지기 다른 한 개의 도망갈 구멍을 터놓아야 합니다. 만일 모든 도망길이 다 막히고 보면 양쪽 다 망하는 수가 있으니까요. 저 편협하고 용렬한 노론 패거리 같은 무리를 두고 하는 말인즉, 저들을 결코 과소평가해서는 안 됩니다."

"그럼 지금은 때가 아니라는 말씀인가요?"

"이를테면 그렇다는 것이지요. 손자도 말하기를, 싸움은 모름지기 물이 흐르는 것처럼 하라 했습니다. 물에는 한 가지 틀에 박힌 형태가 없는 것처럼 전쟁에도 불변의 태세란 없으니, 적의 태세에 따라서 변화하며 승리를 쟁취하는 것이야말로 절묘한 용병이라 할 수 있다는 거지요. 막혀 있던 물이 격류가 되어 큰 바위까지도 한꺼번에 밀어붙이며 흐르는 것은 그 흐름에 세(勢)가 있기 때문이고, 독수

리가 노리던 사냥감을 일격에 낚아채는 것은 일순간의 잽싼 순발력을 갖고 있기 때문입니다. 저하, 반드시 그 점을 잊지 마십시오."

"무슨 말씀인지 내 잘 알아들었습니다. 그러나 주상의 보령이 내후년이면 어느덧 칠순, 언제 어떻게 될지 모르오. 유비무환이라고 했으니, 지금부터라도 비자금을 끌어모으고 움직일 수 있는 군사도 사전에 점검해 둬야 합니다."

"주상 전하는 아주 오래 사실 분이외다. 용안에 그리 씌어 있어요. 그러니 너무 서둘지 말고, 때를 봐가면서 지혜롭게 도모하십시다. 우선 평양에 가시면 그쪽 사정을 훤히 익히시고, 그 다음에 … ."

우리 편으로 올 수 있는 지도자급 사람이 누구누구인가를 잘 파악해, 물처럼 부드럽고 불처럼 강하게 구슬려 접근하라는 것이었다. 그중의 가장 영향력 있는 유력자가 평안감사 정휘량이었다.

기실 임금의 허락 없이, 그러나 대리청정하는 왕세자의 권한으로 관서에 행역하여 평안도를 한 바퀴 돌아보니, 반정을 도모하기에는 가장 좋은 거점이 될 조건을 두루두루 갖추고 있었다. 조선의 변방을 지키는 잘 훈련된 정예군사가 주둔하고 있었으며, 일대에서 세금으로 거둬들이는 곡식은 중앙 조정으로 보내지 않고 현지에서 적절히 사용할 수 있도록 특혜 받고 있는 지역이었다. 사람들의 기질도 올곧고 거칠고 드센 편이어서, 이들을 잘만 사귀고 길들인다면 장차 저 잃어버린 고토(故土)의 북방으로 진출하는 데도 아주 절묘하게 이용 가능한 천혜의 전략 요충지이기도 하였다.

정휘량을 만나본 결과, 그 역시 만만한 상대는 아니었다.

세자인 나를 임시행궁까지 설치하여 극진히 환대하고 갖은 산해진미로 주연을 베푸는 대접도 게을리하지 않았지만, 지나치게 번뜩이는 그의 눈빛은 늘상 무엇인가를 재고 탐색하느라 여념이 없었다. 그럼에도 나는 열심히, 한때 그의 상관이었던 조재호가 던져준 낚싯줄을 벗삼아 당겼다놓았다를 되풀이하였다. 잔잔한 대동강 물결 위에 배를 띄워놓고 허심탄회한 선유회를 그와 함께 즐기기도 했으며, 모란봉과 부벽루, 을밀대를 어여쁜 관기들 데리고 유장하게 오르내리기도 하였다.

그러면서 또 다른 한편으로는 병마절도사라든가 만호(萬戶), 절제사 등의 실제 병권을 쥐고 있는 무관들을 만나는 것도 게을리하지 않았다. 그들 중의 어느 하나만이라도 확실하게 움직여 준다면, 일은 보다 쉽게 풀릴 것이었다. 나는 특히 성격이 호방한 절도사에게 주목하여 그와 가깝게 지냈다.

어쨌거나 나는 비로소 숨을 쉬고 사는 것 같았다.

무시로 화병이 도지고 끓는 피를 거꾸로 솟구치게 하는 궁중생활에 비한다면, 이 얼마나 자유롭고 환희로운 대명천지냐. 감시와 명령과 복종과 한숨과 흉계와 교활과 비굴과 위선과 모함과 온갖 사악이 횡행하는 그 지옥 같은 공간은 이제 싫다!

　나는 이미 마음속으로, 앞으로 한동안은 이 한가로운 평양땅에서 유유히 세월 보내기로 작정하였다. 세자궁의 내 처소에는 또 다른 내가 병을 앓고 있는 것으로 각본이 짜여 있으니 별탈이 없을 게다. 내가 관서에 가 있는 동안 내 목소리와 거의 똑같은 내관으로 하여금 내 대신 칭병하고 누워 있도록 미리 조처해 놓은 것이다. 주상께 진현 안 한 지도 아예 습관인 양 수개월째 굳어진 터. 정녕 급한 일이 생기면 당장 그날 온밤을 말 달려서라도 내게 소식 전해 오라고 단단히 일러두었었다.

　비로소 숨쉴 것 같은 색다른 객살이에 얼마쯤 익숙해지자, 나는 이윽고 다시 한양으로 내 궁관을 보내었다. 아무리 재색을 겸비한 아리따운 기생을 벗하여도 도무지 허전하고 마음에 차지 않는 터라서, 그 이유를 곰곰 새겨 따져봤더니 바로 그 여승 때문이란 걸 깨달았다.

　지난 해 가을 북성으로의 순수(巡狩)를 겸한 단풍놀이 때, 거기 한 퇴락한 절에서 우연찮게 마주치고 잠시 자리를 함께했던 그 새파란 니승, 가선(假仙)이. 그 여자가 보고 싶었다. 불현듯 몹시 보고 싶어서 견딜 수가 없었다.

　가선은 그로부터 사흘이 지난 날 밤에 궁관과 함께 평양에 당도하였다. 사전에 귀띔했던 대로 중이 아닌 여염집 아낙으로의 변장 차림새였는데, 삭발을 감추기 위해 머리에 살짝 덧씌운 삿갓 같은 승모가 더욱 귀엽고 앙증맞았다.

"먼 길 오시느라 수고 많았네. 아름다운 이 풍광을 혼자 보기 아까워서 내 자네를 불렀다네."

"불가에 있는 몸이 이래도 되는지 모르겠사옵니다, 마마."

"승려도 사람인데, 사람 죽이는 일만 아니라면 부처도 능히 눈감아 주실 걸세. 자, 피곤할 텐데 어서 안으로 들지."

임시행궁의 한 방으로 시종을 시켜 안내케 하였다. 대동강이 훤히 내려다보이는 아늑한 기와 건물의 한갓진 방 하나를 가선의 것으로 미리 정해 두었었다. 내심 독실한 불심과 지계(持戒)를 평계하여 내 청을 쌀쌀맞게 거절한 채 오지 않으면 어쩌나 조바심했었는데, 그게 아니어서 썩 유쾌하고 고마웠다. 이것도 인연이라면 인연일 터였다.

그 밤, 나는 더 오래 참고 기다릴 수가 없었다.

밤이 이슥한데도 그네의 방 역시 불빛이 꺼지지 않고 있어서, 이리 오너라고 주저 없이 불렀다. 이번에는 쓰개치마 같은 걸 머리통 위에 에둘러 쓰고 있었다. 나는 지긋이 웃음을 눌러 참으면서,

"우리 둘이 있을 때는 삭발이라도 괜찮으니 아무것도 쓰지 마시게. 거추장스러우면 그까짓 옷가지들도 다 벗어 버리시게."

짐짓 농담조로 부드럽게 분위기를 이끌었다.

59

그러나 가선은 문지방 바로 앞에 외로 꼬고 앉으면서도 머리통을 여전히 가린 채다.

그 부자연스런 자태를 지그시 건너다보고 있던 나는, 천천히 무릎걸음으로 다가가 스스로 벗겨 주었다. 파르라니 윤기가 흐르는 민대머리가 오히려 시원하고 고혹스럽다. 희고 훤한 이마 밑의 초승달 같은 두 눈썹은 마치 가느은 붓으로 그린 듯하고, 그 아래 호수를 담은 듯 깊고 투명한 두 눈에선 슬픔 어린 많은 사연이 읽혀진다. 아마 저 깊은 영혼의 눈빛 때문에 내가 여태껏 어쩌다가 한 번 스친 이 여인을 잊지 않고 있었으리. 나는 다정스레 그네의 손을 잡아 앞으로 끌어당겼다. 그리고,

"가선이라고 했겠다? 법명치고는 좀 특이하구먼. 자, 지친 여독을 풀 겸해서 우리 가볍게 한 잔 하세나."

아직 치우지 않고 한쪽으로 밀쳐 두었던 술상머리에서 빈 잔을 들어 올려 그네에게 건네었다. 그리고 호리병에 담긴 맑은 청주를 그 잔에 따랐다.

그네는 별로 사양하지 않았다. 이미 여기로 오기 전부터 이런저런 각오를 단단히 여미고 있었던 듯하다. 만인의 법 위에 군림하는 왕세자의 무겁고 엄한 명이라 지레 스스럼없이 받아들인 탓도 있겠지만, 제딴에도 뭔가 자청하여 간절히 할 말이 있고, 시난고난한 자기 처지를 하소연하고 싶어하는 눈치도 얼핏 엿보였다. 그네가 다른 빈

잔을 내게 내밀며 다소곳이 말하였다.

"저보다도, 저하마마 먼저 드셔야지요."

"그럼, 그러지. 어서 따르게."

그리고 둘은 함께 술잔을 들고 부딪쳤다. 능히 농익은 합환주라고 할 만하였다.

술이 몇 잔 들어가자, 달뜬 정염의 마음속에는 서서히 연붉은 실비가 내리고, 우윳빛 안개가 깔리고, 황홀한 무지개가 뜨고, 온갖 신음 소리를 자아내는 꽃들이 피었다. 그러한 봄밤은 매우 짧게 흘렀다.

그 짧은 봄밤 사이로도 흰 구름은 충분히 검은 하늘을 뒤덮었으며, 꿀물 머금은 안개비는 그칠 줄 모르고 흩날려 내렸다. 지금까지와는 전혀 겪어보지 못한, 아주 색다른 운우(雲雨)의 정이었다.

동창이 부우옇게 밝아오는 미명을 이부자리 속에 비스듬히 누운 채 바라보면서, 나는 나직한 목소리로 온 밤을 함께 지샌 그네를 불렀다.

"가선아."

"예, 마마."

"너는 임금이 높다고 생각하느냐, 부처가 높다고 생각하느냐?"

"둘 다 높사옵니다."

"허, 나를 놀리는구나. 그래도 하나만 고르라면?"

"예, 마마. 부처님은 어느 누구도 높고 낮은 게 아니라고 가르쳤사

옵니다. 누구나 다 평등하되, 또 누구나 깨우치면 부처가 된다고 말
씀하셨습니다."

"좋은 말이로다. 그럼 나도 깨우치면 부처가 되겠느냐?"

"물론이지요, 마마. 하오나 … ."

"하오나?"

"그 깨우친다는 게 결코 쉬운 일이 아닙니다. 감히 말씀드리자면,
깨달음에 이르는 길은 임금님이 되는 것보다도 더 어렵사옵니다."

"허, 발칙한 것. 임금은 곧 하늘인데, 하늘한테 못할 말이 없구나."

나는 짐짓 과장해서 언성을 조금 높였다.

가선은 이내 찔끔 사리는 몸짓이다. 나는 그런 그네를 한쪽 팔로
지긋이 둘러 감아 꼬옥 끌어안았다. 몽실한 젖가슴이 한 바다로 출
렁이며 다가왔다. 그네 쪽으로 몸을 돌려 더욱 세차게 안아 준 다음,
한결 부드러워진 어조로 내가 계속했다.

"놀리느라고 그냥 한 번 해본 소리였느니라. 하늘이라니, 내가 무
슨 … 가당치도 않은 말이다. 더 솔직히 말하자면, 나는 임금이 되기
싫은 사람이다."

"죄송하옵니다. 제가 그만 못할 말씀을 드린 것 같사옵니다.
다만 … ."

"아니다, 가선아. 그런데 다만이라니, 나한테 긴히 다른 할 말이
있는 모양이구나."

"사실은 제 어미에 대해서 … ."

그리고 그네는 일찍이 자진하여 돌아가신 자기 어머니가, 사실은 내명부의 감찰상궁에 의해 몰래 쫓겨난 궁녀였노라고 차분하게 밝히는 것이었다. 스물몇 해 전에 궁 안에서 아이를 회임한 바람에 쥐도새도 모르게 도성 밖으로 도망치듯 퇴출당했는데, 씨를 준 사내는 임금이나 왕족이 아닌 미관말직의 보잘것없는 벼슬아치로, 민가에서 남몰래 가선을 낳은 어미는 당신이 강물에 몸을 던져 죽을 때까지 그래도 그 사내에 대해서는 굳게 입을 다물었다고 하였다. 궁녀는 궁 밖으로 나와도 절대 수절해야 했으므로 아기는 낳자마자 곧 궁녀 출신들의 도성 밖 한 승방에 맡겨졌고, 그리고 운명적으로 여승이 될 수밖에 없었다는 것이었다.

"오, 그랬었구나."

속삭이듯 들려준 그네의 말을 다 듣고 난 나는, 더욱 세게 팔에 힘을 주며 가선이를 위로하였다.

처음 만날 때부터 뭔가 남다르다 싶었는데, 그 예감이 틀린 게 아니었다.

가선의 어머니도 분명 가슴에 깊은 한을 품고 죽었을 터이거니와, 그 많은 궁녀들은 모두 왕이나 왕세자의 소유물로서 형식적으로는 그 절대자의 아내이로되, 실제로 승은을 입거나 선택받는 경우는 극히 제한되었다. 따라서 대부분의 궁녀들은 평생 과부 아닌 과부로 진한 외로움 속에서 살다가 생을 마감하는데, 그 한과 외로움이 얼마나 깊었으면 날이 좀 가물어도 그네들의 탓으로 돌렸겠는가. 내가 다시 말하였다.

"너는 이제 내 사람이 되었으니, 어디에서 살건 왕비나 다름없느니라. 어쩌냐? 머리 길러 궁 안으로 들어와 내 곁에서 함께 살면 … ."

"비록 파계는 하였을망정, 저는 이대로가 좋습니다. 결코 궁 안에 들어가 살지는 않겠나이다."

"진실로 왕비가 된다 해도?"

"예, 마마."

가선은 어리광을 부리듯 더욱 깊이 내 품 안으로 파고들면서 계속하였다.

"저는 이미 불가에 귀의한 몸, 빈 껍질이나 다름없나이다."

"그럼 내가 지금껏 빈 껍질과 놀았더란 말이냐? 네가 나한테 영 정을 주기 싫은 모양이구나."

"아니옵니다, 마마. 불가에서의 깨우침의 도리가 그렇다는 것이지요."

"깨우침의 도리? 그것이 무엇이더냐?"

"공이라 하옵니다."

"공? 빌 공(空)?"

"예, 마마. 사람은 내남없이 빈 껍질일 뿐입니다. 허나 대개는 그것을 망각한 채, 어리석게 성내고 미워하고 터무니없이 욕심을 부리지요."

"그래봤자 다 빈 껍질만 남는데 말이지?"

뒤늦게 밀려드는 노곤한 졸음을 꿈결인 듯 의식하면서, 나는 또 혼잣말처럼 중얼거렸다.

"내가 바로 빈 껍질이다."

"이 몸도 마찬가지옵니다, 마마."

"깨달음으로 가는 길이, 참 멀고도 아득하구나."

달빛 자르기

둘째 날

아, 어찌하여 당신은 이다지도 비정하고 무자비할 수 있단 말인가. 아무리 만인지상의 법 위에 군림하는 왕이라고는 하지만, 세상에 어찌 이런 희한하고도 기막힌 형벌을 아들에게 내릴 수 있을까.

세자야.

따뜻하고도 부드러운 당신의 목소리가 들린다.

아이구, 우리 착한 선(愃)이. 잠은 잘 잤느냐?

예, 아바마마. 평안히 주무셨나이까?

오냐, 모처럼 꿈도 없이 푹 잤구나. 그래, 잘 왔다. 오늘 아침은 나하고 수라를 함께 들자꾸나. 어서 안으로 들어오너라.

예, 아바마마.

… 전에 없던 일이다.

나는 오랜만에 당신의 방으로 들면서 은근히 기쁘면서도 겁이 난다. 오늘은 또 무엇을 물으실 건가. 아니나 다를까.

동몽선습은 다 떼었느냐?

엊그제의 하문을 또 되풀이한다. 나는 당신의 맞은편 윗목에 조심스레 무릎 꿇고 앉으면서 대답한다.

아마 오늘 석강 무렵에는 다 끝낼 것 같사옵니다.

아이구, 대견쿠나. 무릎 꿇지 말고 편히 앉거라. 앞으로도 항상, 특별한 죄를 짓지 않은 이상 그렇게 앉을 것 없느니라. 알아들었느냐?

예, 아바마마.

그럼 어디, 우리 세자가 얼마나 총명한지 시험해 봐야겠구나. 동몽선습 윤리편의 첫머리를 한 번 외워 보거라.

예, 아바마마. … 만물지중에 유인이 최령하니 유부자지친하며 유군신지의하며 유부부지별하며 유장유지서하며 유붕우지신이니라. 만물 가운데 오직 사람이 가장 영명한데, 아버지와 아들의 친애함이 있고, 임금과 신하의 의리가 있고, 남편과 아내의 분별이 있고, 어른과 아이의 차례가 있고, 벗과 벗 사이에 믿음이 있기 때문이다.

아이구, 제법이구나. 그럼 그 다음의 경어야자(耕於野者)로 시작되는 대목은?

경어야자는 식군지토하고 입어조자는 식군지녹이니 인이고비부모면 즉불생이고 역비군이면 즉불식이라, 고로 신지사군이 여자지사부하여 유의소재면 즉사명효충이니라. 들에서 밭가는 자는 임금의 흙을 먹고, 조정에 선 자는 임금의 녹(祿)을 먹는다. 사람은 진실로 부모가 아니면 세상에 나지 못하고 또 임금이 아니면 먹지 못한다. 그러므로 신하가 임금을 섬기는 것도 자식이 어버이를 섬기는 것과 같이 하여, 오직 의(義)가 있는 곳이면 목숨을 바쳐서 충성을 다

해야 한다.

나는 속으로는 진땀을 흘리면서도 겉으론 극히 자신 있고 태연한 척 외웠다. 지그시 지켜보던 당신이 가볍게 무릎까지 치면서,

과연 영민한 세자로고. 누굴 닮아서 이리 총기가 밝을까?

매우 흡족해하는 표정이다. 이제 일곱 살밖에 안 된 어린것이 벌써 천자문과 소학을 마치고 동몽선습까지 곧 뗀다고 하니, 장차 어진 임금이 될 소지가 충분히 엿보인다고 판단할 만도 하겠다.

수라상이 들어왔다. 오늘따라 전에 없는 진수성찬이다. 상다리가 부러질 만큼 팔도명산의 온갖 산해진미로 가득하다.

혹시 내 생일인가?

따져보니 아니다.

그럼 부왕의?

그것도 아니다.

그럼 어느 선대왕의?

그것도 아닌 것이, 돌아가신 분의 생일잔치는 애초에 없는 법이니까.

이런저런 나의 궁금증에는 아랑곳없이, 당신은 손수 맛있는 것들을 골라 긴 젓가락으로 집어서 내 입에 먹여주기까지 한다. 이 또한 생전 처음 있는 일이다. 태어나면서 일찌감치 생모의 품을 벗어나

71

생판 모르는 유모의 젖을 먹고 자랐고, 그리고 나이든 상궁들의 손에서 키워진 나는, 지금껏 혼자 밥상을 맞았고 앞으로도 여전히 그럴 것이었다. 그것이 궁중의 법도라고 하였다. 임금도 혼자 들고, 대왕대비도, 왕비도 저마다 자기 방에서 혼자 숟가락질하며 밥을 먹고 물을 마셔야 한다.

그런데 이게 무슨 일인가. 혹시 내가 꿈을 꾸고 있는 건 아닐까?

나는 이것저것 맛있게 받아먹으면서도 내내 꺼림칙하여 좌불안석이다. 결코 이런 분에 넘치는 호사는 일찍이 없었는데, 무슨 마(魔)가 끼려고 이런 엄청난 밥상이 내 앞에 차려졌던 말인가.

하지만 당신은 이에서 한술 더 뜬다.

숟가락을 내려놓은 다음 배가 터지지 않을까 염려할 정도로 포만감을 느끼고 있는 나에게, 당신은 이제 산책을 나가자는 것이다. 시강원의 아침공부에 가봐야 한다고 아뢰었지만, 오늘은 좀 늦어도 괜찮으니 어서 나를 따라 오란다.

푸른 초원이 펼쳐진 언덕길을 우리 부자는 한없이 걸어들어갔다.

가도가도 똑같은 소롯길이다. 길 양옆으로는 내 얼굴만큼이나 크고 소담스런 함박꽃 송이들이 활짝활짝 무리져 피어 있다. 그런데 그 얼굴 같은 꽃송이들은 숲길 안으로 들어갈수록 점점 색깔이 달라진다. 처음엔 맑은 선홍이었다가 차츰 진한 자주색으로, 그리고 마침내는 멍든 먹빛으로.

뭔가 원한이 서린 듯한 표정으로 나를 노려보는 것도 같다. 그 이상한 꽃의 얼굴들은 여기서 저기서 불쑥불쑥 튀어나와 귀신처럼 웃기 시작한다.

괜찮다, 괜찮다. 나를 따라 오너라.

당신은 놀란 내 손을 꼬옥 그러잡아 쥐어주면서 우거진 솔밭 속으로 나를 이끈다.

자그마한 야산 가득 다복솔이 빽빽하게 들어차 있다. 그 솔잎 사이사이로 햇살이 눈부시게 넘실댄다. 넘실대는 황금의 빛다발이 내 눈앞을 온통 캄캄하게 휘덮는가 싶자, 당신은 어디론지 훌쩍 사라지고 없다.

아버님, 아버님!

나는 놀라 당신을 부른다. 아바마마라는 왕실의 호칭 대신, 여항에서 흔히 쓰는 예삿말로 나는 번갈아 당신을 부르며 산 속을 헤맨다.

그렇게 한참을 방황하고 있는데, 당신은 또 느닷없이 웬 누더기 승복차림으로 바뀌어 활짝 나를 반긴다. 옷은 비록 잿빛 누더기일지라도, 얼굴은 이미 왕으로서의 찌든 엄격함이나 세속의 번뇌를 말끔히 지워 없애고, 초탈한 고승대덕이다.

이것 봐라. 이 산이 온통 연둣빛 고사리로 가득 차 있구나.

손에 쥐어진 두 가닥의 살진 햇고사리를 보여주면서, 당신은 방금 전 고사리를 따온 곳을 손가락으로 가리켰다.

그곳까지 갈 것도 없이, 고사리는 상기도 산지사방에서 고개를 내밀고 있다. 땅에 쌓인 묵은 솔잎을 헤치고, 고사리들은 서로 다투어 무럭무럭 솟아오르고 있다. 위로 솟아오르며 마구잡이로 성장하는 고사리의 모습이, 느린 동작으로 두 눈에 훤히 들여다보인다. 어느덧 내 키만 한 고사리들이 사방에서 나를 에워싼다.

한 고사리가 나를 보고 웃는다.

또 한 고사리가 나에게 손을 내민다. 내가 무서워 그 손을 거절하자, 다른 한 손이 내 목덜미를 덜컥 움켜잡는다. 또 다른 고사리의 손이 내 머리칼을 잡아 낚아채고, 또 다른 고사리의 손이 내 뺨을 냅다 후려갈긴다.

"오, 안 돼. 안 돼."

안타깝게 부르짖으면서 나는 벌떡 눈을 뜬다. 꿈이다.

여기가 대체 어디인가?

나는 상체를 일으켜 앉으면서, 잠시 어리둥절한 혼란 속에 빠져든다. 꿈인지 생시인지 얼른 분간이 되지 않아서이다. 어둠이 주는 생경함 때문이었는지도 모르겠다. 변함없는 뒤주 속이다.

　요란한 까치소리가 들리는 걸로 미루어 새날의 아침임이 분명하다. 실낱같은 몇 줄의 틈 사이로 찬란한 햇살이 비쳐 들어온다. 빗금을 그으며 쏟아져 들어오는 그것들이 마치 예리한 칼날과도 같다.

　나는 요리조리 몸을 움직이며 그 가느은 빗금의 햇살들에게 눈을 갖다 댄다. 그마저도 눈부시다. 눈을 떼고 손바닥을 대본다. 일직선의 빛나는 햇살손금이 생긴다. 괜스레 간지러움이 느껴진다.

　그래, 나는 살아있어. 아직은, 아직은 ….

　온몸이 욱신거리고, 방광은 오줌으로 꽉 차있다. 금방에라도 터져 나올 것 같은 요의를 애써 참지 못한 나는, 여느 때와 같이 급히 바지춤을 까 내리려다가 주춤 멈춘다. 그리고 천천히 어둠 속을 더듬어, 반대편 구석 쪽으로 몸을 옮긴다. 허리를 쭈욱 펴고 설 수가 없어서 그게 여간 불편한 게 아니지만, 그도 어둠처럼 이내 친숙해질 터이다. 아니, 오늘 아니면 내일쯤엔 사랑하는 아버지 당신이 닫힌 뒤주 문을 활짝 열어 줄 터이므로, 그때까지만 모든 불편을 감수하고 꾹 인내하면 될 것이다.

　맞아, 고사리손들이 있었잖나.

　방금 전의 꿈까지 선명하게 되살아나는 걸로 미루어 좋은 일이 곧 생길 듯한 예감이 든다.

　오줌도 좀 더 참아볼까? 그래, 지엄한 왕세자 체면에 제아무리 급하기로서니 아무 데서나 소피를 볼 순 없지.

나는 각이 진 구석을 등지고 스르르 주질러앉는다. 그리고 이제부터 이 좁고 어두운 공간을 아늑한 골방쯤으로 생각하기로 속으로 다짐한다. 고사리손들은 나를 해코지할 듯 다투어 덤벼들었지만, 무릇 꿈이란 현실과는 정반대로 해석해야 된다지 않던가.

분명 길몽임에 틀림없어! 그 수많은 고사리손들에 의해, 난 꼭 살 수 있어. 반드시 살아날 수가 있다구.

당신이 나를 사랑해마지 않던 어릴 적으로 돌아가서, 함께 햇빛 찬란한 다복솔밭으로 들어갔던 것도 그렇게 상서로운 조짐일 수가 없고, 진수성찬의 수라상을 당신과 함께 마주해 포식한 것도 썩 괜찮게 여겨진다. 아니, 꿈은 거꾸로 해석해야 된다는 게 맞다면, 오히려 나쁜 건가? 혹시 죽음에의 제의(祭儀)?

꿈속에서 나온 《동몽선습》도 별로 유쾌한 기분은 아니다.

하필이면 왜 그 책인가.

사실은 그 공부의 더딤 때문에 어린 날의 나는 당신에게서 걸핏하면 듣기 싫은 지청구를 습관처럼 들어야 했었다.

당신은 유독 이 책에 대한 애정이 소나무처럼 깊었었다. 그 농도가 얼마나 진했으면 한동안 빛을 못 보고 있던 것을 직접 서문까지 써줘 가며 새로 발간케 했을까. 지금도 내가 달달 외고 있는 그 어제(御製) 서문은 이렇게 시작되었다.

― 이 책은 우리나라 선비가 지은 것이다. 첫머리에서 오륜(五倫)을 통틀어 논하고, 그 다음에 이것을 다시 부자·군신·부부·장유·붕우의 순으로 열거하여 설명했다. 그리고 태극이 나뉘어지는 것에서부터 삼황(三皇)·오제(五帝)와 하나라·은·주·한·당·송을 거쳐 명나라에 이르기까지 역대의 세계(世系)가 자세히 기록되어 있다.

글은 비록 간략하나 그 범위는 넓고, 책은 비록 작으나 그 속에 포함되어 있는 것이 크다. 하물며 요·순의 도가 효제(孝弟)일 뿐이랴. 이 책의 첫머리에 오륜을 말한 것은 그 뜻이 깊은 탓이다.

아, 어버이에게 효도한 연후에야 임금에게 충성하고, 형에게 공손한 연후에야 어른을 공경하니, 이로 본다면 오륜 가운데 효제가 으뜸이다. 그러나 《시경》에서 문왕을 칭송하여 말하기를 '아아, 공경의 덕을 밝히셨네' 라고 하였다. 공경이란 일의 시작과 끝맺음을 온전히 하고, 위와 아래를 통하게 하는 공부인 까닭에, 《대학》의 요지는 곧 '경(敬)'이란 한 글자이고, 《중용》의 요지는 곧 '성(誠)'이라는 한 글자이다.

이 성과 경은 학문에 있어서 수레의 두 바퀴, 새의 두 날개의 역할을 한다. 나 이제 이 책의 첫머리에서 성·경, 두 글자를 강조하나니, 마음을 정성스럽게 한 연후에야 책은 책대로, 나는 나대로 되는 것을 막을 수 있고, 마음을 공경히 한 연후에야 가르침을 본받고 따를 수 있는 것이다. 배움에 있어 어찌 이를 소홀히 할 수 있으랴.

그 다음에도 '왕업을 이어받을 임금들은, 이 지극한 인덕을 본받아 삼가고 경계하여, 성심으로 정사를 보살피라'는 등의 당부로 여러 줄이 더 첨가되어 있거니와, 당신은 책에 실린 본문보다도 이 글부터 먼저 완전히 외고 숙지하도록 나를 달달 들볶아댔던 것이다. 이미 '부자유친'으로 들어간 학습진도를 싹 무시한 채, 강관을 포함한 어린 나에게 때로는 불호령으로, 때로는 견딜 수 없는 수모감으로 자주 벌을 내렸다.

그 편집광적인 집요함은 나를 충분히 주눅 들게 하고, 당신을 기휘(忌諱)하게 만들었다. 당신과 내가 서로 운명적인 상극(相克)의 끄나풀을 나눠 쥐게 된 건 아마 이때부터가 아니었을까 싶다.

어쨌든 나는 이 책이 별로 맘에 들지 않았다.

특히 우리나라를 철저한 중국의 속방으로 전제해 놓고, 저들의 역사와 문물과 은덕을 입에서 침이 튈 정도로 칭송하는 데는 본능적인 반감이 일었다. 어린 나이에도 벌써 그런 느낌이 강하게 나를 지배하였다. 우리를 터무니없이 속박하고 노비 부리듯 사사건건 간섭하는, 그럼에도 우리 왕실은 또 저들에게 말 한마디 제대로 못한 채 꼼짝없이 과공(過恭)으로 떠받들어야만 하는 암담하고도 부끄러운 현실이, 생각할수록 기막히고 분하였다.

하지만 진정으로 생각할수록 분하고 기막힌 건, 바로 지금 이 순간이 아닌가. 나는 어찌하여 천한 노비보다도 못한 치욕스런 모멸을 이리 무작정 당하고만 있는 것일까.

　아, 오줌이 마렵다. 더 이상 참고 견딜 수가 없다.
　나는 다시 반대편 대칭점의 구석 쪽으로 무릎걸음을 옮긴다. 그리
고 바지춤을 까 내린 다음, 눈 질끈 감고 아랫입술을 깨문 채 그동안
의 충만했던 요의를 한순간에 팍 놓아 버린다.
　아아, 비로소 살 것 같다. 나는 아주 잠깐 우리에 갇힌 짐승을 떠올
린다.
　가만, 조금 전 내가, 당신과 나는 상극이라고 했던가?
　바지춤을 끌어올리면서 나는 생각하였다.
　그렇다면 아직 희망은 있다!
　'상극은 곧 상생'이라고 했으니까, 당신은 아들인 나를 반드시 살
려 줄 것이다. 꿈속에서도 높고 깊게 깨달은 고승대덕의 모습으로
현현한 당신이었고 보면, 이 같은 내 판단과 예지력은 아마 틀림이
없으리라. 《동몽선습》의 계몽편에도 바로 이런 말씀이 들어있지 않
았던가.
　― 쇠와 나무, 물, 불, 흙이 있는데 하늘에선 오성(五星)이 되고 땅
에서는 오행이 된다. 쇠로는 그릇을 만들고, 나무로는 집을 만들고,
곡식은 흙에서 나서 물과 불을 얻어 음식을 만드니, 무릇 사람의 일
용지물이 오행에서 나오지 않은 것이 없다.

오행은 본디 상생(相生)하는 도리가 있는데, 물은 나무를 만들고, 나무는 불을 만들고, 불은 흙을 만들어 돕고, 흙은 쇠를 만들고, 쇠는 다시 물을 생(生)하니, 오행의 상생은 무궁하여 사람살이를 마르지 않게 한다.

오행은 또한 상극의 이치가 있는데 물은 불을 이기고, 불은 쇠를 이기고, 쇠는 나무를 이기고, 나무는 흙을 이기고, 흙은 다시 물을 이기니, 이 상극을 현명하게 조절하고 극복하여 상생으로 이끄는 것은 오직 사람의 공력(功力)에 달려 있다.

그럼에도 당신과 나는 왜 그 공력에 힘을 쏟지 않았을까. 입과 머리로는 훤히 알고 떠들면서도, 그 실행에서는 왜 그리 냉담하고 무관심했을까. 아, 깨달음에 이르는 길은 정녕 이다지도 멀고 아득하기만 한 것인가.

가선은 지금 어디서 무엇을 하고 있는지. 그네가 그립다. 몹시 보고 싶다.

그네라도 옆에 함께 있다면, 이 어둡고 무더운 염열지옥이라도 능히 버티어 낼 수 있을 텐데. 이렇게 속절없이 죽어가도 여한이 좀 덜할 텐데.

지금 다시 생각해도 그때 평양에 그네 혼자 덜렁 놓아두고 도망치듯 궁궐을 향해 말을 몰았던 건 심히 겸연쩍다. 물론 사태가 어렵사리 수습된 뒤 은밀히 사람을 시켜 안암골 승방으로 다시 안전하게 옮겨다 주긴 하였으나, 놀란 그네는 그때 이미 나를 다시 못 볼 줄 알았다고 했다.

나를 찾는 대궐의 기미가 아무래도 심상찮다는 파발마를 띄워 온 것은, 가선이와의 업보와도 같은 밀월이 한창 불붙어 있을 무렵이었다. 그렇게 한 세상 시름을 잊고 지내던 어느 날, 헐레벌떡 밤새워 말을 타고 달려온 궁관은,

"세자 저하, 상감마마께오서 오늘내일 곧 찾으실 것 같사옵니다. 청요직의 당상관들과 몇몇 유생들이 수 개월째 주상 전하께 진현을 않고 계시는 저하마마에의 면대를 요청했다 하오니, 이 길로 어서 달려가 동궁을 지키소서."

이마의 땀을 훔쳐내며 급히 전하는 것이었다.

"그래? 그들이 원하는 구대 요청일이 언제로 잡혀 있다더냐?"

"당장 내일중으로 알고 있사옵니다."

"내일이라면 해뜨자마자렷다? 알았다, 그럼 지금 당장 떠나자."

그래도 속으로는 가슴이 철렁 내려앉은 나는, 서둘러 한양으로의 발길을 재촉하지 않으면 안 되었다. 마침 해가 부우옇게 떠오르는 이른 시각이라 조반도 안 든 참이었지만, 그런 걸 따지고 어쩌고 할

계제가 아니었다. 아기는 가선이마저 돌볼 겨를이 없었다. 곧 다시 돌아올 테니, 그때까지 내가 잘 아는 한 관기와 함께 지내라 일러놓고, 그 길로 황망히 말을 몰았었다.

나는 달리고 또 달렸다.

오늘 안으로 동궁에 당도해야 한다.

내가 오래 궁을 비운 걸 안 노론 일파가, 그걸 절호의 기회로 이용하고자 주상께 고자질한 게 틀림없었다. 동궁이 비어 있다는 걸 실증적으로 보여주기 위해서, 선혜청 당상관인 홍계회가 장인의 사주를 받아 나와의 구대를 요청한 거였다.

자, 보시와요. 주인은 온데간데없고 이 바보 같은 충복만이 가짜 주인 노릇으로 칭병하고 누워 있잖나이까.

그들은 그렇게 쾌재를 부를 것이었다.

그 콧대들을 납작하게 눌러주기 위해서라도, 나는 반드시 오늘 안에 도착해 세자궁의 덕성합에 터억 버티고 앉아 있어야 한다. 만반의 준비를 다 끝낸 다음, 시치미 뚝 뗀 채. 언젠가는 이 같은 날이 올 줄 알고 사전에 정보망을 구축해 놓았던 게 그나마 다행이었다. 예상은 그대로 맞아떨어진 셈이었다.

궁에는 한밤에 도착하였다. 천릿길을 거의 쉬지 않고 달려 온 결과였다.

그러나 내 방에 내 대신 누워 있어야 할 궁관 유인식이 보이지 않앉다. 밤이 되었으니 자기 처소로 돌아갔다는 거였다.

　다름 아닌 이자의 마음이, 누구보다도 내 충복이 먼저 변했었군.

　나는 당장 유인식을 데려 오라고 시종에게 일렀다.

　잔뜩 주눅이 들어 달려온 유 궁관은,

　"죄송하옵니다, 저하. 그건 전혀 제 뜻이 아니었나이다. 굽어 살펴 주옵소서."

　자기 탓이 아니라고 완강하게 손을 내저었다. 나는 눈을 부릅떠 그를 문초하고 다시 힐책하였다.

　"그럼 누구의 뜻이었더냐? 어떻게 해서 너의 정체가 탄로되었으며, 대체 누가 너를 오라 가라 간섭했다더냐?"

　"그건 다름이 아니옵고 … ."

　"어서 바른 대로 대지 못할까?"

　"예, 저하. 그건 세자비마마께서 이곳으로 친히 납시어, 밤에까지 굳이 이럴 필요가 없다고 말리시는 바람에 그만."

　그리고 그는 입가에 알 듯 모를 듯 묘한 웃음을 말아 올리고 있었다.

　아아, 저 웃음.

　나는 왠지 그 웃음을 보는 순간 피가 거꾸로 역류하는 기분이었다. 이유는 딱히 알 수 없었지만, 그러나 뭔가 불길하고도 절망적인 예감이, 나의 관서행의 비밀이 이 유인식과 아내의 입을 통해 이미 노론이나 궁 안에 쫙악 알려졌다는 확신이 번개처럼 뇌리를 스쳐 지나갔다.

"왜 웃느냐?"

불꽃이 튀는 눈으로 나는 물었고,

"저하, 저는 웃지 않았사옵니다."

유인식은 여전히 알 듯 모를 듯한 웃음을 입 꼬리에 달고 있으면서도 한사코 아니라고 발뺌하였다.

정말이지 저 웃음은 싫다!

어찌 보면 경멸 어린 조소 같기도 하고, 또 어찌 보면 비굴한 아부 같기도 한, 그리고 비난과 조롱과 교활과 애원과 사악과 은밀한 통쾌감이 뒤죽박죽으로 한데 뒤엉킨 듯한 그런 야릇한 웃음이었다.

나는 지그시 눈을 감았다.

그러자 이번에는 산지사방에서 정체를 알 수 없는 요란하게 큰 웃음소리가 떼지어 들려왔다. 한껏 목을 뒤로 젖혀 호탕하게 파안대소하는 주상의 얼굴이 보이기도 하고, 둥그렇게 원을 그려 앉은 당상관 이하 여러 신료들이 서로 쑥덕쑥덕 키득거리는 모습도 보였다. 아내와 그 친정 식구들 모두가 나에게서 돌아앉은 채 희희낙락거리는 풍경도 얼핏 눈에 들어온다.

나는 반사적으로 벽에 걸린 칼집에서 날이 시퍼런 장검을 빼들었다. 놀란 유인식이 이게 무슨 날벼락이냐는 듯 혼비백산 무릎을 꿇었지만, 때는 이미 늦어 있었다. 그는 한칼에 목이 날아갔다.

피가 튀고 떨어진 목이 나뒹굴었지만, 나는 이제 아무렇지 않았다. 내가 지금 무슨 짓을 저질렀는지도 알 수 없었다. 칼날에 피가 묻어 있지 않을 정도로 순식간에 일어난 일이어서, 내가 사람을 죽였다는 게 도무지 실감이 나지 않았다.

"쥐도 새도 모르게 매장하도록 하라."

바닥에 흥건히 고인 핏물과 처참하게 두 동강난 시신을 망연자실 들여다보며 벌벌 떨고 있는 시종에게 황망히 이르고서야, 나는 비로소 제정신으로 돌아올 수 있었다. 아, 내가 사람을 죽였구나!

나는 손에 쥐어져 있던 칼자루를 저만큼 집어던지고 급히 문 밖으로 뛰쳐나갔다. 사위는 죽은 듯 조용했다. 마침 인적이 뜸한 한밤중이라 사건을 은폐시키기에는 별 탈이 없을 것 같았다. 그 밤, 내가 숨어들어 간 곳은 아내의 방이 아니라 후궁인 빙애(박귀인)의 처소였다. 벌써 잠에 들어있던 그네는,

"웬일이셔요, 이 늦은 야반에?"

흐트러진 옷매무새를 추스르면서 의아스레 눈을 부볐다. 그리고는 주춤 뒤로 다시 물러서며 내 위아래를 새삼 낯선 눈빛으로 요모조모 훑어보는 것이어서,

"내가 어디 못 올 데라도 왔단 말이냐? 왜 그리 놀라는 게야?"

극히 냉정한 어조를 가장하며 반문하였다. 그네의 떨리는 손가락이 내 옷의 앞자락을 가리킨다.

"웬 피, 피가 … ? 누구랑 다투었습니까?"

"누가 감히 세자한테 싸움을 걸어온단 말이냐. 사람을 죽였다."

"아이구, 어쩌자고 이런 일이!"

빙애는 놀라 까무러칠 듯 기겁하였다.

"그걸 진정으로 하시는 말씀입니까? 바른 대로 대소서."

"내가 언제 거짓말하는 것 봤더냐? 물, 물, 냉수부터 좀 가져오너라."

목이 타는 듯 심한 갈증을 느꼈다. 뒤늦게 살펴보니 팔소매에도 핏방울 자국이 선명히 묻어 있었다.

침방나인을 시키지 않고 자신이 직접 물그릇을 챙겨 가져온 빙애는, 또 억지다시피 피 묻은 옷자락을 벗기고 장롱 안의 침복을 꺼내어 놓았다. 안색이 몹시 창백하니 어서 씻고 자리에 누우라는 거였다.

그리고 그네는 더 이상 묻지도 않았고, 시시비비를 따지지도 않았다. 곤두선 내 신경을 건드리면 더 험하고 무서운 사단이 벌어지리라는 걸 직감으로 알아차린 눈치였다. 이즈음 들어 아주 하찮은 일에도 벌컥벌컥 화를 잘 내고 손찌검까지 일삼는 나의 새로운 기벽을 미리 경계하고자 함일 터였다.

궁 안에만 들어있으면 자신도 알 수 없는 불안과 공포, 강박증에 시달리고, 종당에는 닥치는 대로 불을 지르거나 누군가를 그침 없이 죽이고 싶은 충동에 사로잡히고 마니 나 스스로도 심히 수상하고 괴이쩍었다.

나는 다시 술을 찾았다. 한 주발의 물을 다 들이켜도 타는 갈증은 쉬 가시질 않아, 차라리 술을 가져오라 하였다. 그래야 살인의 죄의식에서도 좀 벗어날 수 있겠고, 급작스런 장거리 여독에 지칠 대로 지친 피로감이나 막연한 내일에의 초조감도 잠재울 수 있을 것 같았다.

그러나 그 밤, 나는 결코 깊은 잠을 이룰 수 없었다. 밤새 어지러운 개꿈에 시달렸다.

이튿날 아침녘, 홍계희는 어김없이 여러 명의 춘방 관원과 젊은 관학 유생들을 데리고 덕성합 뜨락으로 들이닥쳤다. 그러나 불현듯 얼굴을 내민 나의 예기치 않은 출현에, 그는 도저히 믿어지지 않는다는 듯 어리둥절한 표정이었다. 반쯤 입을 헤벌린 채 한동안 머뭇거리며 서 있다가,

"세자 저하 뵈온 지가 하도 오래돼서, 문안 인사차 들렀나이다. 옥체 건강은 어떠신지요?"

정중히 머리를 조아린 다음 뒷머리를 긁적였다. 나는 태연스레 말하였다.

"염려 덕분으로, 그런 대로 괜찮소. 그런데 여러 유생들까지 이렇게 나선 걸 보니, 무슨 일인가가 있긴 있는가 보구료."

"저하, 실은 그런 게 아니옵고 ⋯ ."

제풀에 오금이 저린 한 춘방 관원이 앞으로 나서며 변명하였다.

"실은, 유생들이 위로 글을 올린 것은 여항에서 근거 없이 떠돌고 지껄이는 소문이 있어 그를 경계하기 위해서입니다."

"위로 글을 올렸다?"

그럼 상감마마께서도 이미 알고 있단 말인가, 하고 속으로 찔끔 놀랐으나 나는 더욱 태연한 척 조용히 되물었다.

"근거 없이 떠도는, 그 지껄이는 소문이란 게 대체 무엇이오?"

"그것은 다름이 아니오라 … 저하께서 유람하시는 걸 두고 이르는 말씀이오이다."

다른 춘방 관원이 한 발 앞으로 나서며 계속하였다.

"그것이 아무리 근거 없이 지껄이는 헛소문이라도 이런 유언비어를 불러들인 것은 결국 저하이오니, 앞으로는 날마다 강관을 인접하고 정사에도 참여하시어, 이런 맹랑한 말들이 없어지게 하소서."

"그대들이 아뢴 바가 매우 황당하기는 하나 일부 합당한 대목도 있으니, 병든 이 몸이 쾌차하고 주상께서 허락하시면 그대로 따르도록 노력하겠소. 내 충분히 알았으니 돌아들 가오."

나는 그들에게 적당히 맞장구를 침으로써 이 작은 소동을 속히 잠재울 필요가 있다고 생각하였다. 인정할 것은 적당히 인정해버리는 게 상책이었다.

그리고 그 이틀 후, 나는 곧 주상에게의 진현을 요청하였다. 그러나 돌아온 것은 겨우 쌀쌀맞은 거절이었다. 당신 스스로도 정사에 바쓰고 세자 또한 몸이 불편할 테니 아직 진현할 필요가 없다는 거였다.

게다가 더욱 당혹스러운 것은, 나의 관서행을 진즉에 뻔히 알고 있을 당신이 그에 대해선 일언반구 아무런 힐책이나 말이 없다는 사실이었다. 오로지 침묵으로 일관하면서 모른 척 수수방관의 태도를 취하였는데, 그것은 어쩌면 폭풍 전야와도 같은 음울한 조짐이 아닐 수 없었다.

나의 화병은 또다시 새로운 형태로 도지기 시작했다.

평소에도 공연히 가슴이 답답하거나 울렁거리고, 심하게 뒷골이 당기면서 떼거리 웃음소리가 허공에서 히히히 들려오는 단계를 지나, 이번에는 아예 닥치는 대로 사람을 죽이고 싶은 것이었다. 나는 이 그침 없는 살의를 잠재우기 위해 엉뚱하게도 땅을 파기로 하였다.

덕성합 뒷마당 공터에 새로운 나의 지하 별궁을 짓는 일이었다. 밖에서는 보이지 않는 후미진 담장 안쪽에 짓는 것이어서, 세자궁의 자비노(差備奴)들을 이용하는 노동력만으로도 별 어렵지 않게 해낼 수가 있었다. 오직 나만의 공간, 나만이 숨쉬고 혼자 생활할 수 있는 세 칸짜리 지하실이었다. 거기서는 어떤 미친 짓이라도 가능하였으며, 어느 누구의 간섭이나 감시에서도 충분히 벗어날 수가 있었다.

그것이 어렵사리 완공되던 날, 나는 뛸 듯이 기뻤다.

볼수록 묘하고 신통하였다. 땅 속으로 드나들 때는 몸뚱이 하나만

달랑 들어갈 정도의 아주 비좁은 출입구로되, 그 안으로 들어가면 은은한 옥등까지 켜진 침소와 어엿한 방들이 세 개나 마련되어 있으니 이 얼마나 기막히지 않으랴.

그 움집 땅 위로는 두터운 판자문의 좁은 출입구를 포함해서 모조리 떼를 입혀버리니, 그 존재 유무마저 실로 감쪽같았다. 안에서 굿을 벌여도 모를 만큼 방음방광이 완벽한 궁전이었다. 아니, 살아있는 무덤 속이었다. 장차 내 실제 무덤으로 이용해도 아주 좋을 듯싶었으며, 아예 때를 봐서 아내와 아들을 불러놓고 그런 유언이라도 해둘 요량이었다. 그래서 나는 그 안에서 문틀 등의 시설작업을 마무리하던 목공에게 특별히 지시하여, 큼지막한 궤를 하나 짜라고 했었다. 그것은 곧 나의 관(棺)이며 상청이며 무기고였다. 내가 지금 갇혀 있는 이 운명의 뒤주가 바로 그것이다.

그렇듯 큼지막한 궤가 하나 만들어지자, 나는 거기에 굳이 옻칠을 말라고 당부하였다. 대패질을 마악 끝낸 참죽나무의 냄새와 질감이 너무나 좋아서였다. 나뭇결과 무늬가 자연 그대로 살아있는 속나무의 목질이며, 치자물이라도 들인 듯 타는 눈물빛 속색깔이며가 차라리 황홀할 지경이었다. 그래서 나는 직접 그 안으로 들어가 큼큼큼 냄새를 맡아 보고, 직접 누워 보기도 하고, 조용히 눈을 감은 채 정좌해 보기도 했었다.

그때 문득 몇 년 전에 돌아가신 정성왕후의 얼굴이 홀연 나타났다. 나의 큰어머니면서 법적 어머니이기도 한 지하의 당신은, 아주 인자하고 너그러운 모습으로 말하였다.

"세자야, 그렇게도 내게로 오고 싶으냐?"

"……"

"세상이 그렇게 힘들다면, 왕세자 노릇이 그토록 너를 환장하고 미치게 만든다면 머뭇거리지 말고 어서 오너라. 내가 다 거두어 주마."

눈을 뜬 나는 한동안 그대로 가만히 앉아 있었다.

뵙고 싶었다. 당신은 무슨 한이 많아서 검은 피를 그리 콸콸 쏟았던 것일까. 자식을 낳아보지 못한 석녀인 데다가, 사랑하는 친동생마저 노론의 당쟁에 목숨을 빼앗기고 저만큼 서리 찬 한데에 물러나 있다가 쓸쓸히 숨을 거두었던 여인. 나는 그때 그 검은 피가 홍건한 사발을 받쳐 들고 한없이 울었었고, 그 슬픔과 그리움을 잊지 못해 장례 때 입었던 굴건과 상장(喪杖)을 아직껏 버리지 않고 보관해 오던 터였다.

나는 그때의 지팡이와 굴건을 가져와서 새 궤에 넣어 상청을 모시듯 깍듯이 모시기로 하였다. 물론 그 희한한 뒤주의 다른 한켠에는 내가 아끼는 활이라든가 유엽전, 청룡도 따위도 가지런히 정리하여 함께 보관하였다.

바로 그걸 가지고 노론들은 내가 지하에 상청을 꾸며 애비인 주상을 저주하였다는 것이었다. 그것이 상청이라면 결코 나의 것일 뿐,

주상 어서 죽어지라고 빈 저주의 제단은 아니었다. 그러나 당신은 바로 어제 내 죽음의 의식의 자리에서 갑자기 손뼉 치며 이렇게 소리 쳤었다.

"당상관들이여, 그대들 역시 저 하늘의 소리를 듣지 않았는가? 방금 지하의 정성왕후가 나에게 이르기를, 변란이 호흡 사이에 달려 있다고 말하였다!"

나는 솔직히 당신의 말을 믿지 않았었다. 하늘나라의 정성왕후가 친자식이나 다름없이 아끼며 외롭게 키워온 나를 죽이기 위해, 그런 무고한 모함의 소리를 들려줄 리는 만무였기 때문이다.

흥, 당신은 언제나 나를 벌주고 야단칠 때는 종묘사직의 열성조와 돌아가신 분들의 영령을 습관처럼 끌어들이곤 했었지.

그땐 '저주'같은 흉측한 낱말 따윈 떠올려보지도 않았지만, 지금에 이르러선 그 말이 보다 현실감 있게 다가온다. 진정으로 나를 죽이실 작정이라면, 나는 입에 거품을 물고 당신을 저주하게 될지도 모르겠다. 아마 굶주림과 타는 갈증으로 창자가 뒤틀리는 지경에 가선, 진정 저주하고 또 저주하게 되리라. 그러니까 당신은 지체 없이 어둠의 질곡 속에 갇힌 이 아들을 한시바삐 구해내야 한다!

나는 침을 꿀꺽 삼킨다.

목이 마르지만 아직은 참을 만하다. 그런데 이번에는 야금야금 똥이 마렵다. 그것도 참는 데까지는 참아 볼 터이다.

해가 중천에 떠올랐는지 벌써부터 숨이 턱에 찰 만큼 헉헉 무덥다. 오늘도 비 한 방울 내리지 않고 찌는 더위가 계속된다면, 나는 또 어떻게 타는 갈증의 긴 하루를 보낼 것인가.

그리고 무엇보다도 이 어둠이 싫다. 나를 칭칭 에워싸고 있는 저 주받은 어둠의 그물은 마치 녹슨 쇠사슬처럼 나를 결박하고, 억누르고, 질식시킨다.

하지만 내가 요행히 햇빛을 다시 볼 수 있을 때까지는, 어떻게든 이 어둠과 친숙해지지 않으면 안 되리라. 사랑하는 여인이나 친구처럼 아끼고 이해하며 끌어안지 않으면 나의 고통은 더욱 부풀려지고 눈덩이처럼 배가될 따름이겠다.

자, 이 어둠과 손을 잡고 달게 심호흡을 하자. 지금부터는 아주 지혜롭게 나를 아끼고, 좀 더 오래 버틸 수 있는 생명연습으로 들어가자.

그러기 위해서는 우선 숨고르기부터 잘해야 될 것 같다. 가슴으로 쉬지 않고 아랫배의 단전으로 쉬는 복식호흡이 좋다는 말을 여러 차례 들은 기억이 난다. 맞아, 그 우스갯소리를 곧잘 하던 필선 송지원이 들려주었었지. 세자시강원의 중진 강관으로 도가사상에도 일가견이 있었던 그는, 그 신통한 호흡법을 몸소 시범까지 해보이면서 지루한 강독시간을 지루하지 않게 메우곤 했었다.

어디 그뿐인가.

그는 한자리에 가만히 앉아서 실행하는 배암 모양의 여러 가지 기공체조라든가, 집중력을 기르기 위한 정신수행법, 또는 모든 집착을 놓아 버림으로써 그 방일을 통해 오히려 어떤 깨달음을 얻는 선가의 명상법 등도 잠깐씩 가르쳐 주곤 했었다.

그래, 그거야.

나는 새삼 그 시절로 다시 돌아가서, 그가 보여주었던 대로 어디 한 번 흉내내 보기로 한다.

우선 돌처럼 굳어진 사지를 푼다. 온 삭신이 쑤시고 결리는 것을, 두 손으로 자근자근 주무르고 두드린다. 그리고 두 다리를 쭈욱 편 다음, 두 손을 펴 발끝을 잡는다. 꺾인 허리에서 우두둑 소리가 난다. 팔과 다리의 관절마다에서도 마찬가지이다.

아, 내 뼈와 살은 아직 멀쩡하구나.

목을 상하좌우로 돌려 움직일 적에도 우두둑 소리는 여전하다.

가부좌를 틀고 앉아 양손을 비빈다. 열이 나게 비벼, 그 더워진 양손바닥으로 얼굴을 문지른다. 마치 거칠게 세수를 하듯 두 뺨을 힘껏 문지르고 비벼 마찰시킨다. 그런 다음 두 손은 온몸의 혈(穴)을 찾아 나선다.

머리에서 발끝까지, 막힌 경혈을 찾아 열심히 뚫고 하나로 연결시킨다. 머리 끝 한가운데의 백회혈을 누르고, 귀 뒤와 목덜미, 눈, 코, 입 주위를 누르고, 어깻죽지와 팔, 다리를 치고 주무르며, 이윽고 발바닥의 용천혈에 이르기까지 온몸의 기맥(氣脈)을 찾아 어르고 달래고 부채질한다.

이제 두 눈을 감고 적정열반 같은 명상에 잠길 차례.

모든 것을 놓아버려야 한다. 분노를 놓아버리고, 슬픔과 절망을 놓아버리고, 세자로서의 모든 권한과 책무를 놓아버리고, 왕권에의 헛된 욕심을 놓아버리고, 삶과 죽음에의 경계도 놓아버리고, 놓아버린다는 마음까지도 놓아버린다.

그리고 단전호흡으로 들어간다.

입을 다물고 혀를 가볍게 입천장에 붙인 다음, 아주 천천히 소리 나지 않게, 깊은 코로 숨을 들이쉬고 내쉰다. 그 들숨날숨의 속도가 눈에 보이듯이 느리고 깊다. 숨은 어느새 배꼽 아래의 손가락 하나 길이쯤의 지점에 뚫려있는 단전 숨구멍으로 옮겨 가 있다.

감은 두 눈앞에 이윽고 여자의 성기 같은 깊은 계곡이 펼쳐진다. 풀숲이 우거진, 아주 커다란 우주의 자궁 속이다.

둥그런 자궁은 또 금세 일직선의 폭포로 변한다. 새하얀 포말을 일으키며 거대한 폭포수가 쏟아진다.

폭포수는 이내 버얼건 핏물로 바뀐다.

그러다가 다시 희디흰 포말이다. 폭포수의 색깔이 희고 버얼건 핏

95

물로의 변형을 천천히 되풀이한다. 그러다가 그 낙하하는 속도가 급속히 빨라지는가 하면, 무엇이든 한순간에 빨아 삼킬 듯 무섭게 소용돌이치기도 하고, 문득 하늘을 향해 거꾸로 솟구치기도 한다.

그때 홀연 나타나는 이가 있으니, 바로 가선이다.

지금쯤 어디에서 어떻게 숨어 지내는지 몹시 궁금하다. 어쩌면 분노한 주상의 엄명으로, 그네 역시 궁 안으로 여지없이 붙잡혀 들어와 모진 문초에 시달리고 있을지 모른다. 아니면 이미 스스로 칼을 물고 자진해버렸거나, 칼을 받아 죽임을 당했거나.

제발, 하고 나는 속으로 빈다.

제발 죽지만 말아다오.

휘영청 달 밝은 그날 밤에도 나는 지하 별궁에 있었다.

바람도 없는데 촛불이 일렁였다. 나는 뚫어질 듯 너울거리는 그 촛불을 응시하였다. 귀에서는 여전히 이상한 벌레 울음소리가 들리기도 하고, 이상한 그림자가 눈앞을 휙 스쳐 지나가기도 하였다. 저것이 정녕 귀신인가, 사람인가.

나는 벌떡 일어나 손에 잡히는 대로 옷을 찢어발겼다. 그러자 누군가가 밖에서 나를 부르는 것 같아 벌컥 문을 열었다. 아무도 없다. 휘영청 푸른 달빛만 요염하게 쏟아져 내릴 뿐이었다.

"가선아."

나는 그 달빛을 쳐다보며 혼잣말로 웅얼거렸다.

그리고 다시 방으로 돌아들려던 나는, 문득 한 묘책에 사로잡혔다. 가선이를 이리로 불러들이는 것이었다. 되새김질할수록 기막힌 발상이었다.

혼자 속으로 손뼉을 친 나는, 당장 밖으로 나가 입직별감을 찾았다. 그리고 급히 교군들을 안암골 승방으로 보내 가선이를 데려오라 일렀다. 누가 보아도 어느 후궁의 행차쯤으로 잘못 알도록 눈속임하라는 당부도 잊지 않았다. 그래서 박 귀인이 어쩌다가 한 번씩 걸치는 능단의 장옷과 큰머리까지 빈 가마에 실려 보내었다.

그렇게 한바탕 소리 없는 소란을 피우고 나자, 이제는 귀에서 이상한 벌레 울음소리가 들리지 않았고 불그림자 같은 헛것도 더 이상 보이지 않았다. 알 수 없는 환청과 환시로 뒤덮였던 세상이 한순간에 환한 별천지로 뒤바뀌는 걸 느꼈다.

가선이를 기다리는 동안, 나는 혼자 술잔을 기울이면서 다시금 촛불을 응시하였다. 그 불빛 또한 비로소 불빛 본래대로의 소명으로 밝게 타오르는 것 같았다. 캄캄한 어둠을 환한 영혼의 일렁임으로 바꿔주는, 스스로 제 살을 깎아서 눈물 뚝뚝 흘리는 참으로 아름답고 숭엄한 불빛이었다.

그 한밤중에 가선이가 궁 안으로 들어왔다. 뒤주가 놓인 나의 지하 별궁으로까지 그리운 그네가 찾아 들어온 것이다.

내가 그네에게서 어울리잖은 장옷과 큰머리를 벗겨주자, 파르르
떨고 있던 속눈썹이 이내 촉촉한 물기에 젖었다. 반가움과 회한이
한데 뒤섞인 듯한 시선으로 한동안 나를 건너다보던 그네의 두 뺨 위
로 눈물이 주르륵 흘러내렸다. 눈물 보였다는 게 부끄러운지,

"마마, 황공하옵니다. 이 몸은 아마도 전생에 죄가 많아서 하찮은
니승도 될 수 없나 보옵니다."

가선은 소맷자락으로 얼른 눈물을 훔치면서 혼잣말하듯 말하였
다. 너울거리는 촛불에 어리비치는 그네의 아미가 시린 달처럼 희
었다.

나는 그네의 찬 손을 어루만지면서,

"가선아."

나직하게 불러 보았다. 그냥 그렇게 손을 어루만지고 이름을 불러
보는 것만으로도 내 가슴은 이내 촛불 같은 희열로 충만하였다.

"전생에 죄 많은 건 나도 마찬가지니라."

그리고 나는 저만큼 술상을 밀어놓은 다음, 그네의 손을 앞으로
잡아당겼다. 가느은 허리를 끌어안았다.

가선은 머리가 흉하다 하여 가벼이 몸을 틀어 정면으로 나를 보지
않으려 하였으나, 얼굴은 이미 내 가슴에 묻고 있었다. 그동안 일부
러 삭도를 대지 않았던 탓인지, 그네의 머리카락은 밤송이처럼 송송

98

송 돋아나 있었다. 흉한 게 아니라 차라리 아름다웠다. 나는 다른 한
손으로 그 꺼칠꺼칠한 까까중머리를 소담스레 쓰다듬으며,

"머리를 싹 밀지 않은 걸 보니, 가선이가 혹 환속하고 싶은 게 아닌
지 모르겠구나. 어떠냐, 이대로 궁 안에 들어와 아예 내 곁에서 살면?"

슬쩍 속마음을 다시 떠보았다. 품에 안긴 가선이 살레 고개를 가
로젓는다.

"아니 되옵니다. 소승은 다만, 부처님께 죄짓는 게 무섭고 두려울
따름이옵니다."

"허허, 또 그 소리! 누가 됐든, 한 몸 섬기면 그것으로 그만이니라.
자, 어서 이쪽으로 들라."

이부자리가 펴진 쪽으로 그네를 쓰러뜨렸다. 그리고 저고리 앞섶
을 풀어헤치려 하자, 상체를 일으킨 가선이 스스로 옷가지를 하나둘
벗기 시작하였다. 배암이 허물을 벗듯, 그네는 이제 아무런 주저나
스스럼없이 희고 고운 자기 알몸을 활 드러내었다.

그리고 바람에 스러지는 꽃더미이듯 빈 껍질 같은 내 육체 위로
살그머니 무너져내렸다.

온 산에 꽃사태가 났다.

불기둥이 무너지고, 용상에 앉은 나의 앞날의 왕관도 물거품처럼
무너져내리고 있었다. 와르르와르르, 무엇인가가 쉬지 않고 무너져
내리는 밤이었다.

한바탕 무리져 쏟아지던 꽃비가 멎자, 가선은 조용히 흐느껴 울었다. 힘이 빠져 함부로 널브러져 있던 나는 적이 놀라,

"아닌 밤중에 홍두깨라더니, 왜 그러느냐?"

그네 쪽으로 비스듬히 돌아누우며 물었다.

대답이 없다. 옆으로 새우처럼 구부려 돌아누운 그네의 몸뚱이가 마치 잘 다듬은 백옥 같았다. 작고 희고 귀여운 저 알몸 속의 무엇이 저런 지극하고도 가녀린 슬픔을 자아내고 있는가. 나는 그 이유를 재차 다그쳐 물었고, 그제야 평정을 되찾은 가선이 나직하게 중얼거렸다.

"진정으로 귀의할 데가 없어서, 그냥 좀 서러워서 … 황공하옵니다, 마마."

"귀의할 데가 없다니, 내가 있고 네가 그리도 사모하는 부처가 있잖느냐?"

"그럼 마마도 부처님의 존재를 믿사옵니까?"

내 쪽으로 돌아누운 가선이 이부자락으로 포동한 자기 앞가슴을 가리며 반색하였다. 내 드러난 갈비뼈를 안쓰럽게 쓸어대면서 그네가 계속하였다.

"금상께서는 누구보다도 불교를 배척하시는 분이라서, 저는 저하께서도 딴은 그러시는 줄 알았습니다. 그래서 여기로 올 때 아예 제 목숨을 걸었나이다."

"목숨을 걸다니, 무슨 말이 그리 끔찍하고 험하더냐?"

"우선은, 임금님한테 혹 들키기라도 한다면 그 자리에서 목숨이 날아갈 것이었고, 그게 두려워 입궁을 못하겠다면 이번에는 저하께서 결코 가만히 계시지 않을 거라는 생각이 들어 … 이래도, 저래도 결국은 … ."

"목숨이 남아나지 않을 거라고 믿었다, 이 말이지? 허, 고얀지고. 세자인 나도 그렇게 무섭더란 말이냐?"

나는 짐짓 정색하며 물었다. 내 품에서 살그머니 빠져나간 가선의 아랫도리는 이미 속옷이 입혀져 있었다. 내가 다시 다그쳤다.

"그리움에 끌려 온 게 아니라, 단지 무서워서, 목숨이 아까워서 왔다, 이거렸다?"

"아니옵니다, 마마. 무섭다기보다는, 누군가가 꼭 나를 뒤쫓고 죽일 것만 같은 공포 같은 것이 있어서 … 겁이 나서 그랬을 뿐입니다."

"그건 또 언제부터였느냐?"

"평양에 다녀온 뒤부터 줄곧 … 그래서 실은, 오늘밤이 저하를 뵙는 마지막 기회가 되지 않을까, 속으로 저어하였나이다."

"그래, 그럴 만도 했겠구나."

침상에서 빠져 나온 나도 주섬주섬 속옷만 걸치고서 술상 앞으로 다가앉았다. 새삼스레 가선이 가엾어 보였다. 이래저래 마음고생이 심했으리라. 평양에서 돌아오고 나서의 그 시난고난한 정경이 눈에 보이듯 그려졌다. 나는 그네의 손목을 이끌어 내 앞으로 바짝 다가 앉혔다. 그리고 유정하게 말하였다.

"걱정 말거라. 실은, 내가 임금이 되면 승려들의 도성 출입을 아주 자유롭게 할 것이니라. 승과제도도 다시 복구시키고, 성곽 주변에는 요소요소에 절도 세우고 … 그리하여 공자왈맹자왈밖에 모르는 유생놈들의 코를 납작하게 눌러 줄 터이다. 지존의 임금 위에 군림하려 한다거나 헛된 우상을 내세우지 않는다면, 그까짓 기복신앙이 무슨 대수겠느냐. 억압된 백성들의 마음이나 정신이 그런 쪽으로라도 분출되어야지. 그래야 왕권도 튼튼해지는 법이다."

"절도 맘대로 세우게 하신다구요?"

"암은, 너의 절도 하나 보란 듯 세워 주마. 물 좋고 경치 좋은 저 북한산 자락에 말이다. 자, 그런 의미에서 한 잔 따르려무나."

"예, 마마."

가선은 어느새 뽀오얀 활기를 되찾아 손길이 바지런해졌다. 빈 잔에 맑은 청주를 따라 안주와 함께 내 입에 넣어 주는가 하면, 자기 잔에도 가득 부어 스스럼없이 마셔 넘긴다. 그리고 말하였다.

"마마, 정말로 그렇게 불국토가 이루어지면 얼마나 좋을까요. 온 나라가 자비로운 부처님의 가피력으로 넘쳐날 테니 말이옵니다."

"허, 또 그 잘난 부처님이더냐? 도대체 그자가 누군지, 자세히 좀 얘기해 봐라."

"예, 마마. 석가모니 부처님은요 … ."

하고 가선은 더욱 흥이 나서 말하였다.

요컨대, 그 역시 인도의 어느 작은 나라의 왕세자였다는 것, 그러나 어머니가 그를 낳은 지 이레 만에 고통스럽게 죽었다는 것, 그 이후 어른으로 성장한 후에는 조정이 연일 당파싸움으로 망국의 지경에 이르렀으며, 세 부인의 애정싸움 역시 도무지 영일이 없는 데다 아들까지 태어나자 그는 문득 이 세상이 너무 부질없고 허무해졌다는 것, 그래서 기왕에 확보돼 있던 왕위도 헌 짚신 내팽개치듯 팽개쳐 버리고 먼 방랑의 고행길을 떠났다는 것, 그리하여 여섯 해라는 길고 숱한 고행과 명상 끝에 어느 날 문득 새벽의 보리수나무 아래에서 아주 큰 깨달음을 얻었다는 것, 그 이후 자신을 따르는 수행자들과 함께 끝없이 걸어다니면서 많은 중생들에게 불멸의 빛의 깨달음을 열어주었다는 것이었다.

가선은 또 이렇게 말하였다.

"그리고 그분이 이승을 하직하면서, 뭐라고 유언하셨는 줄 아셔요? '모든 것은 덧없이 변해가고 있다. 부지런히 정진하라, 네 자신을 길잡이 삼아서. 오직 진리만을 … ' 이었어요."

"말을 듣고 보니, 나도 불현듯 부처가 되고 싶구나."

잔을 비운 나는 넌지시 가선이를 건너다보면서 탄식하듯 중얼거렸다.

"꼭 내 이야기를 듣는 것만 같았다. 그래, 어떻게 하면 부처가 될 수 있다구? 도대체 무엇을 어떻게 깨달으란 말이지?"

"그건 우선 우리 인생의 네 가지 진리를 제대로 이해하고, 실생활에 지혜롭게 적응해 나가는 데서 시작되옵니다, 마마."

"네 가지 진리라니?"

"고(苦)·집(集)·멸(滅)·도(道)로서, 그 첫 번째인 고는, 이 세상 모든 생명체의 본질을 고통으로 보는 견해입죠. 나는 것도 고통이요, 죽는 것도 고통, 늙고 병들고 사랑하고 이별하는 것, 증오와 욕망의 불을 끄지 못하는 것도 다 고통이라는 것이지요."

"그래서?"

"그 두 번째인 집은, 그 모든 고통병의 원인이 다 집착, 잘못된 욕심에서 비롯된다는 견해입니다."

"그게 바로 지옥이 아니더냐? 그래서?"

"그 세 번째인 멸은, 앞서의 고와 집을 완전히 소멸시킨 상태를 말합니다. 마치 활활 타오르던 무한 소유욕의 불길이 일시에 확 꺼져버린 상태, 즉 견성성불의 열반에 드는 걸 일컫는데 여기서부터가 부처에 이르는 길이옵니다."

"그게 어디 말처럼 쉽겠더냐? 그래서, 그 다음은?"

"마지막으로 도란, 세 번째인 멸의 경지를 실제로 겪고 이루는 방법을 말합니다. 그 구체적인 여덟 가지를 팔정도(八正道)라고 하는

데 올바로 보는 정견에서부터, 옳고 바른 분석력의 정사유, 바른 언
어의 정어, 올바른 행위의 정업, 올바른 일과 태도의 정명, 올곧은 노
력의 정정진, 올바른 생각의 정념, 올바른 응집과 결정의 정정이 바
로 그것입니다."

"허, 그런 것들을 다 알고 나를 깨우쳐 주니 가선이 네가 바로 부처
로구나. 이제 다 됐느냐?"

"또 있습니다, 마마."

"또? 그것이 무엇이더냐?"

"이 네 가지 진리를 좀 더 압축시키고 객관화하여 설명한 것을 삼
법인(三法印)이라 하는데, 그것은 곧 '모든 것은 변한다'는 제행무상,
'모든 사물은 자기로서의 고정된 본체나 성질이 없다'는 제법무아,
'이 두 가지 사실을 온몸으로 깨달으면 그때 비로소 완전한 해탈의
경지에 이르게 된다'는 열반적정이 바로 그것이옵니다. 거기에 서있
는 참사람이 바로 부처라는 얘기지요."

"알 것 같기도 하고, 모를 것 같기도 하고 … 아무튼 참 묘한 게 불
교의 세계로구나. 그럼에도 오늘밤만은 우리 방식대로 맘껏 놀고 경
배하자꾸나. 어서 일어나거라."

어느결에 거나하게 취기가 오른 나는, 훌쩍 옷을 벗어 던지고 자
신도 모르게 어깨춤을 둥실 추기 시작하였다. 어디에서 비롯된 무슨
신명인지는 모르지만, 그 순간 나는 반벌거숭이 그대로 자리에서 벌

떡 일어나 두둥실 춤을 추고 있었다.

앗, 하고 나는 놀라 눈을 뜬다.

분명 살아있는 뭔가가 내 오른쪽 귓바퀴를 슬금슬금 맴돌았다!

하지만, 하고 나는 이내 도리질을 친다.

이 숨막힐 듯 꽉 막힌 어둠의 공간 안에서, 도대체 무슨 생명체가 꿈틀거리며 살아 움직일 수 있었단 말인가. 콩알만 하면서 가벼운, 그리고 또한 물컹하다는 느낌이 드는 웬 벌레의 미세한 움직임이 사르르 기어 가다가 말았다. 눈앞으로 뭔가 휙 스쳐 지나가는 듯도 싶었다.

아냐, 여긴 그 어떤 미물도 들어오거나 나갈 수가 없어. 하찮은 개미새끼조차도.

그렇다면 내가 헛것을 보고 느꼈다는 말인데, 그 감촉이 어찌 그리도 선명할 수가 있을까. 만약 그렇다면, 나는 지금 혹 죽어가고 있는지도 모른다!

어쨌든 나는 이제 더 이상 참을 수 없다고 나의 의지력을 헤아린다. 그래서 다시 보이지 않는 대칭점의 반대편 구석 쪽으로 무릎걸음을 옮긴다.

서둘러 바지춤을 까 내리고 엉거주춤 쪼그려 앉자, 항문께에까지 잔뜩 밀려 내려와 있던 똥이 한꺼번에 쑤욱 빠져 나온다. 처음에는 돌멩이 같은 된똥으로, 나중에는 스르르 맥이 풀린 설사 비슷하게.

구린내가 금세 진동했지만, 그래도 나는 비로소 숨다운 숨을 내쉴 수 있을 것 같다. 시원하다. 아주 속 시원한 해방감이 전신을 휘감아 돈다.

나는 쪼그려 앉은 상태 그대로 한 발자국 앞으로 나아간다. 그리고 무릎께에 돌돌 말린 바지를 아예 벗어버린다. 그것을 다시 반으로 갈라 찢는다. 벌써부터 진땀이 나는 걸로 미루어 한여름의 호된 무더위가 다시금 시작되고 있어서, 어차피 몸에 걸친 옷가지들은 다 팽개쳐야 할 형편이다.

찢어진 한쪽 다리의 바지자락을 다시 반등분하고, 그것을 또 반의 반으로 잘라 밑을 닦는다. 천을 접어가며 닦고 또 닦는다. 아주 깨끗하게 밑을 닦아낸 다음, 이번에는 그 몇 번에 걸쳐 접힌 두툼한 천조각으로 가지런히 똥을 덮는다. 아무리 내가 눈 내 똥이라고는 하지만, 김이 모락모락거리며 향기롭지 못한 냄새까지 피우는 놈을 그대로 가만히 방치해 둘 수는 없다. 결코 놈과 함께 숨쉬고, 놈과 함께 찌는 듯한 무더위와 어둠의 고통을 나누어 가질 수는 없는 노릇이다.

어느새 해가 중천으로 떠올랐는지 빈틈으로 칼날처럼 쏟아져 들어오던 가느은 햇살도 이제는 없다. 아쉽다. 몹시 아쉽다. 한 움큼의 햇살이 이렇듯 고귀하고 소중하게 여겨지기는 처음이다.

촛불이라도 하나 켤 수 있다면.

그렇다면 이 혹독한 외로움과 수모감, 견딜 수 없는 분노와 슬픔도 얼마쯤 그 불빛 속에서 용해, 희석시킬 수 있을 터인데. 아, 어찌하여 당신은 이다지도 비정하고 무자비할 수 있단 말인가. 아무리 만인지상의 법 위에 군림하는 왕이라고는 하지만, 세상에 어찌 이런 희한하고도 기막힌 형벌을 아들에게 내릴 수 있을까.

차라리 법대로 사형을 당하는 게 낫지 않을까 싶다. 그것도 목을 조른다거나 사약을 마시는 방법이 아니라 단칼에 목을 날리우는, 시퍼런 칼날에 한순간 잘린 목이 저만큼 혼자 굴러 떨어져 두 눈을 부릅뜬 그런 참수형.

그것도 아니라면 보다 좋은 방법들이 또 얼마나 많겠는가.

가시나무 회초리로 벗은 볼기짝을 갈기는 태형(笞刑)에서부터, 그보다 좀 더 굵은 가시나무 몽둥이로 후려치는 장형(杖刑), 소금을 굽거나 쇠를 달구는 등 온갖 힘들고 괴로운 노역에 종사케 하는 도형(徒刑), 당신이 영원히 볼 수 없는 곳으로 멀리 떠나보내 위리 안치시키는 유형(流刑)이 있지 않은가 말이다.

그것도 양에 안 찬다면 정식으로 친국을 열어 정형에 처하면 될 터이다.

차마 혈육의 인정에 이끌려 곧장 죽일 수 없다면, 그때는 또 폐세자하여 궁 밖으로 몰아내거나 서인이 된 내 얼굴이나 팔, 등에 내가

지은 죄목을 문신으로 샅샅 새겨 넣어 평생토록 지고 다니게 하면 그
것으로도 충분하지 않겠는가.

그래도 끝내 분이 안 풀린다면, 법 외의 관행으로 처벌할 수도 있
으리라. 죄인을 다스릴 때 좀 더 잔인하고 즐거이 고문할 수 있는 데
에 유독 교활한 머리를 많이 써온 것이 군주제의 어쩔 수 없는 속성
이니까. 그것이 곧 누리는 자들의 한결같은 쾌감이고 지배욕이니까.

그것은 이를테면 양다리를 묶은 다음 그 중간에 두 개의 각목을
가위 벌리듯 집어넣어 비트는 주리형이나, 무릎 위에 무거운 것을
올려놓고 사람이 올라타 무릎뼈를 부서뜨리는 압슬형, 몸의 어느 부
분이건 가리지 않고 여러 명이서 마구잡이로 몽둥이질하는 난장(亂
杖), 인두나 쇠를 버얼겋게 달궈서 죄 없는 사육신들의 애먼 살을 지
지고 볶던 저 무도한 낙형(烙刑), 코를 베어 버리는 의비형, 복숭아뼈
부근의 힘줄을 끊어내는 단근형, 발뒤꿈치의 힘줄을 베어 절름발이
나 앉은뱅이로 만들어버리는 월형, 생식기를 거세해버리는 궁형, 죄
인을 거꾸로 매달아 놓고 코에 잿물을 붓는 비공입회수형, 죄인을
좁은 방안에 가두고 그침 없이 장작불을 지펴 그 더운 열기로 말려
죽이는 증살형, 죄인의 발을 도끼로 쪼개는 고족형, 끓는 물에 삶아
죽이는 팽형(烹刑) 등이거니와, 나에게 벌을 내리거나 죽이려면 차
라리 그렇게 해달라는 것이다. 이렇듯 어두운 질곡의 뒤주 속에서
꼼짝없이 갇혀 죽는 건, 정말이지 죽기보다 더 싫은 노릇이다.

하지만, 하고 나는 문득 당신의 온화한 얼굴을 떠올린다.

당신이 용상에 오르고 나서 이와 같은 모진 형벌들이 많이 개선되거나 없어졌기 때문이다. 사람이 자칫 죽기 십상인 무자비한 난장이나 낙형은 물론이고, 비공입회수형, 도끼로 발을 쪼개는 고족형, 삶아 죽이는 팽형 따위도 없애거나 흉내만 내는 것으로 많이 완화시켰으며, 특히 압슬형은 당신의 즉위 다음해에 이는 인륜에서 벗어나니 곧바로 영구히 없애라고 하교하였으되, 당신은 스스로를 일러 '인주(仁主)'라고 강조했었다. '인주가 애써 백성을 아끼고 신중히 벌을 주는 뜻에 어긋나니 당장 압슬형을 제거하라'가 곧 그것인즉, 그렇게 어질고 착한 임금이라면 이제 와서 이런 이상한 뒤주의 형틀을 이용해 사랑하는 아들을 참혹하게 아사, 갈사(渴死), 질식사시키지는 않을 것이었다. 결코 그럴 리는 없었다.

그래, 조금만 더 참아 보자. 참고 기다리면 반드시 좋은 일이 있을 터인즉.

나는 얇은 속바지만 걸친 반라의 몸으로 가부좌를 틀고 정좌한다.

겨드랑이 아래로 주르륵 땀이 흘러내린다. 코의 기능이 마비된 탓인지 똥냄새는 어느 결에 별로 맡아지지 않았다. 그보다도 우선 목이 마르다. 타는 입술을 혀로 적신다. 그리고 눈을 감는다.

시냇물이 보인다. 그 뒤로 푸른 들녘이 넓게넓게 펼쳐지고, 농사장원기를 높이 치켜든 일단의 걸궁패가 징과 꽹과리, 북, 장구를 치며 들녘을 가로질러 간다. 그 뒤를 따라 가는 어린 조무래기들과 개와 망아지도 보인다.

단전에 힘을 주어 깊은숨을 들이마신다.

그러자 이번에는 폭포수가 쏟아진다. 희디흰 포말을 일으키며 끝없이 쏟아진다. 웬일인지 그 낙하지점은 보이지 않고, 거대한 폭포수 줄기만 계속 이어지고 있다. 아아, 한 방울의 물이라도 입에 좀 적셨으면 싶다.

단전에서 힘을 빼며 깊은숨을 밀어낸다. 바로 그때 스르륵, 또 그놈의 얼굴 없는 벌레가 환영처럼 나타난다. 이번에는 내 머리 꼭대기에 놈이 앉아있는 느낌이다. 나는 반사적으로 눈을 뜬다.

그런데 이게 웬일일까.

눈앞이 갑자기 훤하게 밝아진 기분이다.

죽기 전에 잠깐 의식이 선명하게 돌아온다는 회광반조(回光反照) 현상이 바로 이런 것인가 싶다. 어떤 선이나 형체가 또렷하고 분명하게 드러나는 건 아니지만, 그 어둠의 질감이나 눈, 코, 귀, 입으로 전해져 오는 감촉이 지금까지와는 사뭇 다른 내용이고 모양새이다.

어둠도 하나의 빛의 성질을 갖고 있는 게 확실하다. 그 어둠의 윤곽이 눈에 들어오고, 그 어둠 뒤의 두꺼운 판자의 무늬나 참죽나무가 숙성시켜 전해주는 그 어둠의 냄새까지도 큼큼 맡아지는 것 같다. 어둠 속에 오래 갇혀 있다 보니, 이제 그 어둠과 내가 아예 하나

111

로 동화되어버린 모양이다. 내가 곧 어둠이고, 어둠이 곧 나이다.

벌레 움직임의 기미가 느껴지는 머리 쪽으로 슬그머니 고개를 돌려, 내 좁은 집(이제부터는 자존심 때문에라도 이 뒤주를 뒤주라 부르지 않고 '집'이라 하겠다)의 천장을 조심스레 올려다본다. 그 천장과 벽이 만나는 구석진 삼각지점에 뭔가 희끄무레한 엷은 그물이 쳐져 있다. 거미줄이다.

옳지, 요놈이었군.

나는 그제야 헛것인 양 스리슬쩍 나를 괴롭혔던 벌레놈의 정체가 다름 아닌 거미였다는 걸 새롭게 알아차린다. 아주 가까이서 자세히 들여다보니, 나의 기미를 눈치 채고 가만히 한자리에 달라붙어 있는 놈의 몸뚱이는 비록 콩알만 할지라도, 펼친 다리까지를 포함하면 제법 동전만한 넓이를 차지하고 있다.

징그럽다기보다는, 우선 반갑다. 똑같이 갇혀 있고, 똑같이 밖으로의 탈출을 꿈꾼다는 점에서 우린 서로가 동지이다. 도대체 어떻게 여기에 들어왔고 옹색한 집까지 짓게 되었을까? 먹이는?

나와 함께 불의에 이곳에 갇혀버린 게 틀림없다. 그래서 밥이나 물을 고스란히 굶고 있는 것도 나와 똑같을 터이다.

문득 거미는 살아 움직이는 먹이만을 먹는다는 말이 떠오른다. 거미의 식성은 매우 좋아서, 어떤 곤충이건 거미줄에 걸린 것이면 닥치는 대로 먹어 치운다지 않던가.

그렇다면 이곳에서 아직 살아있는 건 자기 말고 나밖에 없는 셈인데, 차마 사람인 나까지야 먹으려들랴 싶어 혼자 고소한다. 어쨌든 나는 이제 절망의 시간을 함께 보낼 수 있는 유일한 벗이 생긴 셈이다. 어쩌면 죽을 때도 함께 죽게 될지 모른다.

너무 가까운 나의 숨결과 열기가 싫은지, 꼼짝 않고 달라붙어 있던 놈이 더 어두운 저쪽으로 발을 옮긴다. 손바닥만 한 크기의 거미줄에는 아무리 눈을 크게 뜨고 살펴보아도 놈이 먹을 만한 게 붙어 있지 않았다. 하다못해 톡톡이라든가 죽은 모기, 파리 따위조차도 눈에 띄지 않는다. 나는 괜스레 놈이 걱정된다.

혹시 똥은?

아마 죽을 만큼 배가 고파지면 놈은 어쩔 수 없이 내 똥을 먹게 되리라는 생각이 들어, 흘깃 그쪽을 돌아보면서 또 혼자 쓰게 웃는다. 희끄무레한 천조각 안의 똥의 형해(形骸)가 마치 살아 꿈틀거리는 듯 내 눈에 들어온다. 그것이 맨 처음 항문을 뚫고 나올 때의 정경이 어떤 움직이는 생명감으로 비쳐 들어오기도 하고, 빠져나간 똥으로 하여 부패물이 이제 조금밖에 남아 있지 않은 내 창자 속도 아주 투명하고 섬세하게 들여다보이기도 한다. 스스로도 놀라운 투시력이다. 쏟아지는 햇살 속에 나뒹구는 나의 해골도 보이며, 허공중으로 산발하여 흩어지는 초라한 내 넋의 모습도 보인다.

그뿐만이 아니다.

나의 집이나 몸을 떠난, 내 밖의 온갖 사물이나 타인의 저 깊은 속까지도 훤히 내다보인다. 이러다가 정말 미쳐버리게 되지는 않을까 은근히 겁이 날 지경이다.

그러나 정녕 알 수 없는 것은 아버지, 당신의 마음이었다.

당신의 알 수 없는 마음의 칼날과 맨 처음 맞닥뜨린 건 내가 마악 철이 들기 시작할 무렵인 다섯 살 때였다.

어느 날 당신은 느닷없이, 왕이 무엇인지도 채 알지 못하는 나에게 왕위를 물려주겠다고 야단법석을 피웠다. 전에도 몇 번 걸핏하면 단식이요, 신하들 앞에서 투정부리듯 눈물 흘리는 걸 엿본 적이 있어서 나는 또 이번에는 무슨 생뚱한 소동인가 싶었다. 그러면서도 무조건 나이든 신하들과 함께 무릎 꿇고 그 명을 거두어 달라고 빌었다. 당신이 말했다.

"나는 일찍이 임금 자리에 욕심이 없는 사람이다. 왕위도 초개처럼 여긴단 말이다. 선왕께서 후사가 있었다면 어찌 오늘 같은 일이 일어나겠는가마는, 불행히도 대를 잇지 못하여 어쩔 수 없이 내가 그 보위를 이어받았노라. 그럼에도 그에 따른 논란이 암암리에 그칠 새가 없으니, 이제 미련 없이 이 자리를 원량에게 물려줄까 한다."

"아니 되옵니다, 전하. 세자는 이제 다섯 살밖에 안 되었나이다."

114

단하에 엎드린 한 신하가 고개를 들었다. 당신의 양위 전교는 도저히 사리에 합당치 않으니 당장 거두어 달라는 거였다. 그가 다시 입을 열었다.

"게다가 영의정이 사직을 한 것은 임인옥사 때 죽은 서덕수의 신원에 불만을 품어서가 아니라, 전하의 덕치에 혹 흠이 되지 않을까 염려되어서인 줄 아옵니다. 양위의 명을 어서 거두어 주소서."

"오늘의 이 일은 갑자기 불거져 나온 게 아니다. 오래도록 숙고한 결과이니, 그대들은 더 이상 나를 괴롭히지 말라."

"아니 되옵니다, 전하. 온 나라 안이 소란스러워지기 전에 어서 명을 거두어 주소서."

"어느 누군들 부모형제가 없겠는가마는, 어찌 나와 같은 기구한 운명이 있더란 말이냐. 세자의 나이가 어리다면 대리청정으로도 가할 것이다."

"전하의 보령이 아직 창창하온데, 그것도 아니 되는 말씀이옵니다."

"전하, 전하께서 진정 이러시면 나라가 장차 망하고 말 것입니다. 신의 죄는 죽어 마땅하나이다."

자기집에 칩거하고 있던 소론 영의정 이광좌까지 뒤늦게 황망히 달려와 머리를 조아리며 울부짖었다. 당상관 이하 수십 명의 신하들도 관을 벗고 내려가 땅에 머리를 찧어대며 외쳤다.

"명을 거두어 주소서, 전하."

"신의 죄는 죽어 마땅하옵니다, 전하!"

애꿎은 신하들의 이마가 붉게 물들고 나서야, 당신은 비로소 어린 나에게의 양위 하교를 거두었다. 아직 코흘리개인 나는 그때 도무지 어떤 영문인지도 알지 못한 채 무작정 거적을 깔고 석고대죄해야 했었다.

이같이 이상하고도 엉뚱한 일은 여섯 살이 되던 그 다음해에도 다시 일어났다. 어느 비오는 날, 당신은 또 느닷없이 선원전으로 나아가 땅에 엎드려 눈물을 흘리고 있다는 것이었다.

소식에 놀라 급히 달려가자, 당신은 미상불 초여름의 단비를 그대로 흠뻑 두들겨 맞은 채 진흙탕 위에서 북면(北面)하고 있었다. 선원전은 역대 임금들의 초상이 모셔져 있는 곳이므로, 그 성스러운 열조들께 당신은 새삼 신하로서의 예(禮)를 깍듯이 취하고 있는 셈이었다.

이번에는 또 무슨 장난이실까?

가슴이 마구 팔딱이는 걸 의식하면서, 나는 또 어김없이 신하들과 함께 엎드려 대죄하지 않을 수 없었다. 당신이 비오는 맨땅에 주질러앉아 있었으므로, 우리 또한 그렇게 하지 않으면 안 되었다. 거적을 깔거나 차일을 쳐 비오는 하늘을 가린다거나 할 겨를조차 없었다.

놀라 달려온 도승지가 울며 나아가 아뢰었다.

"전하, 대체 무슨 일이오니까? 어서 거두소서."

"경들은 물러가라. 나를 이대로 가만히 놓아두란 말이다."

그리고 용안과 어의를 흠뻑 적신 당신은 여전히 눈물, 빗물을 뚝 뚝뚝 떨어뜨리면서 좀체 일어날 줄 몰랐다. 꿇어 엎드린 도승지가 다시 아뢰었다.

"물러갈 때 물러가더라도, 왜 이러시는지는 알아야겠습니다, 전하."

"그놈의 당파 때문에 나는 도저히 나라를 끌어갈 수가 없다. 이대 로는 당론을 조정할 수가 없으므로, 그 짐을 벗어 원량께 맡기기로 하였노라. 그걸 지금 아바마마 숙종께 고하고 있거니와, 슬퍼서 절 로 눈물이 흐른다."

또다시 용상에서 물러나겠다는 뜻이었다. 다시금 어린 나에게 임 금 자리를 양위하겠다는 것이었다. 또 그놈의 몹쓸 당파 때문이라고 하였다.

이 말을 전해들은 문무백관이 우르르 몰려나와 비오는 땅바닥에 엎드려 모두들 소리쳤다.

"전하, 이것이 무슨 일이나이까? 어서 일어나 편안히 하교하여 주 시옵소서."

"나는 더 이상 할 말이 없노라."

그리고 당신은 여전히 부복한 채 일어날 줄 몰랐다.

좌의정이 주청하였다.

"사정이 이리 절박한데도 진정으로 느끼고 깨닫지 못한 채 다시 당론을 일삼는 자는, 아주 무거운 중벌로 다스리소서, 전하."

"앞으로 당파를 짓는 자는 필히 역률로 다스려야 하겠나이다, 전하."

"전하, 그렇게 되면 이후 어느 신하가 감히 당론을 떠들겠습니까? 어서 일어나소서."

대제학을 비롯한 여러 신하들이 다투어 외치자, 그제야 당신은 못 이기는 척 고개를 들었다. 당파를 짓는 자는 엄한 역률로 다스리라는 말까지 나왔으니, 당신이 의도한 바는 이제 어느 정도 얻어낸 셈이었다. 때마침 어서 양위소동을 거두라는 대왕대비의 수찰까지 당도하였으니, 당신은 마지못한 듯 자리에서 일어나며,

"그대들의 충성스런 주청에 따라, 그럼 양위의 뜻을 거두겠노라."

마른 수건으로 비에 젖은 얼굴을 닦았다.

"천세, 천세, 천세!"

신하들은 빗속에서 연거푸 천세를 불렀다. 한바탕의 익살스런 눈물바람이 비로소 막(幕)을 거둔 거였다.

어쨌거나 당신은 노론에게 단단히 발목이 잡혀 있는 게 틀림없었다.

그 뒤로도 물론 걸핏하면 양위소동이 일어나 아무 죄도 없는 나의 석고대죄가 계속해서 일어났거니와, 거미줄같이 얽혀 있는 사색당파의 고질병과도 같은 당쟁 틈새에서 무시로 부대끼는 당신의 모습

이 어찌 보면 참 딱하고 안쓰럽기도 하였다.

내가 훨씬 나중에 알게 된 일이긴 하지만, 당신이 노론에게 꼼짝 없이 발목을 잡히게 된 건 다 그럴 만한 이유가 있었다. 그것은 곧 당신이 왕위에 오른 것과도 직접적인 관련이 있는 문제였는데, 다름 아닌 노론이 당신을 왕으로 만들어 준 탓이었다. 아니, 당신이 노론을 끌어들여 왕이 된 것이었다. 그 중에서도 이복형인 선왕(경종) 독살설의 수괴로 당신이 회자되는 것은 두고두고 짐이 되는 업보였다.

— 이야기는 할아버지 때인 숙종시대로 거슬러 올라간다. 조선 중기 이래로 더욱 가열되어 온 붕당정치가 절정에 이르면서, 당파간의 정쟁이 늘 피바람으로 이어질 만큼 심했던 시기 말이다. 지긋지긋한 사색당쟁은 이 숙종대에 비로소 본격화되었다.

어쨌거나 숙종은 아리따운 왕비를 셋이나 들이고도 정통 후사를 얻지 못하였다. 효종 이래 외아들로만 어렵게어렵게 이어져 온 왕통의 혈맥이 자칫 여기에서 끊어질 판이었다. 그렇게 애가 탄 숙종에게 첫아들을 안겨 준 이는 다름 아닌 나인 출신의 희빈 장씨였다. 그로부터 여섯 해 후 나의 친할머니인 무수리 출신의 숙빈 최씨가 또 이복 왕손을 낳았다. 희빈 장씨에게서는 경종이, 그리고 숙빈 최씨에게서는 나의 아버지 연잉군, 바로 지금의 임금이 태어난 것이다.

왕위를 물려받을 첫아들은, 그러나 처음부터 우여곡절이 많았다.

숙종은 총애하던 후궁 장씨의 아들을 애가 없는 인현왕후의 양자로 삼아 원자에 정호하려 하였는데, 영의정 김수흥을 비롯한 권력 핵심부의 노론측은 중전의 나이가 아직 한창이므로 태어난 지 두 달밖에 안 된 후궁 소생을 원자로 정하는 것은 부당하다며 한사코 반대하였다.

이에 숙종은 나라의 형세가 외롭고 위태로워 종사의 대계를 늦출 수 없다면서, 서인 노론측 대신들의 반대를 물리치고 닷새 만에 원자로 정호하여 종묘사직에 고하고, 그 생모인 장씨를 빈으로 격상시켰다.

그러나 대신들의 반발은 결코 누그러들지 않았다. 특히 노론의 영수 송시열은 후궁 소생을 원자로 확정하는 것은 시기상조라는 걸 재차 강조하였다.

숙종은 격노하였다.

이미 여러 불가피한 사정을 들어 종묘사직에 고하여 원자로 확정까지 하였는데도, 이 같은 불손한 불복태도를 보이는 것은 신하가 왕을 능멸하는 처사라 지적하며 당장 송시열을 삭탈관작, 귀양 보내버렸다. 그리고 끝내는 보란 듯 사사시켰으며, 영의정을 비롯한 다른 노론계 지도자들도 줄줄이 유배보내거나 죽여 없앴다.

숙종은 이에서 더 나아가 이 모든 원인이 본질적으로는 인현왕후에게 있다 하여 그네를 아예 폐비시키고 희빈 장씨를 새 왕비로, 그 아들을 세자로 책봉하였다. 이렇게 되기까지에는 물론 숙종의 총애를 한몸에 업은 장희빈의 치밀한 간계와, 피바람의 기사환국으로 새로이 중용된 남인세력이 연횡하여 펼친 책략의 결과였다.

하지만 정당하지 못한 부귀영화는 오래 가지 못하는 법, 세월이 흐르자 숙종은 숙빈 최씨에게서 새로운 아들을 얻었고, 장희빈의 지난 간계도 뒤늦게 눈치 채기에 이르렀다. 왕비에서 폐비시킨 민씨에 대해서도 진한 후회와 그리움을 갖기에 이르자, 이를 재빨리 간파한 서인들은 은밀히 인현왕후 복위운동을 펼쳤고 이 책동은 또 그대로 적중하였다.

권력을 잡고 있던 남인은, 이 폐비 복위운동을 계기로 서인세력을 완전 제거하고자 그 관련자들을 모두 하옥한 다음 숙종에게 보고하였는데, 숙종은 오히려 이들 남인들을 대거 축출해버렸다. 그리고 중전 장씨를 다시 빈으로 강등시키고 폐비 민씨를 왕비로 복위시켰다. 또 노론계의 송시열 등의 관작을 복구시키고 소론계를 새로 등용하여 정국 전환을 꾀하게 되는데, 이것이 갑술환국이다.

실추된 왕권을 되찾고 강화하기 위한 수단으로 숙종은 이 같은 환국을 곧잘 이용하였다. 이 환국으로 해서 인현왕후가 복위되자 그 자리에서 쫓겨난 장희빈은 아연 저주의 화신으로 돌변하였다. 하긴 하루아침에 지엄한 왕비자리에서 쫓겨나고 말았으니 그 가슴 찢어지는 수모감이 얼마나 치욕스러웠으랴.

그네는 그 기막힌 불명예를 앙갚음하기 위해 당신의 처소인 취선당 한쪽에 신당까지 마련해놓고 허구한 날 저주굿을 벌이기에 여념이 없었다. 인현왕후가 어서 죽어 없어지라는 저주였다. 눈만 뜨면 거의 매일같이 그 앞에서 손 모아 염라대왕께 기원하거나 무당을 불러 은밀한 굿판을 벌이기도 하였다.

인현왕후 저년을 어서 죽여주옵소서. 내 자리를 빼앗은 저 돌계집 왕비년을 어서 데려가 주옵소서.

그 저주 덕분이었는지 어떤지는 몰라도, 인현왕후는 실제로 비실비실 앓아누워 있다가 얼마 안 가서 그만 죽고 말았다. 싱거운, 그러나 한 많은 여자의 일생이었다.

정작 왕비가 죽자 이 신당 문제는 실로 걷잡을 수 없는 정치사건으로 비화되고 말았다. 신당에서 펼쳐진 저주의 전모를 귀띔(이 속삭임은 할머니인 숙빈 최씨의 입에서 나왔다)받은 숙종은, 당신이 직접 취선당에 나아가 그 존재를 두 눈으로 확인한 다음 돌연 하늘이 뒤집히는 걸 느꼈다.

어찌 인간의 탈을 쓰고 저리 악독해질 수가 있는가. 여자가 한을 품으면 오뉴월에도 서리가 내린다지만, 어찌 저런!

평소에도 장희빈을 사악하고 교활한 여자로 여겨온 숙종은, 당장 그 자리에서 그네에게 스스로 목숨을 끊으라고 명령하였다.

그러나 소론들이 손을 내저으며 나섰다. 장씨가 세자의 생모이니 결코 죽여서는 안 된다는 거였다.

그네를 폐서인하여 죽이면 장차 임금이 될 세자의 법통에 문제가 생길 뿐 아니라, 그가 왕이 되었을 경우 조정에는 또 연산군 때와 같은 피의 보복이, 실로 엄청난 재앙이 불어 닥칠 거라는 게 그 이유였다.

그러나 숙종은 끝내 뜻을 굽히지 않았다.

"그대들의 충정이 세자를 위하는 데서 비롯되었음을 충분히 알지만, 내가 살아있음에도 희빈이 저런데 내가 죽은 다음에는 임금아들을 업고 무슨 짓인들 못하겠는가. 반드시 자기 당을 만들어 나라에 큰 화를 미칠 것이니, 스스로 자진할 수 없다면 당장 사약을 내리라."

"아바마마, 어미를 살려 주옵소서."

열네 살짜리 어린 세자는 안타깝게 임금의 곤룡포 자락을 붙잡았지만, 이미 아무런 소용이 없었다.

영향력 있는 노론 대신들도 울며 매달리는 세자의 손을 비정하게 뿌리쳤다. 그래서 장희빈은 한때 불타는 정염으로 더없이 사랑해마지 않았던 왕과 집권당인 노론에게 칼 같은 원한을 품고 사약을 마셨다.

그네는 사약을 마시기 전, 마지막으로 세자를 한 번만 보게 해달라고 간청하였다. 몇 번 고개를 가로젓던 숙종도 결국 인정에 못 이겨 세자를 데려오라 했는데, 일설에 의하면 정작 아들을 맞닥뜨린

장희빈은 다짜고짜 세자에게 달려들어 불알부터 우지끈 잡아당겼다고 하였다. 그리고 소리치기를,

"모두가 이것 때문이야. 이것 때문에 나도 망하고, 나라도 망쳤어!"

입에 거품을 물고 저주하듯 퍼부어댔다는 것이다. 세상의 그 어떤 것도 무섭지 않은 숙종 임금도 이때는 아마 간담이 서늘했으리라.

그 때문에 세자는 그 자리에서 기절해버렸고, 그 이후 늘상 시름시름 앓으며 헛소리를 해대더니 영영 사내구실을 못하게 되었다는 것이다. 그래서 여태껏 후사가 없으며 앞으로도 자식을 못 낳을 거라는 소문이었는데, 결과는 딱 그렇게 되고 말았다.

하지만 이건 어디까지나 노론측이 꾸며댄 허황한 이야기는 아니었을까?

죽음을 눈앞에 둔 장희빈의 유일한 소망은, 오히려 하나밖에 없는 세자가 하루바삐 왕위에 올라 자신의 한을 풀어주는 데 있었기 때문이다. 그 왕이 또 왕세자를 낳아 대대로 자리를 물려가며 자신의 억울한 원한을 풀어주고 신원해 주기를 바라는 게, 보다 자연스러운 인지상정일 터이므로 더욱 그렇다.

그러나 어쨌든 그네는 지아비가 내려준 사약을 마시고 죽었다. 조선의 왕은 얼마든지, 이렇듯 아내도 죽이고 자식도 죽일 수가 있었다.

자기 생모가 피를 쏟고 죽어가는 끔찍한 장면을 목도한 그 아들이 곧 왕세자라는 사실은, 숙종과 노론에게 실로 큰 부담이 아닐 수 없

었다. 그들은 세자가 즉위했을 경우에 발생할지도 모를 심각한 사태를 은근히 걱정하였다. 생모가 사사당한 걸 뒤늦게 안 연산군의 엄청난 살육이 결코 남의 일이 아니었다. 장희빈을 지지했던 소론과 남인이 힘을 합하여 새 임금으로 즉위한 세자를 부추기고 충동질한다면, 이 나라의 조정이 실로 무서운 칼바람의 회오리에 휩싸일 건 불을 보듯 뻔했다.

  병석에 누운 숙종은 마침내 좌의정인 노론의 영수 이이명을 은밀히 불러 연잉군을 부탁한다고 말하였다. 입직 승지와 사관이 입회하지 않은 떳떳치 못한 독대였다. 조선에서는 결코 임금과 신하가 단둘이 만나 중요한 정사를 논하고 결정할 수는 없었다.

  이이명은 그 후 곧바로 연잉군의 세자 대리청정을 주청하였고, 병석의 숙종은 이를 쾌히 허락하였다.

  그러자 소론측은 또 들고일어났다. 엉뚱한 흠을 잡아 세자를 갈아치우려 한다는 게 그 이유였다. 시골에서 관을 메고 올라와 거칠게 항의할 정도로 소론의 반발이 심하였기에 망정이지, 그렇지 않았다면 아마 세자는 왕위에도 올라보지 못하고 그 자리에서 쫓겨나 비참한 종말을 맞았을 터이다. 이때부터 세자를 지지하는 소론과, 연잉군을 지지하는 노론 간의 당쟁이 갈수록 치열해졌다.

  그럼에도 숙종은 결국 세자를 바꾸지 못한 채 눈을 감았고, 세자는 새 임금에 즉위하였다. 그이가 곧 병약했던 큰아버지 경종.

경종은 심신이 유약하고 또한 한이 많았다. 감수성이 한창 예민할 어린 나이에 목도했던 어머니의 비참한 죽음의 장면은 늘 업보처럼 당신의 머리를 어지럽혔다. 세상이 원망스러웠다.

노론도 새 임금의 가슴 속에서 자신들에 대한 무서운 증오가 활활 불타고 있음을 누구보다도 잘 알았다. 그래서 그들은 곧 비상대책을 도모하였다. 그게 바로 왕세제 책봉이었다. 요컨대 왕의 아들이 아닌, 왕의 아우를 후사로 삼자는 것이었다. 아들이 없는 경종의 건강이 너무 나쁘다는 걸 명분으로 내세워, 숙종이 부탁한 연잉군을 장차 새 임금으로 옹립하려는 발빠른 계책이었다. 신하들이 임금을 갈아치우고 선택하려는 엄청난 역모이기도 하였다.

그러나 노론에게 있어선 당과 당인들의 생사가 걸린 문제였으므로, 실로 죽기 아니면 살기로 시뻘겋게 덤벼들지 않을 수 없었다.

그들은 곧 실행에 옮겼다.

사간원의 이정소라는 인물을 시켜 '후사를 빨리 정하라'는 상소를 올린 거였다. 왕에게 아들이 없는데 후사를 빨리 정하라니, 그것은 아우에게라도 왕위를 물려 줄 준비를 하라는 말과 다름이 없었다.

이 같은 이정소의 해괴한 상소문을 경종이 읽은 것은 거의 해가 질 무렵이었다. 하루 일과가 다 끝난 시각을 이용한 것 또한 그들의 치밀한 사전 각본에 의해서였는데, 그래야 그날 밤 안으로 반대가 뻔한 소론을 배제한 채 큰일을 신속히 성사시킬 수가 있기 때문이었다.

그날 밤, 영의정 김창집과 좌의정 이건명 등 노론 대신들은 경종에게 청대를 요청하였다. 나라에 국난이나 역모가 일어나지 않은 이상, 대궐의 문이 굳게 닫힌 후 신하가 임금을 뵙자는 건 지극히 상식에 어긋나는 경우였다.

그럼에도 그들은 '아니 되옵니다. 전하에게 왕자가 없는데, 어떻게 후사를 세운다는 말입니까? 이는 임금 자리를 위태롭게 하려는 자들의 불충한 역모입니다' 하고 들고일어날 게 분명한 소론이 알기 전에, 한시라도 급히 서둘러 해치워야 했다. 그래서 보통 한밤의 청대는 입직승지가 대신들에게 알려 입궐케 하는데도, 소론에게는 야간청대가 있다는 사실 자체를 전하지 않은 채 자당들만으로 경종을 만났다.

노론 일색의 이 회의에서 영의정이 먼저 입을 열었다.

"후사를 세우라는 정언 이정소의 말이 지극히 지당하니 누가 감히 이의를 달겠습니까? 이는 어디까지나 전하와 종묘사직을 위하는 길이옵나이다."

"기왕에 말이 나왔으니 오래 끌 수가 없습니다. 원하옵건대, 속히 처분을 내리소서."

판중추부사가 이에 가세하였고, 좌의정은 또 이렇게 맞장구쳤다.

"신 등이 깊은 밤중에 입대를 요청한 것은, 한시라도 늦출 수 없는 일이어서입니다. 후사를 정해놓지 않은 상태에서 왕조국가를 이끌어 가는 경우는 극히 드문 일이나이다, 전하."

"……"

한동안 깊은 침묵 속에 잠겨 있던 경종은 드디어 무겁게 입을 열었다.

"경들의 충정에 따르겠노라. 윤허하노라."

"황공하옵니다, 전하. 이는 종사의 한없는 복락이옵니다."

노론의 한밤중의 승리였다.

그러나 노론은 이에 만족하지 않았다. 이건명이 다시 나섰다.

"하오나, 전하. 이를 보다 확실하게 봉행하기 위해서는 대비마마의 마지막 수결이 있어야 할 것이옵니다. 그것이 피치 못할 관행이오니 전하께오서 대비전에 들어가 허락을 받으시옵소서. 신 등은 그동안 합문 밖에서 기다리겠습니다."

"……"

지그시 입술을 앙다문 경종은, 고개를 몇 번 힘없이 끄덕이고 나서 대비전으로 향하였다.

그러나 노론의 예상과는 달리, 당신은 한참이 지나도록 합문 밖으로 나오지 않았다.

노론들은 애가 탔다. 입술이 바싹바싹 마르고 식은땀이 흘렀다.

128

여기에서 한 수라도 삐끗 어긋나면 그게 곧 죽음의 벼랑으로서, 그야말로 목숨을 건 건곤일척의 한판 승부인 셈이었다.

경종은 날이 희부옇게 밝아지고서야 대비전에서 물러나왔다. 그리고 낙선재로 든 다음, 기다림에 지쳐 있던 노론 대신들을 불러들여,

"여기 자전께서 직접 쓰신 수찰을 가져 왔으니 읽어보라."

서상 위의 봉투를 가리켰다.

입을 굳게 다물고 있던 영의정 김창집이 그걸 뜯어서 읽었다. 그의 눈이 이내 화등잔만해졌다. 인원왕후의 언문 교서에는 이렇게 적혀 있었다.

— 효종으로 이어져 온 혈맥과 선왕의 골육은 금상(今上)과 연잉군뿐이니, 어찌 다른 사람이 다음 임금으로 나설 수 있겠는가.

연잉군을 왕세제로 삼으라는 것이었다.

노론 대신들은 눈물을 흘렸다.

한밤중의 번개 같은 협박극이 보기 좋게 승리한 결과였다. 비록 경종의 몸이 허약하긴 해도, 불과 삼십대 초반의 임금에게 여섯 살 아래의 아우를 후사로 삼으라는 건 누가 보아도 무리한 주장이었고, 그래서 자칫 잘못했다간 역적으로 몰려 한순간에 목이 날아갈 처지였음에랴.

더욱이나 경종이 정작 아이를 낳을 수 없다면, 양자를 들이는 게 조선 왕실의 당연한 종법이었다. 형제가 아닌 부자상속이 원칙이었으므로.

하지만 일이 그렇게 되었을 경우 노론으로서는 모든 게 끝이었다. 그래서 한밤중에 소론을 교묘하게 배제한 채 번갯불에 콩 볶아 먹듯 장차의 임금을 갈아치운 것이었다. 일종의 택군(擇君)역모였다.

물론 당사자인 연잉군도 이러한 사실을 잘 알고 있었다.

대비인 인원왕후가 이미 노론 영의정으로 하여금 연잉군을 추대하라는 밀지를 내려보냈다는 사실도 알고 있었고, 대비 섭정기간이 아닌 상태에서의 그런 움직임 자체가 엄밀한 불법이며 역모라는 사실도 잘 알고 있었다. 그럼에도 연잉군은 후계자로서의 야망을 결코 포기할 수는 없었다. 어떻게든 그 자리를 물려받아야 했다.

노론은 내친김이었다.

이들은 경종을 더욱 무력화시키기로 작정하고, 사헌부의 한 집의를 통해 왕세제를 정사에 참여케 하라는 상소를 올렸다. 연잉군을 대리청정시키라는 말이었다.

왕세제로 책봉된 지 두 달도 채 지나지 않은 시점에서의 이 같은 상소는 왕권에 대한 정면 도전이었다. 임금의 권한을 후사와 나누라는 말은 신하로선 도저히 뱉을 수 없는 대역죄로서, 정상적인 상황이라면 왕세제 이하 모든 백관은 오히려 거적을 깔고 석고대죄하면서 명을 거두어 달라고 야단법석을 피워야 했다.

그런데 이에 대한 경종의 반응은 또 한 번 의표를 찔렀다.

"왕세제를 대리청정케 하라."

순순히 노론의 손을 들어준 거였다.

노론은 벌린 입을 다물지 못했지만, 어찌 됐든 또 한 번의 승리였으므로 속으로 쾌재를 부르지 않을 수 없었다. 모든 일이 뜻대로 되어가는 듯싶었다.

그러나 소론이 가만히 구경만 일삼을 리는 만무했다. 아무리 소수라고는 하지만, 다름 아닌 바로 그들이 경종의 지지세력이 아니겠는가.

"전하, 무슨 말씀이십니까. 재위하신 지 이제 겨우 일 년도 안 되었습니다. 청컨대, 빨리 대리청정 명을 거두어 주소서."

"정사는 어느 한 당파의 뜻에 좌지우지되어서는 아니 되옵니다. 전하의 보령 이제 삼십대 초반, 한창 일하실 때인데 대체 전하의 건강이 어떻다는 것이옵니까. 대리청정은 아니 되옵니다."

우의정 조태구를 비롯한 소론 대신들이 한밤에 대궐로 들어와 눈물을 흘리며 호소하였다. 이때에도 경종은 가볍게 고개만 끄덕일 뿐 아무런 대답이 없었다.

"알았으니 돌아들 가라."

겨우 이 한마디뿐이었다.

하지만 경종은 그렇게 단순한 임금만은 아니었다. 원한을 품고 죽은 장희빈의 아들이었다.

소론 대신들의 눈물바람에 힘을 얻은 경종은 곧 대리청정 명을 거두었고, 노론은 공포에 휩싸여들었다. 이 사태에 대한 책임을 지고 노론의 영수인 영의정 김창집이 사직을 청하자 경종은 즉시 이를 허락했다.

그리고 그 이틀 후, 경종은 또다시 왕세제의 대리청정을 명했다.

조정은 미궁 속으로 빠져들었다.

도대체 이게 어찌된 일인가. 경종의 진정한 속마음은 과연 어디에가 있다는 것인가?

소론을 포함한 노론 대신들까지도 대궐 뜰에서 명을 환수해 달라고 요청했다.

두렵기는 연잉군도 마찬가지였다. 당신 역시 머리를 조아리며 대리청정을 거두어 달라고 눈물로 호소하였다.

그러나 경종은 사흘이 지나도록 명을 거두지 않았다. 몸이 편치 않다는 게 그 명분이었다.

이에 노론의 네 대신들은 대궐 안의 깊숙한 곳에 모여 이마를 맞대었다. 영의정이었던 김창집과 영중추부사 이이명, 판중추부사 조태채, 좌의정 이건명이 그들이었다. 사흘이나 대궐 뜰에서 정청(庭

請)했으면 그런대로 모양새는 갖추었다고 판단한 이들은, 경종의 명을 못 이기는 척 받아들이기로 결정하였다.

이들은 곧 연명 상소를 올렸다. 숙종 때의 전례에 따라 왕세제에게 대리청정을 시키라는 요구였다. 또 한 차례의 죽음을 건 도박이었다. 경종은 쾌히 허락했다.

주저 없이 윤허한 경종의 이 처사가 또한 무서운 회오리를 예고하고 있었다.

아니나다를까, 소론은 분기탱천했다. 드디어 강경파인 김일경을 비롯한 일곱 명의 소론이 목숨을 건 정면대결로 나섰다.

"전하, 왕세제 대리청정을 주장한 건 분명한 역모입니다. 이를 주장하고 요청한 적신 사흉(四兇)을 모두 엄한 법으로 처단하소서."

"이들은 결코 있을 수 없는 만행을 저질렀습니다. 젊은 임금이 엄연히 살아 계신데, 어찌 감히 대리청정을 주장할 수가 있겠나이까."

이에 따라 노론의 네 우두머리들은 하루아침에 역적으로 몰려버렸다.

노론은 힘겨운 반전을 시도했지만 경종은 오히려 상소를 주도한 김일경을 일약 이조참판에 임명하였다. 이것이 바로 진정한 경종의 속마음이었다. 정권은 이제 소론의 손으로 넘어갔다.

그 결과 노론의 네 대신은 여지없이 파직되어 김창집은 거제에, 이이명은 남해에, 조태채는 진도에, 이건명은 나로도에 각기 유배시켰고, 50여 명의 다른 이들도 모두 파직, 정배되었다.

이로써 조정을 완전 장악한 소론은 왕세제 책봉과 대리청정 과정
에서 임금을 공갈, 협박했다는 이유를 들어 노론에 대한 축출작업을
더욱 가속화하였다. 그 절정이 바로 유명한 '목호룡의 고변'이었다.
저 불충한 노론이 해괴한 삼급수(三急手)의 방법으로 경종을 죽이려
모의했다는, 실로 엄청난 내용이었다.

그 삼급수란 곧 경종을 죽이는 단계별 수단을 일컫는 것으로, 노
론이 자객을 시켜 경종을 칼로 직접 죽여 없애는 대급수, 은밀히 독
약을 사용해 독살시키는 소급수, 숙종의 유언을 빙자하거나 모해하
여 폐출시키는 평지수(平地手)를 주도면밀하게 계획, 실행하려 했다
는 것이었다. 숙종의 승하 전후에, 당시 왕세자였던 경종을 죽이려
고 노론이 모의했었다는 게 이 고변의 핵심이었다.

그리고 더욱 놀라운 것은, 다름 아닌 연잉군도 여기에 가담되어
있다는 사실이었다. 피바람이 부는 국청과정에서, 연잉군의 처조카
서덕수가 왕세제도 이 역모에 연루되었음을 자백하고 사형당한 것
이었다.

물론 경종을 수시로 몰아붙였던 노론의 이른바 '4흉' 대신들도 유
배지에서 불러올려 즉각 사형시켜 버렸는데, 이밖에도 법에 의해 사
형된 이가 20여 명, 맞아서 죽은 이가 30여 명, 이들의 가족이라는 이

유로 체포되어 교살된 이가 13명, 스스로 목숨을 끊은 자가 9명, 유배가 1백여 명에 이르렀다. 이 엄청난 옥사가 바로 신축년과 임인년에 연이어 일어났다고 해서 '신임사화'라 한다.

사태가 이렇게 되자 당연히 벼랑의 궁지에 몰리게 된 이가 바로 연잉군이었다. 역모에 연루된 종친은 누구나 없이 목숨을 잃게 마련이었다.

당신은 이때의 옥안에 역적의 수괴로까지 이름이 등재되는 지경에 이르렀으니, 정녕 바람 앞 등불이나 다름없었다. 아마 유약하고 관대한 성정이 아니라 지금의 당신 같은 불꽃 성격의 경종이었다면, 그러한 아우를 결코 가만히 살려 두지는 않았으리라. 따라서 그때 당신이 저 세상 사람이 되었다면, 나 또한 이렇게 부끄러운 이승에 태어나지도 않았을 것을.

하지만 나의 큰아버지 경종은 한핏줄인 아우를 단숨에 잡아죽일 만큼 비정하거나 표독스런 인간은 못 되었다.

그러나 그의 두 번째 왕비인 선의왕후 어씨는 달랐다.

그네에게 있어 연잉군은 면전에선 복종하고 뱃속으로는 배신하는, 두 마음을 가진 음흉하고도 교활한 시동생일 따름이었다. 남편을 왕위에서 몰아내려 하고, 심지어는 죽음을 획책하기까지 한 못된 역적일 뿐이었다.

그래서 그네는 소론들과 결탁해 연잉군을 철저하게 고립시켰다. 우선 경종과의 만남을 차단했는데, 궁궐 안의 여우를 잡는다는 구실로 대전으로 드나드는 길목에 덫을 놓을 정도였다.

하루아침에 길 잃은 여우 꼴이 되어버린 연잉군은, 또 언제 목숨을 잃게 될지 몰랐다. 자신을 지지하고 감쌌던 노론은 거의 모두 죽거나 멀리 쫓겨났고, 궁 안의 세력은 온통 소론들이 차지하였다. 사방이 눈에 불을 켜고 지켜보는 적들로 가득 차 있었다. 오직 왕세제 책봉을 원격 조종해 주었던 대비 인원왕후밖에 없었지만, 그네를 만나는 길도 철저하게 봉쇄당했다. 그럼에도 어떻게든 그네를 만나 눈물로써 구원을 요청하는 것만이 당신이 요행스레 살 수 있는 유일한 방도였다.

대비궁의 담을 뛰어넘어가 어렵사리 그네를 만난 연잉군은, 고립무원의 상황에서 모질게 핍박받는 자신의 딱한 처지를 눈물 철철 흘리며 하소연하였다. 그러나 대비의 하교는 실로 엉뚱한 것이었다.

"왕세제가 살 길은 차라리 그 자리를 내놓는 길밖에 없다."

"… 그러면 저야 편하겠지만 … ."

연잉군은 당황했다. 당신이 의도했던 것과는 전혀 다른 지침이기 때문이었다. 연잉군이 더듬거리는 어조로 계속하였다.

"그러면 삼종의 혈맥은 어찌되겠습니까? 종통이 이대로 끊어지면 … ."

"왕세제의 또 다른 동생 연령군이 있지 않은가. 그도 안 된다면 다른 종친 중에서 양자를 들일 터이고 … 그러니 일단 왕세제 자리를 내놓겠다는 시늉이라도 지으면서 주상을 만나 읍소해 보라는 거네."

"알겠사옵니다, 마마."

대비전에서 물러 나온 연잉군은, 이번에는 자신과 그런대로 통할 수 있는 궁관과 사부, 소론 온건파 대신들을 움직이기로 작전을 바꾸었다. 그들에게만 살짝 왕세제 자리를 내놓겠다고 흘려 놓으면, 정국이 어떻게 돌아갈지 훤히 알 수 있을 것이었다.

"아니되옵니다, 세제 저하."

짐작했던 대로 그들은 손을 내저었다. 소론 온건파의 영수이자 이미 사형당한 노론 4대신 중 조태채의 종형이기도 한 영의정 조태구까지 갑자기 연잉군을 지원하고 나섰다. 이렇게 해서 연잉군은 가까스로 위기에서 탈출할 수 있었다.

당신은 이제 기다리는 수밖에 없었다. 병석의 경종이 죽을 때까지, 죽은 듯 납작 엎드려 지내는 것만이 유일한 살길이었다. 어떻게든 그때까지 목숨만 지켜낼 수 있다면, 자신을 감싸주는 대비 김씨에 의해 새로운 임금으로 책봉, 옹위될 건 틀림없었다.

마침내 때가 왔다.

재위 이후 줄곧 병고에 시달려 오던 경종이 거의 수라도 못 들 지경에 이르고야 만 것이다. 이때 대비 김씨와 연잉군은 대전으로 달려가 경종 옆을 떠나지 않은 채 갖은 정성으로 간병하고 수발을 드는데 여념이 없었다. 왕의 승하가 눈앞에 닥쳐와 있으므로 가장 가까운 종친, 혈맥으로서는 너무나 당연한 처사였다.

"입맛을 잃으셔서 그러니 이 게장을 잡숫고 어서 수라를 드소서, 그리고 이 감도 … ."

"기가 허한 데는 인삼만 한 게 없으니 따뜻한 이 인삼차를 들어 보시지요."

그렇게 극진히 어르며 권유하고 경종 또한 그대로 맛있게 따랐으나, 병세는 영 호전되지 않았다. 오히려 당신의 임종은 생각보다 더 빠르게 다가왔다.

드디어 경종이 승하하고 연잉군이 조선의 제21대 왕으로 올랐다. 진정 아슬아슬하고도 파란 많은 왕세제의 신왕 등극이었다.

당신이 새 왕에 오르기까지의 이 같은 험난한 과정을 통해, 당신과 노론의 관계는 자연 혈맹이나 다름없는 숙업을 안겨 주었다.

노론은 곧 '신임의리'를 내세워 숱한 목숨을 버려가면서까지 연잉군을 지켜내고 새 왕으로 등극시킨 자신들의 피의 대가를 새삼 요구하고 나섰다.

그래서 새 임금은 왕위에 오르자마자, 지금껏 자신을 혹독한 곤경에 몰아넣었던 신임옥사에 대한 소론에의 책임추궁에 나섰다. 피가 피를 부르고 원한이 원한을 낳는 환국의 계절이 또 다시 불어닥쳤다.

노론 4대신을 죽게 했던 김일경을 곧바로 잡아들여 친히 국문, 사형시켰으며, 고변으로 옥사를 유발하였던 목호룡 역시 여지없이 목이 날아갔다.

정국은 다시 노론의 손으로 넘어갔다.

그리고 노론은, 지금껏 생사를 함께해 온 새 임금이 그 자리에서 물러나는 그날까지, 결코 피로써 쟁취한 권력을 다시 내놓지 않을 작정이었다. 아니, 그 아들이 또 다른 새 임금이 되거나 그 아들의 아들이 무한정 대를 이어 나가더라도 다시는 정권을 빼앗기지 않을 자신이 있었다.

이것이 곧 아버지 당신이 노론에게 단단히 발목 잡힌 까닭의 본질이었다.

어둠의 농도가 점점 진해지는 걸로 보아 벌써 땅거미가 지고 있는 모양이다.

옥죄며 다가오는 밤이 싫은지, 매미를 비롯한 숲 속의 온갖 벌레들이 맹렬하게 마지막 기를 쓰며 울어 젖힌다. 땀을 줄줄 쏟게 하던 무더위도 한풀 꺾인 느낌이지만, 아마 저 벌레들은 소낙비라도 와서 찌는 듯한 이 열기를 확 내려주기 전까지는 밤새 울음을 멈추지 않을 터이다.

이 거대한 소리의 반향은 차라리 침묵으로 정지되어 있는 것 같은 착각을 짐짓 불러일으킨다. 벌레들의 울음소리가 아닌 그 어떤 것, 벌레들을 안고 있는 숲이나 산 자체가 우는 듯한 이상한 공명감 같은 것.

어둠이 어둠 속으로 빨려 들어가는 게 보인다.

희미하게 눈에 들어오던 거미줄도 어느 새 더 진한 어둠 속으로 잠겨들어 버렸다.

나는 문득 거미줄이 내 목을 칭칭 휘감는 환상에 사로잡힌다. 거미가 내 눈알을 파먹고 귓속으로 들어간다.

더 이상 어둠은 싫다. 밤이 오는 게 두렵다.

당신은 오늘도 이대로 나를 내버려 둘 것인가. 나를 이대로 정녕 죽이고 말 작정인가?

새우처럼 등을 구부린 나는, 자신도 모르게 모로 쓰러져 어둠 속에 눕는다.

불
바
다

셋 째 날

나는 시뻘건 불칼을 마구잡이로 휘두른다. 임금을 찌르고, 왕비를 찌르고, 요녀 같은 후궁들을 찌르고, 거기에 빌붙어 사는 외척과 노론들의 목을 자르고, 뭇 간신들의 허리를 벤다. 세상은 온통 불바다, 칼바람이다. 그런데도 조재호는 왜 아직 달려오지 않는가.

지금이 밤인가, 낮인가.

요란한 까치소리에 잠이 깬 나는, 한동안 얼얼한 혼돈 속에 잠겨서 낯익은 어둠 속을 두리번거린다. 꿈인지 생시인지조차 얼른 분간이 되지 않는다.

그러나 판자벽의 틈 사이로 칼날 같은 햇살이 빗금을 그으며 들어오고, 궁궐 처마 위의 까치들이 시끄럽게 우는 것으로 보아 동이 튼 아침임이 분명하다. 나는 눈을 비빈 다음, 벽을 의지해 천천히 몸을 일으킨다.

온몸이 욱신거리고 뒷골이 뻣뻣하게 당긴다. 어지럽다. 몹시 목이 마르고, 창자가 꼬이는 듯한 통증이 느껴진다. 그래도 아랫배에서는 똥과 오줌을 밀어내려는 변의(便意)가 아까부터 쉬지 않고 꿈틀댄다.

나는 우선 이것부터 해결하기로 한다. 거추장스럽고 더러운 뱃속을 말끔히 비워버려야 오늘 하루의 알 수 없는 불안과 고통과 그침 없는 기다림도 얼마쯤 온전하게 벗하며 지켜낼 수 있을 터이므로.

나는 조심조심 벽을 더듬으며 어제 누었던 똥자리로 찾아간다. 거의 한 치의 착오도 없이, 나는 어제의 그 자리 위에 바지춤 까 내린 엉덩이를 조심조심 올려놓는다. 꼬박 이틀 남짓이나 아무것도 마시거나 먹지 않았는데도, 배설물은 여전히 창자 속을 비집고 가뭄 날의 구정물처럼 조금씩 흘러나온다. 아마 이곳에서의 대변은 이게 마지막이지 않을까 싶다. 어렵사리 똥을 누고 나니, 뒤가 무지근하면서도 왠지 시원하다. 아니, 허전하다.

용변을 마친 나는 다시 내가 지레 아랫목으로 삼고 있는, 천장 모서리에 엷은 거미줄이 쳐진 쪽으로 조심스레 되돌아간다.

이놈의 거미녀석은 밤사이 어떻게 되었을까?

거기에 이르기 바쁘게, 나는 눈에 불을 켜고 놈을 찾는 데 온 신경을 집중시킨다. 바깥의 햇볕이 강렬한 탓인지, 밀폐된 집 안의 명암 또한 이제껏보다 한결 밝은 쪽으로 기운이 감돈다.

그래서 어렵잖게 놈을 발견할 수가 있었는데, 맨 바깥쪽 가장자리에 꼼짝하지 않은 채 콩알인 듯 붙어 있다. 놈 역시 먹을 게 없어 그대로 줄창 굶은 탓이리라. 죽지 않으려면 어떻게든 움직여야 할 텐데, 너무 굶어서 움직일 힘도 없나 보다. 아니면 이미 죽어 껍질만 남은 상태에 놓여 있거나, 그런 놈의 시신의 헛그림자를 내가 살아있는 것으로 착각하여 필요 이상 유심히 들여다보고 있는지도 모른다. 나는 놈을 손가락으로 집어 올려 그 생사 여부를 확인한 다음, 놈이 용케 살아있다면 조금 전 똥을 눈 곳으로 옮겨 줄까 하다가 또 이내 그만둔다. 그것도 혹 먹이가 될 수 있지 않을까 싶어서였으나, 놈의 안위보다도 실은 내가 더 급하다.

배가 고프다. 창자가 뒤틀린다.

몹시 목이 마르다. 입에서는 훅훅 단내가 나고, 쓰다. 가시처럼 따갑고 아프다.

한 모금의 물이라도 마실 수만 있다면, 나는 기꺼이 당신을 용서할 수 있을 텐데. 지금 당장 칼을 물고 죽어도 여한이 없을 텐데.

이대로 굶어 죽는다면, 나는 죽어서도 눈감지 못하리. 썩지도 않고 복수하리.

식은땀이 난다. 온몸의 땀구멍마다에서 웬 열기가 훅훅 쏟아져 나오는 것만 같다. 들숨 날숨, 힘겹게 호흡하는 콧구멍도 매운 불기운으로 가득 차 있는 느낌이다. 뜨거운 기체로 변한 몸뚱이가 한순간에 폭발해버릴 것도 같다.

나는 혀끝의 마른 침을 입 안에서 한 바퀴 굴린 다음, 꿀꺽 삼킨다. 그리고 위아래 치아를 소리나게 부딪치기 시작한다. 딱따구리가 굴참나무를 쪼듯, 빠른 속도로 딱딱딱딱 치아들을 부딪친다. 이빨 소리가 공명을 일으켜 머리통을 울리고, 가물거리는 정신까지 잡아 흔드는 듯싶다. 한참을 그렇게 하고 나서야, 나는 가까스로 어지러이 흔들리는 마음의 평정을 되찾는다.

결가부좌를 틀고 똑바르게 앉는다.

왼발은 오른쪽 넓적다리 위에, 오른발은 왼쪽 넓적다리 위에 올려 놓는다. 그러자 왼쪽, 오른쪽이 구별 없이 하나의 발, 하나의 몸뚱이로 합쳐지는 느낌이 든다.

그런 다음 척추를 쭈욱 펴서 곧추세운다. 그 대신 양어깨에서는 힘을 이완시키고, 머리끝으로 천장을 밀어 올리는 듯 턱을 당긴다. 그리고 눈을 감는다. 단전에 힘을 주면서 깊게 숨을 들이마시고, 내쉰다.

이제부터는 아무것도 얻으려 하지 말자. 누군가를 애타게 기다리지도 말고, 타는 갈증이나 배고픔도 깜깜 잊도록 해보자.

그런데 이게 웬일일까.

감은 눈앞으로 시꺼먼 강이 흘러간다. 검은 강물이 둑 위로 넘친다. 거기에 불이 붙는다. 활활 타오르는 불길이 금세 하늘을 뒤덮는다.

나는 번쩍 눈을 뜨고 그 불길의 영상을 지우려 몇 번이나 고개를 가로젓는다. 그러나 아무 소용이 없다.

오히려 그 요원한 정체불명의 불길은 어느새 대궐로까지 활활 옮겨 붙고 있다. 눈을 감아도 눈을 떠도, 보이는 건 온통 무서우면서도 신명나는 불, 불바다이다.

이번에는 아예 내가 불을 지르고 있다. 열여덟 꽃다운 나이의 새 중전과 한창 벌거숭이로 나뒹구는 당신의 침전에도 불을 지르고, 변란이 당신의 호흡 사이에 있다고 속삭여 일러바친 생모의 내전에도 불을 지르고, 아들의 손목을 그러잡고 도망치기에 바쁜 아내의 처소에도 불을 지르고, 이 캄캄한 암실의 뒤주를 죽음의 형틀로 옮겨 가져오게 귀띔한 장인의 집에도 활활 불을 지르고 있다. 그러다가 불은 또 어느 결에 불칼로 변한다.

나는 시뻘건 불칼을 마구잡이로 휘두른다. 임금을 찌르고, 왕비를 찌르고, 요녀 같은 후궁들을 찌르고, 거기에 빌붙어 사는 외척과 노론들의 목을 자르고, 뭇 간신들의 허리를 벤다. 세상은 온통 불바다, 칼바람이다.

그런데도 조재호는 왜 아직 달려오지 않는가.

믿고 또 믿었던 윤필한은 왜 지금껏 그 모습을 보여주지 않는단 말인가.

아, 이인좌가 그립다. 목숨을 걸고 반란을 일으켰던 이인좌 같은 신하가 왜 나에게는 없는 것인가!

물론 이 이인좌의 반란군은 대궐이 있는 성 안에 당도하지도 못한 채 중도에서 궤멸되고 말았지만, 그래서 실패한 반정으로서 참혹한 처단과 보복을 불러오는 결과만을 초래하였지만, 즉위한 지 얼마 되지 않은 아버지에게는 꽤나 큰 충격과 시련이 아닐 수 없었다. 더군다나 이 반란군이 내세운 명분은 두고두고 당신을 괴롭히는 목 안의 가시였다.

경종이 갑작스레 승하하고 연잉군이 왕위에 오르자, 신변에 위협을 느낀 소론 과격파는 천천히 시간을 벌어가며 정권에서 배제된 남인 세력을 포섭, 신왕과 노론당을 제거할 계획을 세웠다.

그래서 은밀히 퍼뜨린 소문이 신왕의 경종 독살설.

거기에 숙종의 친아들이 아니라는 내용까지 덤터기씌워 전국 곳곳에 발빠른 입소문과 괴서로 나돌게 하니, 명분은 제법 그럴 듯하였다. 이를 근거로 불만세력인 일부 양반과 농민, 노비, 화적떼 등으로 군사를 모았는데, 이들은 또 진중에 경종의 위패를 모셔놓고 아침저녁으로 함께 소리내어 곡하는 것도 잊지 않았다.

게다가 독살된 경종의 시신을 두 눈으로 똑똑히 보았다는 최후의 목격자 심유현이라는 인물까지 이인좌의 무리에 섞여 있었으니, 그는 말하기를, 승하한 선왕의 얼굴빛이 검푸르게 변해 있었다는 거였다.

연잉군은 죽음을 눈앞에 둔 경종 임금에게 음식으로서는 서로 상극인 게장과 생감을 교묘히, 그리고 억지다시피 먹였을 뿐만 아니라, 의원이 극구 말리는 데도 불구하고 인삼차를 거푸 세 잔씩이나 올려 결국 죽음으로 내몰았다는 거였다.

　심유현은 경종의 전왕비 심씨의 조카로, 평소 경종의 신임이 두터워 운명(殞命)을 앞둔 병환중에도 연잉군을 비롯한 종친과 의원들의 마지막 간병을 옆에서 주욱 지켜보았던 사람이었다. 그래서 반군은 더욱 그 증언을 사실로 믿고 분기탱천하여 들고일어났다. 이인좌의 군사가 초기에 청주성을 점령하고 목천, 천안, 진천, 죽산으로 북상하면서 노도처럼 휩쓸 수 있었던 것은, 다 이 같은 명분에 대한 확신과 정당성이 그들 자신에게 심어져 있기 때문이었다.

　이인좌가 반란을 일으키자 영남과 호남지방에서도 이에 호응하는 군사가 합세하였다. 그러나 파죽지세로 북상하던 반군은 안성과 죽산에서 도순무사가 이끄는 관군에게 대패하고 말았다. 안음과 거창, 합천, 함양 등지를 석권했던 영남 쪽이나 태인현감을 중심으로 형성되었던 호남쪽 반군 역시 곧 관군에게 토벌당하여 그 지도자들은 어김없이 모두 체포, 처단되었다.

　이로써 경종의 독살설을 앞세운 반란은 진압되었지만, 그 군왕살해 음모의 당사자로 지목받은 당신은 영 개운치가 않았다. 더욱이 이를 기회로 소론 제거에 나선 노론의 거친 등쌀까지 한데 겹쳐 진퇴유곡이었으나, 당신은 '탕평책'이라는 시대적 요구를 명분으로 꺼내어 현명하게 돌파해 나갔다. 앞으로 당론을 일삼는 자는 그가 누구든 가차없이 역적으로 몰아 다스리겠다는 엄한 어명이었다.

당신은 무엇보다도 이 망국병이나 다름없는 당리당략을 없애지 않고는 나라를 다스릴 수 없다는 결론에 이르렀고, 가슴을 쓸어내리게 했던 이인좌의 난도 따지고 보면 이 몹쓸 당론에서 말미암은 것임을 잘 알고 있었다. 그래서 당신은 우의정을 노론이 차지하면 좌의정은 소론에게 넘겨주는 식으로 양쪽을 고루 등용, 한쪽으로 치우치지 않게 적절히 조절하였다.

그러나 그것도 잠시, 숙업과도 같은 당파싸움은 도무지 그칠 줄을 몰랐다.

당신이 쌓은 과거의 원죄 또한 마찬가지였다. 그 당론 혼돈의 실상이 오죽했으면 당신이 단식으로 곡기를 끊고 눈물까지 흘리면서 '혼돈개벽 하교'를 내렸겠는가. 내가 세 살 때 세자로 책봉되고 난, 그 이듬해의 일이었다.

혼돈개벽이란 지금까지의 당습을 일체 혼돈으로 규정하고, 이날 이후는 절대 당쟁이 없는 개벽의 시대라는 의미였다. 또 당습을 일삼으면 그 자는 진정 무거운 역률로 다스릴 수밖에 없노라고 하교한 것을 말하였다.

그러한 뜻을 관철시키기 위해 단식으로써 아무것도 들지 않는 당신에게, 울먹울먹 울먹이며 미음을 권하던 네 살 적 철부지의 어린 내 모습이 무슨 꿈그림자처럼 어렴풋이 떠오른다. 그때 나는 그놈의 당론이 무엇인지도 미처 알지 못했었다.

　그리고는 석고대죄의 연속이었다.

　다섯 살이 되자 당신은 느닷없이 나에게 왕위를 물려주겠다고 하여 궁궐을 발칵 뒤집었고, 나는 아무 죄도 없이 그 명을 거두어 달라며 여러 대신들과 함께 석고대죄했었다. 그리고 또 비오던 날의 그 엉뚱한 선정전 앞 맨바닥에서의 석고대죄!

　하지만 내가 열다섯 살이던 어느 날의 석고대죄는 아무래도 심상치가 않았다.

　그날 밤 역시 억수로 비가 내렸는데, 당신은 갑자기 승정원에 봉서를 내려 양위절차를 알아보라고 명하였던 것이다.

　비오는 한밤중, 궁 안은 또 한바탕 파란을 일으켰다.

　내전으로부터 소식을 전해 듣고 달려간 나는, 무조건 당신이 든 대전 뜰에 거적을 깔고 엎드렸다. 당신의 전위소동의 본심이 단순히 신하들의 충성심을 떠보기 위한 것인지, 아니면 정말로 임금 자리를 아들에게 물려주고 싶은지를 상관할 바 없이, 그저 무릎부터 꿇고 봐야 하는 게 자식이며 신하인 나의 도리였다.

　"아바마마, 어서 명을 거두어 주소서."

　"전하, 이 한밤중에 무슨 일이옵니까. 속히 봉서를 거두어 주소서."

　달려나온 입직 관원들도 무릎을 꿇고 애꿎은 '전하'를 연거푸 불러

됐다.

하지만 당신은 무슨 영문인지 문도 열어주지 않았고, 신하들의 인견조차 단호히 거부하였다. 깊은 밤, 당신은 당신 혼자만의 아주 심각하고도 우울한 고뇌에 싸여, 그 밤의 어둠과 빗소리에 단단히 현혹된 게 틀림없었다. 그리하여 문득 지고한 임금 자리도 저 어둠 밖으로 미련 없이 내던지겠다고 나선 건지도 몰랐다.

그러나 이번만은 그런 단순한 충성심 떠보기나 빗줄기 따위의 얕은 감상에 젖어 양위소동을 결심한 것 같지는 않았다. 내심 뭔가를 잔뜩 벼르는 게 있는 모양이었다.

새벽이 되어서야 승지와 홍문관원들을 안으로 불러들인 당신은, 이렇게 그 이유를 털어놓았다.

"내 비록 삼종의 혈맥이라는 자전(慈殿)의 하교를 어기지 못해 이 자리를 지키고 있었지만, 왕노릇 하기를 즐겨하지 않는 마음은 스물다섯 해가 하루 같았노라. 그래서 세자가 어서 나이 들기만을 기다려 왔는데, 어느덧 열다섯 살이 되었다. 이제 충분히 남면(南面)할 수 있으리라."

당신은 왕이 되고 싶지 않았으나 삼종의 혈맥을 지키라는 대비의 하교를 어길 수 없어 어쩔 수 없이 그 자리에 오르게 됐었다는 것이며, 그래서 이제 미련 없이 아들에게 이 임금 자리를 내놓겠다는 말이었다. 듣고 있던 신하들은 눈이 버얼겋게 충혈된 채 마룻바닥에 이마를 내리찧으며 소리쳤다.

"전하, 아니 되옵니다."

"아니 되옵니다, 전하. 명을 거두어 주소서."

날이 밝기 무섭게 달려온 여러 당상관과 대신들, 문무백관들도 울고 불면서 어서 명을 거두어 달라고 아뢰었다.

그러나 당신은 요지부동이었다. 왕위에서 물러나려는 이유를, 이번에는 조목조목 이렇게 나열하였다.

"오늘 내가 이 일을 이루려는 데에는 다섯 가지 뜻이 있다. 첫째는 이 몸이 죽어 저승에 가면 형님인 경종의 용안을 떳떳이 뵐 수 있도록 함이고, 둘째는 원래 남면하기를 즐기지 않는 뜻을 오늘에 비로소 성취하고자 함이며, 셋째는 날이 갈수록 건강이 악화되어 과중한 정사에서 벗어나 정양하고자 함이며, 넷째는 세자가 지금은 비록 훌륭하지만 뒷날의 일은 알 수 없기 때문에 내 살아있을 때 그 정치하는 걸 보려 함이며, 어린 세자가 당론을 아직 확연히 알 수 없으므로 내가 뒤에서 새로운 왕으로서의 기반을 세워주려 함이다."

이렇듯 자세히, 명쾌하게 나오는 데에야 나를 비롯한 신하들도 얼른 항변하고 나설 수가 없는 노릇이었다. 그저 멍한 상태로 한동안 입을 다물고 있을 따름이었다.

이번에도 어김없이 당신의 이복형인 경종 볼 면목을 그 첫째로 들먹이는 걸 보면, 당신은 실로 선왕에게서 불의에 물려받은 임금 자

리가 때로 가시방석이나 다름없이 여겨지기도 했던가 보았다. 그러
므로 그 자리에서 한시바삐 벗어나는 것만이 그 양심의 가책에서도
어느 정도 자유로워질 수 있다는 뜻이었다.

그래도 신하들은 말릴 수밖에 없었다. 그것이 도리였다.

"전하, 세자의 나이 이제 열다섯밖에 안 되옵니다. 게다가 공부도
한창 익어가는 과정에 있사온데, 어찌 번거로운 국사를 맡겨 세자의
학문을 막으려 하시나이까? 아니 되옵니다, 전하."

"전하의 보령 또한 한창 일하실 때이옵니다. 어서 명을 거두어 주
시옵소서."

나이 많은 정승들이 노론소론을 불문하고 번갈아 가며 간청했으
나 당신의 마음은 흔들리지 않았다. 전에 없던 일이었다.

비는 여전히 대전의 높은 지붕을 때리고 나무들을 흔들었다. 처마
끝을 타고 흘러내리는 낙숫물이 마치 굵은 발을 드리운 듯 세찼다.
그 줄기찬 빗줄기를 등지고 무릎 꿇어 앉아있는 나에게,

"세자는 앞으로 나오라."

당신이 불렀다. 나는 눈물로 얼룩진 얼굴을 들어 잔뜩 원망 어린
시선으로 임금을 쳐다보았다. 당신이 말하였다.

"너는 어떻게 생각하느냐?"

"아니 되옵니다, 아바마마. 어서 명을 거두어 주옵소서."

어찌 시도때도 없이 이토록 저를 괴롭히시나이까, 하고 외치고 싶

은 걸 꾹 눌러 참았다. 음험한 당신은 혹시 내 입에서 '성은이 망극하옵니다' 라는 소리라도 나오길 혹 기대하지는 않았을까?

나는 새삼스런 눈물이 쏟아졌다. 엉엉 땅을 치며 소리내어 울고 싶었다.

넌지시 나를 내려다보고 있던 당신이 다시 말하였다.

"세자의 마음을 알았으니 눈물을 거두라. 그리고 물러가라."

"예, 아바마마."

"전하, 어서 명을 거두어 주소서."

눈물을 흘리며 물러 나오는 내 등 뒤에서 신하들 또한 지친 눈물 바람으로 울부짖었다.

당신이 이윽고 무릎 꿇어 도열한 문무백관을 향해 입을 열었다. 그 음성 역시 물기에 흠뻑 젖어 있었다.

"여러 신하들의 뜻이 그러하니, 그렇다면 대리청정은 어떻겠는가?"

"...... ?"

당신의 본심은 바로 거기에 있었다.

한바탕 양위소동을 벌여 아들의 효성과 신하들의 충성심을 한껏 떠보고, 그것들을 새로이 견고하게 결속시킨 다음 비로소 목적한 바를 털어놓은 것이었다. 그리고 당신은 무엇보다도 참으로 오래도록 망령처럼 자신을 따라다니는 경종 독살설로부터도 흔쾌히 벗어나고 싶은 것이었다.

　나에게 대리청정을 맡기겠다는 건 어느 정도 진실이었다. 그것은 오히려 왕권을 더욱 강화시키는 일이기도 하였다.

　신하들은 곧 눈치챘다.

　처음엔 그것마저 안 된다던 영의정도, 주상의 그 고결한 뜻을 받들겠다며 한 발 뒤로 물러섰다. 장차 임금이 될 세자에게 사방이 꽉꽉 닫힌 실내에서의 단순한 글공부보다도, 조정에서의 실제 정사를 온몸으로 깨우치며 익히고 배울 수 있도록 하겠다는데 누가 말릴 수 있겠는가. 당신이 못을 박았다.

　"이 몸의 재위 어언 이십오 년. 고심 끝에 양위하려 하였으나 원량이 울며 사양하는 걸 보고 내 감동하여 간밤의 전교는 거두겠노라. 세자로 하여금 대리청정케 하라."

　"망극하옵니다, 전하."

　"조정에 사람을 쓰는 일과 군사를 동원하는 일, 그리고 사형이나 역률에 관계된 일 등 아주 중요한 국사만을 나에게 품의하고, 나머지는 이제부터 세자를 통하도록 하라."

　"예, 전하."

　이리하여 비가 퍼붓는 한밤으로부터의 오랜 석고대죄는 끝났다. 나는 걸음을 옮길 수 없을 만큼 무릎이 아프고 오금이 저렸다.

　그러나 대리청정은, 나의 고통의 새로운 시작이었다.

아, 숨막혀.

나는 눈을 뜬다.

실제로도 숨이 막혀 가슴이 몹시 답답하다. 가만히 앉아 있는 것만도 너무 힘이 든다.

나는 눕는다. 편안하다. 죽음처럼 아주 편안하고 아늑하다. 뭔가 아래로아래로 무너져 내리는 느낌이다. 누군가가 자꾸만 손짓하는 것도 같다. 나는 눈을 감으려다가 이내 다시 뜬다.

안돼. 가능하면 눈을 감지 않는 게 낫겠어.

가만히 누워 있어도 안 되겠다는 생각이 든다. 의식은 아래로아래로 자꾸만 잦아들고, 몸은 천근의 무게로 가라앉는다. 그래서 뭔가를 거푸 기억하며 상념의 실타래를 풀어가거나 조금씩이라도 몸의 관절을 움직이는 게 좋을 듯싶다.

무엇보다도 견딜 수 없는 건, 감은 망막 안에서 마구잡이로 춤추는 아지랑이 같은 현훈이다. 눈을 감으면 수많은 송충이나 잔별들이 한꺼번에 쏟아질 만큼 어지럼증이 심해, 나는 다시금 천천히 몸을 일으킨다.

나는 나무벽에 등을 기댄다. 척추를 쭈욱 펴고 두 다리를 뻗는다.

발가락을 움직인다. 그 발가락을 잡기 위해 두 팔도 쭈욱 내뻗는다. 뻗은 두 손끝에 꼼지락거리는 발가락들이 잡힌다. 나는 나 아닌 다른 누군가의 신체 일부와 접촉하는 것 같은 착각을 잠시 갖는다.

괜시리 반갑다.

　다리를 오므렸다 펴는 운동을 반복한다. 그러다가 몸통을 양옆으로 이리저리 굴리기도 하고, 팔굽혀펴기도 해본다. 손가락 마디마디를 꺾거나 주무르기도 하고, 불끈 쥔 주먹으로 경직된 팔다리를, 온몸을 가볍게 두드리기도 한다. 그리고 목운동.

　무거운 머리통을 일정한 간격으로 이리저리 돌리다가, 나는 이대로 판자벽을 박차고 나가 맘껏 걸어보기라도 했으면 하고 문득 생각한다. 맑은 공기를 들이마시면서 발길이 닿는 곳으로 자유롭게 걸을 수 있다는 게 그렇듯 큰 축복인 줄 예전엔 미처 몰랐었다.

　나는 내가 지금껏 걸었던 궁궐 안의 여러 길들을 떠올린다.

　저승전에서 나온 나는 건양문을 통해 창덕궁 내전으로 들어간다. 아침저녁으로 어김없이 오가는 문안인사 길. 층층시하의 고래등 같은 전각들을 돌아다니면서 틀에 박힌 문안을 끝내고 나면, 다시 조반을 들고 강관들이 기다리는 성정각으로 향한다.

　낮것상을 받고 나서도 공부는 지루하게 되풀이되는데, 하루해가 설핏 기울 무렵이 되어서야 나는 겨우 주어진 속박에서 벗어날 수 있다.

　그러면 궁궐 안의 여기저기를 보모 같은 상궁들이나 익위사 관원들 몰래 혼자 돌아다니곤 하였는데, 하늘을 향해 높은 처마 끝을 내뻗고 있는 즐비한 전각들 쪽의 외전이나 내전보다는, 거기에서 저만큼 비껴난 외진 곳들이 나는 좋았다.

특히 창경궁의 옥천교라든가 창덕궁 쪽의 금천교 위에서 다리 아래로 흐르는 물을 하염없이 내려다본다든가, 옥천의 돌다리 양쪽 끝 기둥머리나 난간, 교각 아래에 달라붙은 괴상한 석수 따위를 어루만지며 노는 거였다. 짧고 굵은 네 다리와 두툼한 발가락, 도무지 무슨 동물인지 모를 괴상한 얼굴이며 거기에 또 웃음인지 성냄인지 모를 그 야릇한 표정들이 그리 앙증맞고 친근하게 느껴질 수가 없었다.

임금이나 신하들이 자주 오가는 금천교의 석상들도 앙증맞게 귀엽기는 마찬가지였다. 그 난간 네 귀퉁이에 각기 다른 몸짓, 다른 표정으로 지나는 사람들을 경계하며 앉아 있는 괴상한 석수들이 나는 차라리 장난감처럼 좋았다. 해태 같기도 하고 거북이 같기도 한, 또는 개구쟁이 도깨비 같기도 한 이상한 석수들은 그밖에도 여기저기 흔하게 앉고 선 모습으로 새겨져 있었는데, 그것들이 곧 나의 다정한 친구들이었다.

하늘을 보기 위해 돌계단을 올려 만든 관천대라든가 낙선당 뒤란의 괴석들, 긴 돌기둥 위에 장대를 꽂아 세우고 그 끝에 긴 천을 달아 바람의 방향과 속도를 재던 풍기대를 오르내리며 구경하는 것도 나의 큰 즐거움 중의 하나였으나, 그러나 뭐니뭐니해도 드넓은 후원으로 나가 활짝 열린 그 하늘의 공기를 흠뻑 들이켜면서 맘대로 활보하고 뛰어 노는 것에는 미치지 못하였다.

후원 문을 빠져 나와 약간 경사진 산그늘의 고갯길을 오르면 한눈에 펼쳐지는 시원한 풍광.

한가운데 자그마한 솔섬이 자리한 네모난 연못이며 지붕이 아기자기한 정자 택수재, 그 맞은편에 날아오를 듯 웅장하게 우뚝 선 주합루와 동쪽의 영화당 주변의 그림 같은 경치는 그렇다 치고, 나는 우선 연못 속에서 헤엄치는 수많은 물고기떼가 그렇게 정겨울 수가 없었다.

원래는 네 개의 우물이 있던 곳을 세월이 흐르면서 쑥대밭이 되었기에 연못으로 팠다는데, 그래서 그런지 이 연못은 항상 맑고 깨끗한 물이 넘쳐났다. 물이 들어오는 계곡이나 개울이 따로 없어도 새 물은 얼마든지 그 안에서 퐁퐁 솟아오른다고 하였다. 잉어며 가물치며 붕어, 미꾸라지, 피라미, 송사리, 버들치 따위가 마냥 헤엄치고 다녔다. 강관 송지원은 언젠가 그 물고기들에게 먹이를 던져주며 아주 흥미로이 물속을 들여다보는 나에게 물었다.

"저하, 물은 무엇을 뜻하는지 아십니까?"

"글쎄, 거기에도 무슨 뜻이 있나요?"

"묻긴 제가 물었는데, 또 되물으시다뇨."

사람 좋은 송지원은 한 차례 껄껄껄 웃고 나서 다시 말하였다.

"물속에는 이 세상의 사람이나 풀, 나무보다 더 많은 수의 물고기들이 살고 있으므로, 물은 곧 임금님을 뜻합니다. 그 많은 물고기들을 다 다스리고 먹여 살리는 분이라는 것이지요. 물고기 또한 물을 떠나 살 수 없는 법이구요."

그리고 그는 어수문(魚水門)을 타고 오르는 높은 주합루를 가리켰다.

어수문은 두 개의 기둥이 지붕을 떠받치는 일주문 형태다. 한 쌍의 청룡과 황룡 조각이 문 아래쪽을 휘감고 있는데, 비록 작고 좁은 문이긴 하지만 이 용문을 드나들 수 있는 건 오직 왕밖에 없었다.

이 어수문 안쪽으로 오르는 계단 옆의 무지개 모양의 소맷돌들에는 뭉게구름 문양이 빈틈없이 새겨져 있는데, 이는 이 주합루가 서기(瑞氣) 감도는 구름 위의 누각임을, 한층 더 높고 높은 곳임을 암시하였다.

연못의 동쪽에 넓은 활터와 푸른 잔디밭을 바라보며 자리잡은 영화당 또한 빠뜨릴 수 없는 나의 놀이터였다. 물론 사방이 확 터진 탓으로 연못도 함께 눈에 들어오지만, 이곳에 앉아 과거를 치르는 팔도의 뭇 유생들을 한눈에 내려다본다든가, 활쏘기나 군사훈련하는 걸 참관하는 재미가 참 좋았다. 지금의 주상 또한 이곳에서 이런저런 행사하는 걸 매우 즐기는 편이어서, 영화당 현판까지 직접 써 내걸 정도였다.

나는 더 깊은 후원으로 들어간다.

돌을 정성스레 쪼아 만든 불로문을 지나, 장난스런 두꺼비들이 받침대 모서리에 새겨진 돌다리의 또 다른 작은 연못을 지나, 신선들이 살아도 됨직한 연경당이라든가 부채꼴 모양의 관람정, 온돌과 마루를 함께 갖춘 폄우사, 서쪽 높은 지대의 승재정, 임금님이 자주 오르던 존덕정을 지나, 북쪽으로 조금 더 조금 더 올라가면 거기는 또 저편 언덕 아래로 옥류천이 흐른다. 어른들이 놀고 즐기기에 안성맞춤인 아기자기한 정자들이 서로 옹기종기 마주보며 서 있다.

그러나 결코 폭포라고 할 수 없는, 겨우 세 척쯤 될까말까한 높이의 작은 외줄기 실폭포를 두고, 인조를 비롯한 앞서 간 선대왕들이 다투어 상찬한 걸 보면, 속으로 웃음이 절로 나오곤 하였다. 가령 숙종 할아버지의 꽤나 과장이 심한 이 시구를 보면 충분히 미루어 짐작할 수 있으리라.

날아 흐르는 물은 삼백 척이요
아득히 떨어지는 물은 구천에서 내리누나
보고 있노라니 문득 흰 무지개 일어나고
그 소리는 온 골짜기에 천둥번개를 이룬다

이 그윽하고도 멋스런 옥류천을 뒤에 두고 조금 더 안으로 들어가면 우거진 숲과 나무와 바위들이 기다린다.

새와 꽃과 다람쥐와 뱀들도 나를 기다린다. 그때 나는 나대로 이런 시를 지었다.

범이 깊은 산에서 울부짖으니
큰 바람이 부는구나

이 당찬 시의 기상을 따라 나는 더 깊이, 더 멀리 산 속으로 들어가고 싶지만, 그러나 끝내는 그렇게 행동하지 못한 채 그만 되돌아서고 마는 거였다. 나를 기다리는 궁궐을 향해서, 세자로서의 질곡의 권위와 위엄을 위해서.

돌아오면 다시 똑같은 동궁이었다.

창경궁과 창덕궁의 한가운데 경계선에 놓인 동궁의 위치는 이 두 궁을 마음대로 오갈 수 있는 요건을 고루 갖추고 있었지만, 정작 내가 갈 수 있는 곳은 그렇게 많지 않았다. 가고 싶지도 않았다.

대리청정을 맡기 전이나 철이 든 스무 살 안팎에 이를 때까지도, 나는 거의 궁 밖의 세상을 모르고 살았었다. 임금 아버지를 따라 때가 되면 종묘나 태묘에 나가 배례한 게 고작일 뿐, 나의 활동공간은 오직 닫혀진 궁궐 안일 따름이었다.

이곳이 곧 나의 형옥이며 극락이었다. 물론 왕이나 세자 일가는 늙어 죽을 때까지 그 안에 갇혀 사는 게 원칙이긴 하지만, 또래의 말

벗이나, 함께 공부하는 글동무 하나 없이 허구한 나날을 혼자 지루하게 지낼 수밖에 없었던 저 어린 날의 기억은 차라리 꿈이 아니었나 싶다. 꿈이어서 오히려 더 좋았을까?

그러다가 어느 해 가을 첫 미행을 나갔을 때의 그 짜릿한 충격이라니!

나는 평소 바깥 자랑을 잘하던 내시부의 별감을 졸라 젊은 선비차림으로 변장하고 길을 나섰던 것인데, 운종가의 종루 근처에 당도하자 마침 인정(人定)을 알리는 종이 울리고 있었다.

이제 하루가 끝났으니 성문을 닫으려 한다는 그 종소리를 바로 곁에서 듣는 순간, 나는 말할 수 없는 짜릿함을 맛보았다. 닫힌 궁 안에서 아주 먼 메아리로 남의 소리인 양 듣던 것과는 영 딴판이었다. 닭이 홰치는 새벽에도 가끔씩 새날이 밝아오니 이제 성문을 열겠노라는 서른세 번의 파루(罷漏) 종소리를 꿈결처럼 들으면서 잠이 깨기도 하였으나, 이것이 바로 그 종소리였구나 싶자 나는 오랫동안 잊고 있던 어머니라도 만난 듯 그렇게 반가울 수가 없었다.

더군다나 발그레 물든 시전 상가의 은은한 불빛까지 둔중한 종소리와 한데 어우러지니 그 감흥의 물결을 어디에 비길 수 있었으랴.

무릇 정치도 이래야 하리라고 나는 생각하였다.

임금과 백성이 이렇게 하나로 만나고 한 덩어리로 어우러져야 하리라. 나는 그때 생각하였다.

그래서 나는 종소리가 끝나기 바쁘게 배오개 쪽으로 급히 걸음을 옮겼다. 별감이 입궁을 서두르기 전에 뭔가 하나라도 더 봐두고, 한 사람의 상인이라도 더 만나보고 싶어서였다.

종로에서 배오개까지의 양옆으로는 갖가지 물산의 점포들이 행랑식으로 주욱 잇대어져 있었다. 인정 종소리에 쫓겨 하나둘 문들을 닫고는 있었지만, 아직 구경할 거리는 꽤 남아 있었다. 선전에서는 비단을, 면포전에서는 무명을, 지전에서는 종이를, 어물전에선 조개나 생선 따위를, 저포전에선 모시를 … 청포전, 도자전, 과물전, 옹기전, 싸전, 연숙전, 초립전, 문전, 바리전, 동상전, 정육상, 은옥방, 소금집, 젓갈집, 벙거지집, 갓집, 짚세기집, 땔나무집 등 헤아릴 수 없는 점포들이 줄을 지어 앉아 있었다.

그 시전들 앞에는 대개 중치마를 걸치고 갓을 쓴 여리꾼이 줄지어 늘어서서 손님을 끌어들였는데, 이 떳다방들한테 한 번 붙잡히면 어지간해선 물건을 사지 않고는 못 배긴다고도 하였다.

배오개시장 쪽은 운종가의 분위기와 사뭇 달랐다. 물론 약재나 육류를 비롯한 여러 가지 물산과 잡화도 많았지만, 유별나게 채소류가 주종을 이루고 있다는 점이었다. 동대문 밖의 용둣골이나 답십리, 왕십리, 뚝섬 등지에서 실려 온 무와 배추, 미나리 따위가 풍성한 까닭이었다.

하지만 느닷없는 다리품으로 어지간히 지친 나는 무엇보다도 한

잔의 술생각이 더 간절하였다. 우선 목이 말랐다.

그래서 찾아 들어간 곳이 뒷골목의 허름한 국밥집.

그 집 문 앞에서 가마솥째 펄펄 끓고 있는 내장과 선지 시래깃국이 하 먹음직스러워 주저 없이 들어갔던 것인데, 투박한 뚝배기에 가득 담겨 나오는 국밥을 안주 삼아 동행한 별감과 함께 마신 막걸리는 속이 확 뚫리는 별미였다.

그 후로 나는 궁 안에 있으면 이 국밥과 막걸리 생각으로 좀이 쑤셔 견딜 수가 없었다. 그래서 나는 몇 번 더 불쑥 미행을 자행하기에 이르렀으되, 춘방이나 계방(桂坊)의 관원들이 퇴궐하고 난 한밤의 야음을 주로 이용해서, 또는 대궐이나 내전의 공기가 좀 느슨해져 있다 싶으면 그 틈을 놓치지 않고 바로 복색 변장하여 백성들을 만나러 나가는 것이었다.

그래도 아기자기한 쪽은 창골을 중심으로 형성된 남대문 저자거리였다.

거기에서 또 몇 발자국 성 밖으로 옮기면 내가 가장 좋아하는 칠패거리였다. 순화방의 싸전, 시탄전, 초물전들은 물론이고 조갯골, 뱃골, 동이전골, 풀뭇골이 만리재에 이르도록 주욱 잇대어져 있었다.

이 짜릿한 시장 미행은 대개 잼배의 객주거리에서 술을 마시는 것으로 끝나거니와, 그로부터 세월이 얼마쯤 흐른 후 노론에 의해 관직에서 쫓겨난 무골호인 윤필한이 이 칠패거리와 가까운 만리재로

이사오고 난 다음에는, 아예 다른 곳엔 나가지 않고 거의 이쪽으로
만 출입을 일삼았었다.

그래서 잼배 객주거리에선 세자인 내가 안국동의 홍 대감댁 자제
홍 생원으로 통할 정도였거니와, 윤필한을 매개로 하여 훗날 그들에
게서 얻어들인 빚도 다 그와 같은 사칭이 가능했기 때문이었다.

물론 윤필한을 만났을 때는 거기에서 훌쩍 벗어난 곳으로의 원행
도 감행한 적이 있었다. 용산과 마포나루, 송파까지 은밀히 다녀온
적이 있었는데 생각 같아선 그보다도 더 먼 곳, 이를테면 짭짤한 갯바
람이 불어오는 제물포라든가 우시장이 있는 안성, 고려 때의 도성인
개경, 물 맑고 인심 좋다는 청주나 전주 등, 조선 팔도를 두루두루 살
피며 돌아다니고 싶었으나 거기까지는 아무래도 내 욕심 밖이었다.

오히려 꼬리를 밟히기 전에 한시바삐 서둘러 입궁하지 않으면 안
되었다.

그것이 곧 내가 지켜야 할 법도요, 대리청정을 맡은 왕세자로서의
책무였다. 이를 벗어나면 나는 곧바로 용서받지 못할 죄인으로 전락
되는 것이었고, 그러면 가차없이 폐세자 되거나 그 지겨운 석고대죄
가 또다시 나를 기다릴 것이었다.

대리청정한 지 4년째.

왕세손을 낳은 나는 이제 어엿한 아버지가 되어 있었고, 즉위 28년

째인 주상은 어느덧 회갑을 바라보고 있었다.

그런데 당신은 그해 겨울 또다시 양위소동을 벌였다. 갓 태어난 세손이나 산모인 아내, 그리고 나까지 한꺼번에 호된 홍역을 앓고 있는 중이었다. 동궁은 온통 우리 세 가족의 돌림 병치레로 야단법석이었다.

이번에는 왜 또 저러실까.

"어디, 어디서 그러고 계시더냐?"

헐레벌떡 달려온 궁관에게 나는 물었고,

"선원전 앞이라고 하옵니다, 저하."

궁관은 별로 감정이 실리지 않은 어조로 담담히 대답하였다. 하찮은 시종 역시도 당신의 너무 잦은 전위소동 계략에 어지간히 이골이 난 모양이었다.

병석에 누워 있던 나는 자리에서 벌떡 일어나 의관을 챙겼다. 여전히 머리가 지끈거리고 열이 났지만, 그거야 어찌 됐든 나는 무작정 당신 곁으로 달려가지 않을 수 없었다. 뒤따르는 궁관에게 또 물었다.

"이번에는 무슨 일 때문이라더냐?"

"그건 아직 모를 일이라고 들었사옵니다."

하지만 이번에는 놀랍게도 청포(靑布) 차림이었다.

홍포로 상징되는 왕의 위의를 완전히 내던져 벗어버리고 아주 평

168

범한 일반 한사들이나 입을 수 있는 청포를 걸쳤다는 건, 한마디로 이제 왕노릇은 절대 않겠다는 의미나 다름없었다. 그에 대한 강한 의지를 그 옷으로써 나타내 보인 것이었다.

당신이 꿇어 엎드린 뜨락에는 세찬 눈이 내리고 있었다. 차가운 바람까지 뒤섞인 매운 눈보라가 당신의 머리와 옥체 위로 사정없이 흩날리고 있었다. 나는 저만큼 떨어진 곳에 내던지듯 무릎을 꿇었다.

"아바마마, 무슨 일이옵나이까. 어서 거두어 주소서."

"세자가 어이 나왔는가?"

뒤를 흘깃 돌아보고 난 당신은, 곧 옆에 입시한 예조판서에게 말하였다.

"이제부터 모든 대소 공무는 동궁에게 보내라. 세자는 그동안 꼼꼼한 대리청정으로 정사에 대한 안목을 충분히 넓혔도다."

"전하, 선왕마마께서 내려다보고 계십니다. 어찌 그런 황공스런 말씀을 하시나이까? 어서 전교를 거두어 주소서."

"이 옷을 벗은 다음에야 내 마음이 드러날 것이니라. 태조와 세종께서도 이미 생존시에 양위를 행하셨는데, 너희들은 왜 하나같이 아니 된다고만 그러느냐?"

"선왕께서는 일찍이, 기억하지 못할 정도로 자손이 많았던 다복한 곽공처럼 살라는 어제시까지 전하께 직접 내리신 적이 있잖사옵니까."

169

"그래, 맞다, 맞아. 그런 시를 내게 주신 적이 있었지. 그러니 어찌
이 옷을 벗지 않고 황형을 뵐 면목이 있겠는가. 내가 그냥 연잉군으
로만 남아 있었다면, 오늘 같은 이 아픔도 없었으리라."

그리고 당신은 갑자기 곡소리 비슷한 울음을 터뜨렸다. 새삼 지하
의 형님 경종이 사무친 혈육의 정으로 그립게 다가오는 모양이었다.

곁에 서있던 영의정이 보기에 민망하여 아뢰었다.

"전하, 부디 옥체를 보전하셔야 하옵니다. 이 눈보라의 혹독한 추
위에 밖에서 이러시면 옥체가 상하실 건 뻔한 이치인데, 한 나라의
지존으로서 이게 어이된 일이옵니까? 어서 거두소서."

"내 뜻은 극히 간단하도다. 평소 마음먹은 바대로, 이 지겨운 임금
자리를 당장 내놓겠다는 것이다. 어찌 이런 일 하나도 내 마음대로
할 수 없단 말인가?"

"아바마마, 절대 아니 되옵니다. 전교를 회수해 주소서."

"자식인 너도 진정한 애비 속을 모르고 있구나. 일찍이 태조께서
는 정종께 선위하셨고, 세종께서는 문종께 선위를 거행하셨다. 그러
므로 세자인 네가 이 아비의 마음을 편하게 하려면, 지금 입고 있는
이 청포를 끝내 벗기지 않도록 해야 할 것이야."

"아니 되옵니다. 아바마마."

"허, 그래도 못 알아들었느냐? 세자는 일단 들어가 있거라. 홍역을
앓고 있다 했으니, 너라도 몸을 옳게 보전해야 하리라."

"아니 되옵니다, 아바마마. 어서 전교를 거두어 주소서."

저 청포도 결국에는 당신이 스스로 벗게 될 거라고 속으로 확신하면서, 나는 목이 메어 말하였다. 머리는 여전히 지끈거리고 입 안은 모래알이 가득 들어있는 기분이었다. 추웠다. 매서운 한파였다.

그런데 세자는 들어가 있으라니, 양위 때문에 청포를 입었다는 분이 그 양위를 물려받을 주인공에게 안으로 들어가라니, 이건 애초부터 임금 자리를 양위할 뜻이 없다는 걸 의미하지 않은가. 그렇다면 그 진정한 이유는 무엇일까?

당신이 또 말하였다.

"나는 할 말이 참으로 많은 사람이다. 억울하고 분한 누명 또한 많은즉, 경들은 내가 죽어 황형 뵐 체면을 부디 세우게 해다오. 우리 경종께서 대리청정을 명하시어 나로 하여금 대소 공무를 맡기셨을 때, 나는 이루 헤아릴 수 없는 흉언들을 들었도다. 그때의 기억을 떠올리면 절로 이가 갈릴 지경이란 말이다. 지금 이렇게 하여 그날의 진상을 밝히지 않는다면 어떻게 나의 괴로운 심사를 끝내 펼 수 있겠는가? 그러니 어서 양위 절차를 밟도록 하라."

"전하, 아뢰옵기 황공하오나 그때의 일은 다 옳게 정리되온 줄 아옵니다. 그러니 어서 거두소서."

"나는 그때 당인들을 갈아 마시고 싶었느니라. 노론이니 소론이니 하는 게 도대체 나와 무슨 상관이 있기에, 한쪽은 그것을 무함이라

하고 다른 한쪽은 무함이 아니라고 했더란 말이냐. 그 그침 없는 양쪽의 등쌀을 내가 어찌 온전한 마음으로 견딜 수 있었을 것이며, 어찌 통분하지 않을 수 있겠는가? 내 지금에 이르러서도 장담하거니와, 당인이 없어지지 않는 한 이 나라의 장래는 극히 캄캄하리라."

그러니까 임금은, 자신의 억울하고 분한 과거를 깨끗하게 신원해 달라는 뜻이었다.

그리하여 당신은 무엇보다도 떳떳하고 부끄럽지 않은 환갑을 맞이하고 싶은 거였다. 그 치욕스런 불명예의 독살설로부터 완전 해방되고 싶은 거였다.

그런 면에서 본다면, 당신은 몇몇 선대왕들보다 훨씬 순진하고 솔직하며 양심바른 편에 속한지도 몰랐다. 이른바 성군 내지는 명군으로 일컬어지는 몇몇 왕들 역시도 자신의 정적이나 장애물 제거에는 조금도 틈을 보이지 않았었다. 그 상대를 무참히 죽이는 데는 다 출중한 재주와 일가견이 있었다.

앞서 간 선대왕들 중에서 대표적인 폭군은 태종과 세조였으리라. 아버지 당신과 똑같은 왕세제 출신으로서의 태종은, 실로 방약무인하면서 술수에 재빠른 사람이었다. 왕세제 자리도 자신이 무력으로 빼앗은 거나 마찬가지였는데, 나라를 세운 태조와 계비 강씨, 그리고 개국공신인 정도전의 지나친 경계와 냉대가 화근이 되어 우리 조선왕조는 실로 개국 초장부터 피비린내 나는 살육의 연속이었다.

　잘 알다시피, 조선을 개국하고 난 한 달 뒤에 태조는 첫 부인 한씨 소생의 장성한 왕자들의 극심한 반발에도 불구하고 계비인 강씨 소생의 열한 살짜리 방석을 세자로 책봉했다. 그에 가장 불만이 많은 다섯째 아들 정안군 방원은 맏형인 방우를 세자로 책봉해야 한다고 주장했지만 받아들여지지 않았다.

　방원은 분기탱천하였다.

　위화도에서 회군한 아버지에게 개경의 최영을 쳐야 한다고 주장해 관철시킨 것도 그였으며, 또한 정몽주를 살해해 핵심 반대세력을 단칼에 제거해 버렸는가 하면, 고려말의 왕대비를 압박하여 공양왕을 폐위하고 그 자리에 아버지 이성계를 등극시키기까지 한 그였지만 개국공신인 그에게 돌아온 것은 아무것도 없었다.

　호시탐탐 기회를 노리던 방원은 동복 형제들과 함께 방해꾼인 정도전 일파를 살해하기로 결정하고 그들의 밀모설을 만든다. 요컨대 정도전, 남은, 심효생 등이 밀모하여 태조의 병세가 위독하다고 속여서 한씨 소생의 왕자들을 궁중으로 한꺼번에 불러들인 후 살육할 계획을 세우고 있다는 내용이었다.

　방원은 이를 미연에 방지한다는 명분으로 사병을 동원, 정도전 일파를 습격하여 가차없이 죽여버렸다. 방원의 철퇴에 뒤통수를 얻어맞아 죽은 일대의 풍운아 정도전의 말로는 그토록 비참하였는데, 그들은 이에서 그치지 않고 동생인 세자 방석을 죽이는 걸 최대목표로 삼고 있었다. 따라서 방원은 곧 방석을 붙잡아 폐세자시켰다가 동복 형인 방번과 함께 가차없이 죽여버렸다.

이때 태조는 심한 병중이어서 그 내막을 파악하지 못하고 있다가 뒤늦게 방번, 방석 형제가 이복형의 손에 무참히 살해당한 사실을 알고는 망연자실, 그만 넋을 놓고 말았다. 형제들의 골육상쟁에 너무 큰 충격을 받은 당신은, 왕위마저 곧바로 내놓지 않을 수 없었다.

방원이 거사에 성공하자 그의 심복들은 그를 곧장 세자로 옹립하려 하였으나, 교활한 방원은 이를 극구 사양했다. 이에 따라 이미 병사한 맏이 대신 둘째 방과가 방원의 뜻에 따라 세자에 책봉되었다.

그럼에도 지금의 주상은 아까 태조로부터 양위받은 정종이 매우 정상적인 절차에 의했던 것인 양하였다. 하지만 실상은 그렇지 않았다.

영안군 방과는 원래 왕위에 뜻이 없었다.

세자 책봉에 이르렀을 때에도 그는 '대의를 주창하고 개국하여 오늘에 이르기까지의 모든 업적은 정안군의 공로인데, 내가 어찌 형이라는 이유 하나만으로 세자가 될 수 있겠느냐'며 극구 손을 내저어 사양했다. 그러나 방원의 완강한 권유와 치밀하게 계산된 양보로 그는 곧 세자에 책봉되었고, 아버지 태조가 자의반타의반으로 물러나면서 왕위에 올랐다. 이미 병색이 짙은 태조는 도무지 어떻게 해볼 도리가 없었다.

174

정종이 비록 왕위에 앉아 있긴 했으나 권력은 방원의 손에 단단히 잡혀 있었으므로, 모든 정치 또한 그의 뜻에 따라 운행되었다. 그럼에도 정종은 아무 내색 없이 조정의 정무보다는 격구나 사냥, 온천욕 등으로 소일하였는데 그 나름대로 터득한 보신책의 결과였다. 그러는 와중에 일어난 사건이 제 2차 왕자의 난.

방원의 바로 윗형인 넷째 방간 또한 정치적인 야심이 많은 사람이었다. 이대로 있다간 동생의 전횡이 곧장 왕위로 이어질 것 같은 낌새가 엿보이자, 그는 타오르는 시기심과 불만을 끝내 참지 못하고 사병을 동원, 난을 일으켰다.

하지만 방간은 포악한 방원을 도무지 당해낼 수가 없었다. 개경의 한복판에서 두 형제의 사병들끼리 치열한 시가전을 펼쳤지만, 그 결과는 어쩔 수 없이 싸움꾼 방원의 승리였다. 이 골육상쟁에서 무너진 방간은 그 길로 유배당하고, 방원에 대한 반대세력은 거의 소멸되어 그의 왕위계승을 더욱 촉진시켰다.

이제 더 이상 망설일 이유가 없었다. 그는 곧바로 하륜 등의 심복들에 의해 세제로 책봉되었고, 정종은 상왕 태조의 허락을 얻어 동생에게 왕위를 물려주었다.

조선의 2대 왕인 정종은 승하한 후에도 오랫동안 묘호도 없이 공정대왕으로 불려오다가, 내 할아버지인 숙종대에 이르러서야 비로소 정종(定宗)이라는 묘호를 받을 만큼 불행한 임금이었다. 당신과 당신의 부인 정안왕후는 잠자리에서조차 자신들의 비명의 죽음을 걱정해야 할 정도로 동생 방원을 두려워했는데, 이는 실권 없는 왕과 왕비가 얼마나 비참한 처지에 놓이게 되는가를 극명하게 보여주는 한 대목이 아닐 수 없겠다.

그러면 태종의 양위소동은 또 어떠하였던가.

변덕스런 태종 또한 재위중 네 번에 걸쳐 이 터무니없는 석고대죄의 선위파동을 일으켰다. 그 역시 집권과정에 대한 가책과 업보에 꽤나 시달렸던지, 세자인 양녕의 나이 불과 열세 살에 그토록 어렵게 얻은 왕위를 가차없이 물려주겠노라고 나선 거였다. 그때마다 왕세자인 양녕은 이유도 잘 알지 못한 채 무작정 무릎을 꿇어야 했는데, 마흔이 안 된 젊음에도 태종이 거푸 이런 소동을 벌인 건 결국 왕위를 계승할 세자가 마음에 들지 않았다는 걸 반증하였다.

태종의 세자에 대한 미움과 불신감은 곧 세자를 폐하는 조치로 나타났다.

이 무렵의 양녕 또한 이미 왕위에 대한 미련을 훌훌 내던진 후라서, 궁중을 몰래 빠져나가 속된 풍류를 자주 즐겼을 뿐만 아니라, 조정의 하례에 참석하기 싫어 꾀병을 부리기도 하였다. 그러다가 급기야는 궁궐을 몰래 빠져나가 요염한 기생을 찾는가 하면, 남의 집 어여쁜 첩을 가로채 놀기도 하는 등 갖은 광태를 부렸다던가.

아버지의 마음이 벌써 자신에게서 떠났음을 간파하고 저지른 의

도적인 행위였음직도 하나, 어쨌든 그는 이로 해서 폐세자되었고 셋째아들 충녕이 그 자리를 넘겨받았다. 그가 바로 세종.

어진 성군으로 이름난 세종은 또 어떤 연유로 양위소동을 벌였던가.

세종은 역대 왕들 중에서 아들을 가장 많이 둔 임금이었다. 자그마치 18명. 그래서 후대의 왕도 태조 때처럼 둘씩이나 나왔으되, 이 또한 아들을 지나치게 많이 둔 당신의 업보라면 업보였다. 문종과 세조가 바로 그들이다.

더욱이 세종은 폐세자된 형에 대한 본능적인 가책과 죄의식에 늘 시달리지 않으면 안 되었다. 그 역시 적장자가 아닌 왕세제였기 때문이다. 거기에 또 선천적으로 몸이 허약했다.

당신의 맏아들이 세자에 책봉된 것은 8세 때였다. 그리고 즉위 때부터 여러 질환으로 고생한 세종이 시름시름 병상에 누운 건 세자의 나이 스물세 살 때, 당신은 이윽고 실질적인 양위를 결심하였다.

하지만 세자의 섭정은 신하들의 반대로 이루어지지 못했다.

그 5년 후에도 과다한 업무량에 시달려 건강이 악화된 세종은, 다시 세자에게 왕으로서의 권한을 물려주고 상왕으로 나앉으려 했으나, 이 또한 신하들의 격렬한 반발에 부딪쳤다. 왕이 엄연히 살아있는데 세자로 하여금 중요한 정사를 결정케 할 수는 없다는 논리였다.

하지만 이번에는 세종도 의지를 굽히지 않았고, 양위도 마음대로 못하게 하는 신하들의 반대를 끝내 물리치고 세자의 섭정체제를 구축하였다.

이런 이상한 형태의 2왕 체제가 이후 8년간 지속되다가 세자는 마침내 문종으로 새 임금이 되었는데, 따라서 이 세종의 경우는 '소동'이라고 할 수도 없는, 어쩌면 극히 자연스러운 형태의 선위를 결행했던 셈이라고 하겠거니와, 당신처럼 전후사정 가리지 않고 막무가내 억지를 부려가며 심심하면 양위하겠다는 것하고는 그 본질부터가 달랐다.

그러나 문종 역시 몸이 허약한 데다가 세자 섭정기에 무리하게 과로한 탓으로 재위 2년여 만에 그만 세상을 뜨고 말았다. 이때 등장한 인물이 다름 아닌 수양대군, 세조.

나는 이상하게도 세조 할아버지를 들먹이면 그 음흉하고도 사악한 분위기 위에 부왕의 얼굴이 먼저 겹쳐 떠오른다. 하필이면 다름 아닌 나의 아버지가 그런 핏줄 속으로 함몰, 희석되어 흘러가다니 속으로 좀 언짢아지기도 하지만, 사실이 그런 걸 내 어쩌랴.

왜 그럴까?

나는 당신의 굽은 등을 응시하면서 혼자 생각하였다.

해가 지고 대비까지 한 차례 다녀갔음에도 당신은 아직 양위소동을 거둘 기미를 내보이지 않았다. 도대체 왜?

178

당신은 둘 다 왕세제 출신들이었던 태종과 세종의 양위 경우를 곧잘 들먹이지만, 내가 보기에는 영락없이 세조 쪽이다. 물론 세조는 당신처럼 저와 같은 소동을 습관처럼 치르지도 않았고, 그 자식들 또한 벌을 받아 시름시름 앓다가 곧잘 죽곤 해서 비유하기에 적절치 않은 면이 있긴 하더라도, 그 성격이나 행태에 있어서는 두 분이 쏘옥 빼닮았다는 게 변함없는 나의 평소 생각이다.

모르긴 몰라도, 경종이 만약 당신을 역모의 수괴로 내몰아 폐세제 시킨 후 그 아래 이복동생인 연령군을 후사로 삼았거나 종친 중의 어느 조카뻘 되는 이를 선택했더라면, 갑자기 승하한 경종 이후의 정국의 상황은 세조대와 똑같은 양상으로 전개되었으리라. 그와 같은 칼바람, 그와 같은 피와 살육, 그와 같은 왕위찬탈극이 충분히 재연되고도 남았으리라는 추측이 지금도 강하게 나의 상념을 지배한다.

문종의 뒤를 이어 새 임금이 된 그의 아들 단종은, 불과 열두 살의 어린 나이였다. 그래서 정사를 제대로 돌볼 수 없었기에 조정에서의 모든 조처는 의정부와 육조가 도맡아 했으며, 어린 왕은 단지 형식적으로 정사를 돌보고 결재하는 데 그쳤다.

이렇게 왕권이 유명무실해지다 보니 단종의 부왕의 형제들, 그러니까 아들복이 많았던 세종 자식들의 세력이 자연 거품처럼 팽창되기 시작하였는데, 그 중에서도 특히 둘째인 수양대군과 셋째 안평대군이 서로 권력을 놓고 음흉하게 맞서더니, 마침내는 엄청난 피바람을 또 일으키고 만다. 계유정난이 그것이었다.

어린 조카 왕을 친히 보필한다는 명목으로 정치권에 뛰어든 수양은, 호시탐탐 기회를 노리고 있다가 마침내 거사를 감행하였다.

그는 우선 병권을 움켜쥔 김종서부터 제거하였다. 조정 대신들의 구심체인 김종서를 제거하지 않고서는 일을 무난히 성공시키기 어렵다고 판단, 어느 날 밤 드디어 심복들을 데리고 김종서의 집을 찾아가 간계를 써 철퇴로 때려 죽였으며, 그 밤 안에 영의정 황보인을 비롯한 병조, 이조판서와 우찬성 등 영향력 있는 대신들을 왕명을 빙자, 대궐로 불러들여 그 자리에서 모두 참살했다.

수양은 또한 친동생이며 숙명의 정적이기도 한 안평대군을 붕당 모의의 주역으로 지목해 강화도로 유배시켰다가 곧 죽였으며, 나중에는 당신의 또 다른 동생인 금성대군도 유배 후 사사시켜버렸다.

그리고 어린 조카이며 주상이었던 단종은 모양새를 갖추기 위해 일단 상왕으로 밀어냈다가 다시 노산군으로 강등, 영월땅으로 유배 보냈다. 그러다가 다시 그에 대한 복위운동이 일어나자 용서할 수 없는 역모로 몰고 이를 이용해 그 즉시 서인으로 폐위시켜 유배지에서 죽여 없앴다.

이 무시무시한 왕위찬탈극을 통해 즉위했던 세조도 결국에는 인간적인 죄책감에 많이 시달렸다고 하였다. 그 농도가 너무 진했던 나머지 오히려 약간의 정신분열 증세까지 앓은 적도 있었는데, 죽은 단종 어머니의 혼백에 씐 맏아들 의경세자가 비명에 죽자, 당신은 형수인 그네의 무덤을 파헤치는 패륜까지 서슴지 않았다.

그러나 그 형수는 끈질기게 시동생인 세조를 괴롭혔다. 무덤을 훼절당한 후에도 그네는 여전히 세조의 꿈에 나타나 얼굴에 침을 뱉는 등, 해코지를 멈추지 않았다는 것이다. 그 꿈의 주인공은 어디까지나 살아있는 이의 몫일 터인즉, 죄를 짓고는 결코 편안히 잠잘 수 없는 게 어쩔 수 없는 우리네 인간의 상정인가 보았다.

나는 불현듯 단종의 참혹한 마지막 주검 위에 죄 없이 무릎 꿇고 있는 초라한 나의 모습을 겹쳐 떠올려 본다.

역시 분하고 억울하고 슬프다.

마음이 그렇게 한 번 움직여지니까, 또 문득 아버지 당신이 무서운 수양으로 변해 내 목을 조르는 환상이 달려든다. 참으로 기분 나쁘고 엉뚱한 상상 속의 살육이다.

그날, 다시 나온 대비가 노기 띤 음성으로 당신에게 말하였다.

"주상은 무슨 연고로 아직도 그리 찬 곳에 앉아 계시는 게요? 즉시 전으로 올라오도록 하시오."

"자전께는 황공하오나, 신의 마음이 몹시 답답하고 울적하여 감히 따르지 못하겠나이다. 굽어 살펴, 널리 헤아려 주옵소서."

"허허, 주상도 심히 딱하구료. 한두 살 먹은 어린애도 아니거늘, 어찌 이리 투정이 길단 말이오?"

"삼십 년 세월 동안 고심하고 애타하던 일을 지금도 이루지 못하고 있으니, 그저 마음이 아프고 슬플 따름입니다."

"아니 되오. 주상은 어서 명을 거두시오."

"알겠사옵니다. 마마."

대답은 그래놓고, 대비가 들어가고 나서도 당신은 결코 명을 거두어들이지 않았다. 태도 또한 싹 바뀌면서 아예 한술 더 뜨고 나왔다.

"하늘에는 두 해가 없고 나라에는 두 임금이 있을 수 없다고 했으니, 내가 마땅히 궁 밖으로 나가 거처해야 하리라."

"전하, 이러시면 대비마마의 뜻을 받든 것이 무슨 의의가 있습니까? 아니 되옵니다."

"내가 자전의 뜻을 받든 것은 임금 군(君)자 하나뿐이다. 조선은 이 임금 하나만으로 족하니라. 나는 지금부터 태상왕이다."

당신은 이렇듯 밤늦도록 억지를 부려가면서 거둘 듯 거둘 듯하던 양위 전교를 쉬 거두어들이지 않고 있었다.

그러나 너무 오래 겨룬 자신과의 싸움에서 당신도 어지간히 지치고 피곤했던지, 일단 대전으로 들어가는 것으로 그날의 소동은 잠시 막을 내렸다. 나는 새벽 무렵에야 겨우 동궁의 내 처소로 돌아올 수 있었다.

그러나 다시 날이 밝자, 당신은 더욱 알 수 없는 행동으로 옮겨 갔다. 이번에는 당신의 어머니이며 나의 할머니이기도 한 숙빈 최씨의 혼전에 나아가 배알한 것이었다. 당신은 그네의 영령이 모셔진 육상궁에 전배한 후, 옆의 도승지에게 이렇게 명하였다.

"세자에게 양위하노라. 정식으로 절차를 밟으라."

"전하, 이것이 무슨 일이옵니까? 전교를 어서 거두소서."

"간밤에 이미 결심하였도다. 이제 경들이 울어도 소용없는 일이다."

"신들은 비록 죽을지라도 전교를 거두시지 않으면 여기서 한 발자국도 물러나지 않을 것이옵니다."

도승지가 꿇어 엎드려 통곡하였다. 호위하던 다른 신하들도 일제히 땅에 엎드렸다.

"전하, 통촉하시옵소서. 신들은 오직 죽음이 있을 뿐이옵니다."

"나도 한없이 마음이 아프도다. 그동안 그대들에게 덕을 베풀지도 못하였는데, 오늘 영원히 작별하게 되었으니 가슴이 미어지는 것 같다."

그러면서 당신 또한 소리내어 눈물을 흘렸노라고 도승지는 내게 달려와 전하였다.

나는 또 혼비백산 서둘렀다. 호위도 제대로 갖추지 못한 채 작은 가마에 올라 당신 곁으로 달려가지 않으면 안 되었다. 숫눈발이 희끗희끗 흩날리고 있었고, 뺨을 스치는 설한풍도 몹시 차고 매웠다.

며칠째 계속된 혹독한 한파가 좀체 물러갈 기미를 보이지 않는 한겨울의 날씨였다.

당신의 심중 또한 단단히 얼어붙은 얼음장이었다. 아니면 그와 정반대의 뜨거운 활화산인지도 몰랐다. 그 가까이 가면 화상을 입고, 또 너무 멀리 떨어져 있으면 동상에 걸려 얼어 죽게 될지도 모르는게 딱한 나의 처지이기도 하였다.

이번에는 아무래도 심상치가 않아. 너무 오래 끌고 계셔.

가마에서 내린 나는 또 무릎 꿇고 대죄하며 상소부터 올렸다.

— 삼가 아뢰옵나이다. 불초 신은 여러 모로 부족한 세자로서, 성상께오서 대리하라는 명을 받든 이후 주야로 노력하고 걱정하고 노심초사하였습니다. 하오나 이제 꿈에서라도 상상할 수 없는 하교를 받고 나니, 가슴이 떨리고 덜컥 내려앉아 마치 깊은 연못에라도 빠진 듯 어찌할 바를 모르겠나이다. 이것이 무슨 일이옵니까. 어찌 잠시라도 성상께서 물러가실 수 있겠습니까. 신은 삼가 문 밖에 거적자리를 깔고 엎드려 비옵나니, 성상의 마음이 산란하고 번거롭지 않게되기만을 목놓아 바라나이다. 어쨌든 신이 죽을죄를 지었습니다. 간절히 원하옵건대, 성상께오서는 도승지를 통해 승정원에 내린 하교를 어서 거두어 주소서. 속히 없던 일로 만들어 주옵소서.

그러나 당신으로부터 날아온 전언은,

"세자는 안으로 들어가라."

짧은 이 한마디뿐이었다.

그러나 나는 결코 안으로 들어갈 수 없었다.

홍역이 채 가시지 않은 불편한 몸이어서 한시라도 따뜻한 온돌방에 누워 푹 쉬고 싶은 생각이야 굴뚝 같았지만, 임금이 그 자리를 물러나겠다는 절박한 상황에 어찌 그런 한가한 상념에 잠시라도 젖을 수 있을 것인가.

오직 바라건대, 갓 낳은 아들녀석의 홍역이나 별 탈 없이 빨리 나았으면 좋겠다는 기원뿐이었다. 머리에 피도 채 마르지 않은 어린것이 열에 들떠 혹 잘못되기라도 한다면 어렵게 본 왕손을 잃은 데 대한 죗값은 또 얼마나 엄청날까. 홍역이나 돌림병이 오면 손 하나 제대로 쓸 겨를 없이 숱한 목숨이 추풍낙엽처럼 떨어지는 속수무책의 현실이고 보면, 간병이 제아무리 지극한 왕실이라 한들 그런 병마에선 누구나 태연스레 벗어날 수 없는 노릇이었다.

아이와 함께 앓고 있는 아내도 걱정이었다. 아직 산욕이 가시지 않은 몸으로 무서운 열병까지 덤터기쓰고 있으니 그 말 못할 고역이 얼마나 심할까. 그런데도 아버지 당신은 우리 가족의 집단홍역 따위는 전혀 안중에도 없다는 건가. 하나밖에 없는 아들이며 손자이며 며느리인데, 보석보다 더 귀한 그 혈육들이 혹 잘못되기라도 하면 도대체 어쩌시려고 저리 둔하며 무감각하단 말인가.

하지만 당신은 좀체 물러서지 않았다.

나 또한 마찬가지였다.

그 다음날 역시 아침부터 해질녘까지 합문 밖에서 대죄하였다. 두 부자간의 부질없고도 지루한 줄다리기가 여러 날째 계속되고 있었다. 처음 말이 나왔을 때부터로 따진다면 벌써 열하루째였다.

손발이 시렸다. 이가 덜덜 떨렸다.

오금이 저리고 눈앞이 어지러웠다. 그때 주상으로부터의 전갈이 날아왔다.

"동궁이 합문 밖에 나와 있다는 말을 듣고, 나도 지금 추운 뜰로 나와 앉아 있다. 그러니 나를 다시 전으로 올라가게 하려면 세자는 어서 동궁으로 돌아가라."

"그럼 전교를 거두신다더냐?"

나는 당신의 명을 전해 온 승지에게 물었다. 고개를 두어 번 갸웃거리던 승지는,

"그건 신도 모르겠사옵니다."

짧게 대답하고는 그만이었다.

딴은 옳은 말이었다. 당신의 그 열길 물속보다 더 깊은 마음속을 어느 누가 옳게 헤아릴 수 있을 것인가. 아들인 내가 모르는 것을, 일개 심부름꾼에 불과한 승지가 알 리는 더욱 만무였다.

"이것 참 … ."

동궁으로 들어갈 수도 없고, 그렇다고 안 들어갈 수도 없어서 나

는 한동안 망설였다. 그렇게 엉거주춤 서성이는 나에게 승지가 말하였다.

"일단 들어가시는 게 옳은 일인 줄 아옵니다. 그래야 효도입니다."

"나 때문에 이 추운 바깥에 나와 계시다니, 그럼 그렇게 해야겠다. 어서 가서 동궁으로 들어갔다고 아뢰어라."

그리고 나는 따뜻한 나의 아랫목으로 돌아왔다. 참으로 오랜만에 맛보는 온돌방의 화기였다.

약방이 조제해 온 탕약을 마시고 난 나는 곧바로 깊은 잠에 빠져들었다. 열흘 남짓을 모진 추위와 마음고생으로 곤죽이 되도록 시달린 뒤끝의 잠이란 마치 몽혼(夢魂)과도 같았다. 그렇게 달콤하고 황홀하였다.

하루가 지났다.

그럼에도 대전에서는 아직 당신의 명이 거두어졌다는 소식은 달려오지 않았다.

바늘방석 같은 하루가 또 지나갔다.

기력을 어느 정도 원상으로 회복한 나는, 다시 합문 밖으로 나가지 않으면 안 되었다. 거기에 나가 거적을 깔고, 그리고 혹독한 추위와 외로움 속에서 또다시 무릎 꿇고 당신의 하교를 무작정 기다리는 수밖에 없었다. 그러자 때맞춰 승지가 다가와 편전 앞 뜰에서 당신이 나를 부르신다는 전언이었다. 순간 나는 살았다 싶었다.

이제야 비로소 양위소동을 접으셨구나.

나는 묵은 체증이 확 뚫리는 기분으로 당신이 기다리는 곳으로 나아갔다. 그러나 나를 본 당신의 안색은 여전히 좋지 않았다.

"나는 이렇게 차가운 곳에 서있는데, 따뜻한 온돌방에서 누워 지낸 너의 마음은 어떻더냐? 그것이 자식의 도리더란 말이냐?"

"…… ?"

아닌 밤중의 홍두깨였다.

그토록 몸 둘 바를 몰라 하며 사양하는 것을 눈 부릅떠 나무랄 땐 언제고, 이제 와서 또 저런 황당한 타박일까. 게다가 나는 지금껏 홍역이 다 가시지 않은 병구를 억지다시피 이끌고, 그러면서도 그걸 조금만치도 내색조차 않으면서 눈보라 찬 그 하늘땅의 냉기를 온몸으로 받아내지 않았던가. 죄 없이 무릎을 꿇은 내 머리 위로 하얗게 쌓인 그 많은 눈과 바람은 다 어디로 흩날려 갔단 말인가. 불면과 열에 들뜬 온돌방의 안식은 고작 이틀 정도에 불과하였다. 당신이 계속하였다.

"내가 시 한편을 읽을 터인데, 세자인 네가 눈물을 흘리면 효성이 있는 것이므로 전교를 환수하겠다. 알아들었느냐?"

"… 예."

이 또한 자다가 문득 일어나 봉창 뜯는 소리였다. 그런데도 당신

188

은 한술 더 떠,

"아니다, 네가 직접 읽도록 하여라."

스스로 읽으려던 것을 내게 불쑥 내밀었다. 기왕이면 눈물을 흘릴 당사자가 직접 읽고 감읍하라는 것일 게다. 《시경》의 '육아'편으로, 아들이 부모 봉양을 잘못함을 한탄하고 슬퍼하는 내용이었다.

낭송이 거의 끝나가도록 나는 눈물이 나오지 않았다.

그러나 애써 감정을 짜내어 슬퍼지도록 애쓰다 보니, 막판에 이르러선 거짓말처럼 눈물이 쏟아졌다. 나는 엎드려 소리내어 울었다. 당신이 외치듯 말하였다.

"아, 이 사람은 왜 이렇더란 말인가. 이제 전교를 환수하겠노라. 세자가 저토록 눈물로 간청하고, 모든 신하가 그동안 언 땅을 치며 울었으니, 이는 내가 다시 즉위하는 것과 다름없도다. 임금이 그 처신과 거처를 모호하게 할 수 없으므로, 특별히 내 마음을 털어 유시하노라."

"예, 전하."

"천세, 천세, 천세!"

당신의 숨은 뜻을 보다 확실하게 알아차린 신하들은 더욱 큰 소리로 천세를 외쳤다. 다만 그럴 따름이었다.

"가, 선, 아."

미치도록 그네가 보고 싶다.

아마 궁 안으로 감쪽같이 끌려 들어와 이미 무참하게 죽임을 당했으리라는 짐작이 어떤 확신처럼 뇌리를 맴돈다. 고변을 꾀고 부추겼던 김상로, 홍계희, 문성국, 윤급 등의 오활한 노론 패거리들은 바로 그 대목, 궁 안으로 여승을 불러들여 주색을 일삼았다는 그 부분을 가장 솔깃하게 꾸며 속삭이고 일러바쳤을 터인즉, 주상이 지금껏 그대로 가만 둘 리는 만무하다. 어제 해질 무렵 뒷덜미가 뻣뻣하게 굳어 오며 호흡이 갑자기 곤란해졌을 때, 바로 그때 그네는 목이 날아갔을 게다.

그 순간 나는 아주 이상한 예감에 사로잡혔었고, 눈앞으로는 땅바닥에 떨어진 숱한 모가지들이 떼굴떼굴 나뒹굴었었다. 가선이의 것도 그 중의 하나였으리라는 생각이 지금에야 번쩍 고개를 든다.

그렇다면, 하고 나는 또 생각한다.

나도 분명 죽은 목숨이야.

목이 타고, 입 안 가득 모래알로 버석이는 듯 심한 갈증에 시달리면서도, 나의 죽음에의 두려움이나 연민은 어쩔 수가 없다. 죽음의 실체가 손으로 만져지고 눈에 훤히 보일수록 나의 살의와 분노는 용수철처럼 다시 일어서곤 한다. 이 그침 없는 적개심 때문에 나는 아직 살아있는지도 모른다.

190

당신은 분명 이대로 나를 죽일 게 틀림없어.

손을 씻고 있는 당신의 뒷모습이 보인다. 사람을 하나씩 죽이고 났을 때마다(국청에서 정형에 처하라는 언도를 내리는 걸 포함해서) 당신은 꼭꼭 손을 씻는 버릇이 있었다. 씻고 또 씻은 다음, 그 놋대야의 더러운 물을 내가 든 동궁 쪽으로 냅다 쏟아버리더라는 입바른 어느 상궁의 말을 들은 적도 있다.

암, 죽이고 말고.

사람 죽이는 걸 밥 먹듯 해온 게 이 나라 왕들의 변함없는 특권이고 전통일진대, 이까짓 초개같은 죄인 아들 하나 못 죽일까. 당신은 이미 단단히 작정하고 이 일을 전격 감행한 것임에랴.

무더위와 갈증에 지쳐 쓰러진 나는, 시름시름 다가오는 이상한 졸음을 의식한다. 모든 물질이 가벼운 기체로 변해 허공중으로 스멀스멀 달아나는 느낌이다. 내 저주스러운 몸뚱이나 정신도 마찬가지다.

그 가물거리는 혼돈의 의식 너머에서 긴 칼을 쥔 당신이 춤을 추고 있다. 칼을 든 역대 왕들도 모두 나와 함께 어울린다. 덩실더덩실, 칼춤을 추고 있다.

그래, 우리 왕조사는 바로 죽이기의 연속이었지. 동서고금을 막론하고 다 그래 왔거니와, 그렇다면 왕들은 하나같이 또 다른 의미의 백정들이 아닐까? 원한이 원한을 부르고, 죽음이 또 다른 죽음을 부르는 피의 춘추(春秋), 그게 바로 왕실의 피할 수 없는 검붉은 전통이 아닐까?

태조는 공양왕을 죽이고, 왕(王)씨 성을 가진 왕족들을 떼거리로 수장시켜 죽였다.

그의 아들 태종은 뭇 형제들을 죽이고, 숱한 정적들을 철퇴로 때려 죽였으며, 처남 형제도 사약을 내려 죽였다.

폭군 밑에 성군 난다는 말에 걸맞게 그의 아들 세종대에는 잠깐 피의 숙청이 숨을 죽였으되, 섬약한 그의 아들 문종이 즉위한 지 얼마 지나지 않아 바로 죽고 나서, 다시 그의 어린 아들 단종이 왕위에 오르자 다시 그 조카를 죽이고 임금자리를 찬탈해버린 세조는, 또 영락없이 성군 뒤에 폭군 난다는 말을 그대로 실증시켰다. 그 역시 문종과 같은 형제의, 세종의 둘째아들이었다.

세조는 가차없이 출중한 충신들을 마구잡이로 때려 죽였다. 단종 복위를 꿈꾸던 박팽년, 성삼문, 이개, 하위지, 유성원, 유응부 등의 사육신을 불로 지져 죽였으며, 자신의 왕권을 부정하고 비판하는 자는 무조건 귀양 보내거나 참살해버렸다.

그의 아들들은 몸이 허약해서 오래 살지 못했다. 이를 두고 당시 세간에서는 어린 조카를 죽이고 왕위를 찬탈한 세조가 그 벌을 받은 것이라고 하였다.

왕위를 계승할 세자가 낮잠을 자다가 가위눌림으로 죽어버리자, 그의 어린 동생이 다시 세자에 책봉되었던바 그가 바로 예종.

세조의 뒤를 이어 열아홉 나이에 임금이 된 그는 불과 1년 남짓밖에 왕노릇을 못 누리다가, 유자광의 계략으로 역모에 걸려든 남이장군 등의 억울한 목숨만 엉겹결에 날려보내고는 또 시름없이 죽어 넘어졌다.

그 뒤를 이은 성종은, 임금으로서의 적자가 아닌 세조의 손자로서, 치세기간 내내 모처럼 내우외환 없는 태평성대를 누렸으나 수신제가에는 또 어지간히 서툴러 당신과 살을 섞고 살았던 왕비를 폐서인하였다가 마침내 사약을 내려 죽였다. 그네가 바로 질투의 화신인 양 그려지는 유명한 연산군의 어머니 윤씨이다.

이 폐비사건은 장차 조정에 엄청난 살생극을 불러일으키는 원인이 되는데, 그의 아들 연산군이 왕위에 오르자 그는 자신의 내면에 숨겨져 있던 잔인하고도 난폭한 성격을 유감없이 표출하기 시작하였다.

열두 해의 집권기간중 두 번에 걸친 사화를 통해 실로 엄청난 대신과 사림 유생들을 죽이는가 하면, 할머니인 인수대비를 머리로 들이받아 절명시키기도 하고, 어머니의 폐출에 가담한 아버지의 두 후

193

궁을 궁중 뜰에서 직접 칼을 뽑아 목 베고, 두 이복동생, 그 내시와 궁녀들까지 모조리 죽여 없앴다.

그의 패륜과 향락은 극에 달하여 궁중에서는 매일같이 연회가 벌어졌으며 '흥청'이라 불리는, 전국에서 불러 들여온 수백 명의 기생들과 먹고 마시고 놀아나는 데 여념이 없었다. 흥청망청이라는 말도 바로 이에서 비롯되었거니와, 여염집 아낙을 겁탈하거나 자기 큰어머니인 월산대군의 부인을 상간, 자살케 하는 등의 미쳐버린 패륜과 주색을 상습적으로 일삼았다.

또한 사냥을 즐기기 위해 도성을 기준으로 30리 안에 있는 민가를 모조리 철거시켰으며, 문신들의 직간이 귀찮다는 이유로 경연과 사간원, 홍문관 등을 없애버리고, 모든 상소와 격고 등 여론수렴 제도들도 남김없이 철폐해버렸다.

또 성균관, 원각사 등을 유흥장으로 만들고 불교 선종의 본산인 홍천사를 마구간으로 바꾸었으며, 백성의 국문 투서가 빈발하여 왕을 욕되게 한다면서 훈민정음의 사용을 금지시키고 한글서적을 불태우는 등 그 폭정이 이루 말로 표현할 수 없을 지경이었다.

이를 달갑지 않게 보거나 비판하는 세력은 무조건 귀양 보내거나 사사시켰다.

어머니의 폐비사건에 연루된 이들은 나중에 또 한 번의 사화를 일으켜 떼거리로 죽여 없애고, 일세를 풍미하다가 죽은 한명회, 정창

손, 남효온 등 여러 명은 무덤에서까지 끌려나와 무참하게 부관참시 당하였다. 이 밖에도 수십 명의 신하와 수백 명의 그 가족들까지 줄줄이 연좌되어 참혹한 화를 입은, 무려 7개월에 걸쳐 벌어진 이 갑자사화는 그 희생자의 규모와 형벌의 잔인함에 있어 감히 유례를 찾아볼 수 없을 정도였다.

그래서 일어난 것이 중종반정.

중종 역시 성종의 계비에게서 난 아들로 연산군의 이복 아우였는데, 반정으로 이 전대미문의 폭군을 박원종 등의 힘을 빌려 쫓아내고 새 임금으로 즉위하였다.

남의 공으로 엉겁결에 왕이 된 경우는 그 공신들의 등쌀을 배겨내기가 여간 어렵지 않은 법으로, 왕권이 약화된 중종 또한 재위중 내내 각종 사화로 시달리지 않으면 안 되었다.

이 같은 극도의 혼란기를 거친 중종에 이어, 또다시 왕위에 오른 이가 그의 맏아들 인종인데, 인종은 역대 조선왕들 중에서 가장 짧은 8개월여의 치세기간을 누리고 곧 이승을 버렸다.

그러나 당신은 또한 재미있는 일화도 전한다. 젊은 당신이 그토록 빨리 죽은 것은 의붓어미인 문정왕후 윤씨의 광적인 시기심 때문이었다는 것이다.

인종은 비록 계모이긴 하지만, 태어난 지 이레 만에 죽은 생모 대신 자신을 내리 보살피고 키워준 문정왕후에게 효도를 다하기 위해 극진한 노력을 아끼지 않았다. 하지만 윤씨는 항상 인종을 원수 대하듯 했고, 문안 인사차 들른 인종에게 자신과 친아들 경원대군(뒷날의 명종)을 언제쯤 죽일 거냐는 등의 막말을 무시로 일삼았다고 하였다.

인종이 앓아누워 있다 죽게 된 것도, 그네가 내놓은 독이 든 떡이 그 원인이라고 야사는 전한다. 어느 날 인종이 문안 인사차 대비전을 찾아갔는데, 그날따라 그네는 입가에 유난히 밝은 웃음을 흘리면서 의붓아들을 반기는 거였다. 그리고 왕에게 떡을 대접했고, 난생 처음 자신을 반기는 계모가 반갑고 고마워 인종은 아무런 의심 없이 그 떡을 먹었다. 그 후 곧 시름시름 앓더니 얼마 못 가서 숨을 거두고 말았단다.

그가 세자로 있을 때엔 문정왕후가 꼬리에 화선을 단 여러 마리의 쥐를 동궁으로 들여보내 불을 냈는데, 빈궁과 함께 잠을 자고 있던 그가 눈을 떠보니 온통 불바다였다. 그러나 그는 당황하지 않고 빈궁을 깨워 먼저 나가라고 일렀다. 그리고 자신은 조용히 앉아서 이대로 타 죽겠다고 말하였다. 누가 불을 지른지 훤히 알고 있었기 때문이다.

이같이 문정왕후의 극악스러움이 그런대로 먹혀들었던 것은, 인종이 너무 유약하고 착하기만 했던 탓으로, 지나친 선량은 때로 악

덕이 될 수도 있다는 걸 잘 가르쳐 주는 경우라 하겠다.

그 뒤를 이어 임금이 된 이가 문정왕후의 아들인 열두 살의 어린 명종.

인종이 후사를 남기지 못하고 일찍 죽은 탓도 있었지만, 어디까지나 그네의 치밀한 계략에 의한 전과였다. 따라서 명종 역시 이 모후의 극악스런 수렴청정에 눌려 평생 눈물로 왕위를 지켜야 했다.

수렴을 거둔 뒤에도 그네는 여전히 '여왕' 노릇을 자행하였다.

을사사화로 많은 사람들을 귀양 보내거나 사사시켜 가며, 문정왕후의 친정 동생인 윤원형 등의 권신들 횡포에 늘 시달리고 있는 명종에게, 그네는 툭하면 떼를 쓰며 한층 더 아들을 괴롭혔다. 자신이 원하는 일을 종이에 적어 보냈다가 그게 수용되지 않으면 왕을 불러 반말로 욕을 해대고, 심지어는 종아리나 뺨을 때리기도 하였다.

그리하여 왕의 권위는 여지없이 땅에 떨어지고, 거기에 설상가상으로 환란과 흉년까지 겹쳐 어수선한 민심은 날로 흉흉해졌다. 임꺽정이 나서서 설친 것도 바로 이 시기였다.

보우라는 승려를 병조판서에 앉히고 윤원형으로 하여금 갖은 패악질을 일삼게 하던 이 '여왕'이 죽자, 조선은 급속도로 평화를 되찾기 시작하였다. 명종은 곧 난신인 윤원형 등을 멀리 유배보내 자진케 하면서 정국을 일신시켰으나, 심술궂은 계모를 따라 이내 죽고 말았다. 왕위를 계승시킬 후사 하나 남겨 놓지 않은 채.

조선의 왕실은 이때부터 그 정통성에 문제를 일으켰다. 중종의 후궁에게서 난 아홉째 아들 덕흥군의, 그 셋째아들이 방계 서얼 출신으로는 처음으로 새로운 왕에 올랐기 때문이다.

그가 바로 임진왜란을 불러들인 선조이다. 동인, 서인 등의 본격적인 붕당 정치시대가 도래한 것도 바로 이때.

잦은 당쟁과 왜란으로 만신창이가 된 그가 41년 동안의 비교적 긴 영욕의 세월을 시난고난 마감하고 죽자, 저 유명한 폭군 광해군이 등장한다.

후궁에게서 난 둘째 서자라 별로 탐탁지 않게 여겨온 아버지 선조의 반대로, 여러 우여곡절 끝에 어렵사리 세자에 책봉된 광해군은, 그러나 어지러운 전란중에 아주 큰 역할을 수행하였다. 자신이 직접 전선에 나아가 의병을 조직하고 군량을 조달하며 전투를 독려하였으며, 또 이반되었던 민심을 수습하여 좌절감에 빠진 백성들의 구심점이 되기도 하였다. 선조는 이와 달리 왜란이 일어나자마자 무책임하게 궁을 버리고 의주로 줄행랑쳐 백성들의 비웃음 섞인 원성을 샀었다.

그러나 왕조국가에서 세자가 왕보다 높은 신망을 누린다는 것은 극히 위험한 일이었다. 권력은 부자 사이에라도 절대 나누어 가질 수 없는 법, 따라서 광해군은 이미 아버지의 원수 같은 정적이 되어 있었다.

전쟁이 끝나자 선조는 아들을 더욱 사갈시하고 기피하였다.

"세자, 문안드리옵니다."

찾아온 광해군이 이렇게 인사를 드리면,

"어찌 세자의 문안이라고 이르는가? 너는 임시로 봉한 것이니, 다시는 여기로 문안 오지 말라."

선조는 심한 면박을 주어 내쫓았다고도 하였다.

그리하여 선조는 적장자를 만들기 위한 새 왕비를 맞아들였는데, 거기에서 뒤늦게 태어난 아들이 영창대군. 그러니 서얼인 세자의 지위는 더욱 위태로워질 수밖에 없었다.

그러나 선조는 결국 현실적인 여러 여건으로 끝내 세자를 교체시키지 못한 채 숨을 거두고 말았다.

그러면 새 임금에 오른 광해군은 또 누구를 죽였던가?

그는 즉위하자마자 우선 왕위 승계과정에서 모략한 유영경 등을 유배시켜 죽이고, 왕권을 위협하는 친형 임해군도 유배시켜 죽였다.

또 선조의 적자인 눈엣가시 영창대군을 강화에 위리안치시켰다가 증살(蒸殺)로 죽여 없애고, 당신의 계모인 인목대비를 폐서인하여 서궁에 유폐시켜 버렸다. 그리고 연이어 터진 세 번의 옥사를 통해 1백여 명에 달하는 사람들을 숙청하거나 사형시켰으며, 인목대비의 아버지를 사사시키고, 역모로 몰린 종친 능창군도 유배시켜 죽이는데, 이 능창군은 나중에 반정으로 새 임금이 되는 인조의 친동생이었다.

　폐모론을 명분으로 삼아 광해군을 몰아내고(죽이고) 무력으로 왕위에 오른 인조는, 그러나 이괄의 난과 두 번에 걸친 호란(胡亂)을 겪으면서 또 치욕적인 수모를 그 대가로 톡톡히 치르지 않으면 안 되었다. 반정의 일등 공신이었던 이괄이 난을 일으킴으로써 당신은 급히 도성을 버리고 피난길에 오르는 신세가 되기도 하고, 정묘호란 때는 강화도로, 병자호란이 일어났을 때는 남한산성으로 몸을 피해 근근이 연명하다가 결국 삼전도로 끌려 나와 청태종 앞에 무릎 꿇고 항복하는 등, 왕으로서는 차마 치를 수 없는 모욕을 연거푸 당하였다.
　그때 청나라에 볼모로 잡혀갔던 소현세자와 인조 사이에 얽힌 사연 또한 결코 예사롭지 않았다. 왕인 아버지가 세자 아들을 독살시켰다는 야사가 지금까지도 면면히 전해져 오고 있음에랴.
　소현세자는 아우인 봉림대군(나중의 효종)과 함께 청나라에서 9년 동안의 인질생활을 끝내고 조선으로 돌아온 지 얼마 안 되어 곧 의문의 죽음을 당한다. 조정에서는 그가 학질에 걸려 죽었다고 알렸지만, 그의 시신에는 약물중독으로 보이는 흔적이 여러 곳에 남아 있었다. 살갗은 시꺼멓게 변색되어 있었고, 입과 코에서는 출혈 자국이 남아 있었다. 이 같은 소현세자의 죽음은 세월이 지날수록 무성한 추측을 낳았는데, 아버지의 사주에 의한 독살설이 그것이었다.

소현세자는 이 같은 갑작스런 죽음이 아니더라도, 도저히 회복될 수 없는 아버지와의 불화와 불신 때문에 온전하게 왕위를 계승하기가 어려운 상태에 놓여 있었다. 그것은 조선을 대표하지 않을 수 없는 인질생활에서의 청나라의 요구에서 기인하였다.

그가 머물던 심양의 '소현세자궁'은 또 하나의 조선 조정이었다. 여기에서 이루어지는 세자의 활동은, 조선의 왕권 일부를 나누어 행사하는 것이었다. 그래서 인조에게는 심히 위협적이고 불쾌한 일이 아닐 수 없었다.

그러니 이 같은 일들을 일일이 인조에게 보고할 수 없었던 소현세자는, 일이 처리된 나중에 그것이 조정에 알려져 곤욕을 겪게 되는 일이 종종 생겼고, 일시 귀국했다가 다시 심양으로 돌아가는 길에 평양에서 임시 과거를 실시하여 조정을 발칵 뒤집어 놓기도 하였다.

그런 와중에 세자가 청나라를 움직여 왕위에 오르려 한다는 역모설이 조선 조정에 전해졌다.

사실이건 아니건 인조는 격분하였다.

그리하여 세자가 조선으로 돌아와 그간의 사정을 이야기하면서 아버지에게 자랑삼아 서양의 책과 작은 기계 따위를 보여 주었을 때, 인조는 오히려 심하게 분개하며 벼루를 들어 아들의 얼굴을 내리치기까지 하였다. 그 후 세자는 시름시름 앓다가 끝내 애끓는 울화로

병석에 누웠고, 그리고 곧바로 숨을 거두었다.

　인조는 갑자기 죽은 세자 아들의 죽음을 조금도 슬퍼하지 않았다. 비명에 간 그의 장례도 비정하리만큼 극히 간단하게 치렀다.

　그 후의 일의 진행과정은 더욱 전광석화 같았다.

　왕통은 당연히 세자의 적장자가 이어야 할 것이나, 둘째아들인 봉림대군으로 책봉해버렸다. 이에 신하들은 소현세자의 맏아들로 하여금 왕위를 잇는 것이 마땅하다고 주장하였으나, 인조는 세손이 열 살밖에 되지 않았다고 우기며 관례를 어기고 끝까지 밀어붙였다. 그가 바로 북벌을 외친 효종이었다. 소론 온건파의 영수인 조현명 등이 그토록이나 나와 빼닮았다는 고조부, 그 봉림대군이 바로 조선의 제17대 왕인 효종.

　당신은 청나라에 인질로 머무르면서, 자신의 의지와는 상관없이 몽골과 산해관 등지에서 남의 나라 전쟁을 몸소 수행하며 명나라가 패망하는 것을 직접 체험하는 등 갖은 고초를 겪었다. 그래서 형과는 달리 청에 대해 많은 원한을 갖고 있었다. 따라서 당신은 집권 초기부터 배청(排淸) 분위기를 극력 확산시키며, 송시열의 북벌론에 근거한 계획을 평소의 소신대로 주도면밀하게 추진하였다.

　그는 우선 친청파인 김자점 등을 제거하는 것으로 북벌계획을 시작하였다.

　그러나 김자점은 유배지에 쫓겨가서도 새 왕이 자신들을 몰아내

고 청나라를 치려 한다는 등의 밀서를 청에 보내 고발하였고, 끝내
는 역모까지 꾸미다가 사전에 발각되어 아들과 함께 사사당하였다.
그를 후원하던 인조의 후궁 조씨도 어김없이 사약을 받았으며, 따르
던 무리들도 모두 축출당했다.

친청 세력을 완전 제거한 효종은 북벌의 선봉부대가 될 어영청을
대폭 개편 강화하고, 외곽의 방비와 강화도 군력을 증강시켜 도성의
안전을 꾀하는 한편, 흑룡강과 송화강 일대에서 노략질을 일삼는 나
선(러시아) 무뢰배들을 치기 위해 조총군을 파견, 그들을 격퇴시키
기도 하였다.

이후 나선군과 직접 부딪친 소규모의 전투에서 또 여지없이 물리
치고 나자, 조선군의 사기는 한껏 치솟았다.

효종은 이를 기회로 산성을 정비하고 군비를 더욱 확충하여 은밀
한 북벌작업에 박차를 가하였다. 표류해 온 네덜란드의 하멜을 훈련
도감으로 앉혀 조총과 화포 등의 신무기를 개량, 발전시키면서 그에
필요한 화약생산을 위해 매진하였다. 삼전도의 치욕을 깨끗이 되갚
아 주는 건 물론, 일찍이 태조가 이루지 못한 요동정벌까지도 당차
게 마무리지어 보고자 하는 원대한 꿈이 그의 가슴속에선 늘 충천하
였다.

하지만 시간이 흐를수록 청나라의 세력은 더욱 강성해졌다. 게다
가 여러 차례의 전란을 선대에서 겪은 탓으로, 나라사정도 여의치

못하여 당신의 그 꿈은 결국 중도에서 날개를 접지 않으면 안 되었
다. 당신은 한창 일할 나이인 마흔하나에 세상을 버렸다.

　이때부터 왕손의 외아들 시대가 시작되는데, 그 뒤를 외롭게 이은
이가 현종.
　당신은 즉위하자마자 복제문제로 생긴 남인과 서인의 예론 정쟁
에 휩싸였다.
　효종이 승하하자 그의 계모인 자의대비가 어떤 상복을 입어야 할
것인가가 정쟁의 불씨였던바, 이 소모적인 당파싸움은 현종의 치세
기간 내내 지속되었다. 인조의 맏아들인 소현세자의 상중에 그 어머
니가 3년상을 치렀는데, 차남인 효종의 상을 당하여선 과연 몇 년을
입어야 하는가?
　서인의 송시열 등은 효종이 차남이므로 당연히 1년상이어야 한다
고 주장했고, 남인의 영수 허목 등은 그가 비록 차남이긴 하지만 왕
위를 계승하였으므로 장남과 다름없기 때문에 당연히 3년상이어야
한다는 반론이었다. 이것은 극히 사소한 것 같지만, 실은 아주 중대
하고도 큰 문제였다.
　대비가 상복을 몇 년 입느냐에 따라 왕통의 적법성이 한순간에 뒤
집혀질 수 있을 뿐만 아니라, 이를 주장한 한쪽의 당파는 한꺼번에
날벼락을 맞을 수도 있기 때문이었다. 실제로 송시열은 이 일로 몇

번의 유배를 되풀이하다가 숙종대에 가서 사약까지 받게 되거니와, 현종은 결국 이 지겨운 예송논쟁에 고개를 절레절레 내젓다가 승하하였다.

　현종의 뒤를 이은 숙종 할아버지 대에는 실로 이 나라 붕당정치의 황금기였다.

　따라서 환국도 자주 일어났고, 많은 사람들이 또 줄줄이 죽어 나갔다. 서인이 노론과 소론으로 쪼개져, 기왕의 북인과 남인을 합한 사색당파가 성립된 것도 이 시기였으며, 노회한 당신이 이들 당인들의 대립을 촉발시켜 그 반대급부로 군주에 대한 충성심을 부채질하고 절묘하게 왕권을 강화시킨 것도 바로 이 시기였다.

　그리고 힘이 없던 큰아버지 경종.

　아, 그리고 아버지, 아버지 … .

　나는 목이 메고, 목이 탄다.

저물소리

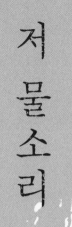

나는 무릎을 풀며 다시 자리에 눕는다. 어지럽고 힘이 없어 그런 식의 앉은 자세를 오래 지탱시키지도 못한다. 옆으로 길게 누워, 한쪽 귀를 바닥에 바짝 밀착시킨다. 땅 속에서 물 흘러가는 소리가 들린다. 졸졸졸, 꾸르르 쿨쿨, 콸콸콸, 콸콸. 땅 속의 물소리는 마침내 거대한 강을 이룬다. 한데 모아진 여러 갈래의 수맥과 수맥들이, 아주 깊고도 넓은 강을 이루어 어디론지 쉬지 않고 졸졸졸, 꾸르르 쿨쿨, 콸콸콸 흘러가고 있다. "아, 물…"

비가 온다.

산은 갈수록 깊고 어둡고 험하다.

발걸음은 분명 등고선을 따라 위로 올라가고 있을 터이나, 그 느낌은 왠지 아래로 아래로만 내려가고 있는 듯싶다. 가쁜 숨이 턱에 차오르고, 비는 더욱 세차게 퍼붓는다. 비오는 숲 속이 밤처럼 어둡다.

길을 잘못 들었는가.

보이는 건 오직 산과 산, 비와 비, 어둠과 공포뿐이다. 산을 넘으면 또 다른 산이 기다리고 있을 뿐, 그(빗속을 걸어가는 뒷모습만 보이기 때문에 얼핏 나 같기도 하지만, 또 나는 아니다)가 찾는 중흥사는 나타나지 않는다. 거기에 숨어 있을 가선이는 더더욱 오리무중이다.

밤이 되기 전에 당도해야 할 텐데. 정녕 길을 잘못 들지는 말았어야 할 텐데.

누군가가 뒷덜미를 확 낚아채 자꾸만 뒤로 끌어당기는 것 같다.

온 산이 물에 잠기는 환상과 착시까지 와락와락 덤벼든다. 인간은 어떤 형태로든 자신이 지은 죄에 대해 벌을 받게 되어 있다는 자책감도 무시로 찾아든다.

골을 타고 모인 빗물이 어느 결에 그의 발등을 넘쳐흐른다. 이가 딱딱 마주치고, 턱이 덜덜덜 떨린다.

그는 우선 춥고 배가 고프다.

중흥사는 어디에 있느냐고 소리치지만, 소리는 입 밖으로 터져 나오지 않는다.

하늘과 땅, 온 산천을 뒤덮은 어둠은 더욱 세찬 빗줄기와 함께 무서운 공포를 몰고 온다. 그는 혼신의 힘을 짜내어 산을 오르지만, 혹심한 피로와 허기, 추위와 어둠이 주는 두려움으로 다리는 후들후들 떨리고 천근인 양 무겁다.

그제야 그는 문득 이상하다는 생각이 든다. 지금까지 걸어온 거리와 시간을 따져 본다면 자신이 찾고 있는 절은 이미 도착하고도 남아야 되었기 때문이다.

그는 빗물이 홍건한 길바닥에 털썩 주저앉는다. 그리고 쏟아지는 빗물을 받아먹기 위해 입을 벌리고 혀를 내민다. 입 속으로 빗물이 빨려 들어온다. 어머니의 젖을 빨아먹듯, 그는 게걸스럽게 쉬지 않고 빗물을 핥아먹는다.

그렇게 어렵사리 목을 축이고 나자 알 수 없는 나른함이 전신으로 스며든다. 모진 비와 어둠이 불러일으키는 두려움 대신, 이 비오는 밤, 새와 뭇짐승들은 다 어디로 갔을까. 어디로 가야 그 고단한 육신들을 편히 쉴 수 있을까, 하는 조금은 엉뚱한 걱정에 사로잡힌다. 그러다가 그는 또 문득 다름 아닌 그 새떼와 뭇짐승들이 일제히 자신에게 덤벼들어 두 눈을 파먹고 귀를 물어뜯는 환상에 사로잡힌다.

그는 다시 일어난다.

그러나 빗줄기는 여전히 세차게 내리 퍼붓고, 골을 타고 흘러내리는 흙탕물은 발목까지 차올라 쉽게 앞으로 나아갈 수가 없다. 그는 길옆의 여린 나뭇가지를 붙잡거나 들개처럼 기다시피 산을 오르지만, 어디가 어딘지 분간할 수 없는 게 가장 견디기 힘들다. 이 길이 진정 맞긴 맞는 것인지, 얼마쯤을 더 기어올라야 목적지에 다다를 수 있을 것인지 너무 막막하기만 해서, 그는 자신도 모르게 또 목청껏 외마디를 내지르고 만다. 그러나 그 또한 입 밖으로 멀리 터져 나가지는 않는다. 외마디는 이내 세찬 빗줄기에 묻혀 흡사 귀신이 우는 듯 습기 찬 메아리로 맴돌다가 만다.

그런데 그때 돌연, 비의 어둠 속에서 이런 소리가 들려온다.

— 이 어리석은 중생아, 아직도 못 깨달았느냐? 그대가 얼마나 큰 무명의 업을 타고났기에 아직도 무간지옥에서 그렇듯 덧없이 헤매고 있느냐?

　이 소리에 눈을 뜬 그는 뭔가 환히 밝아지는 느낌을 받는다. 소리가 다시 들려온다.

　—마음만 먹으면 산도 움직일 수 있느니라. 그 같은 큰 깨달음에 이르려면, 무엇보다도 그대의 모든 것을 버려야 한다. 눈알을 버리고, 지닌 물건들을 남김없이 버려라. 그대가 몸담고 있는 국토를 버리고, 왕관을 버리고, 사랑하는 처자식도 물론 버려야 한다. 그 모든 것을 버리고 떠남으로써 얻고자 하는 것을 비로소 이룰 수가 있나니, 우선 어느 것에도 걸림이 없어야 한다. 결국엔 나도 없고 법(法)도 없고 절대도 없으며, 없다는 것도 없는즉, 그대는 내 말을 알아듣겠는가?

　—예.

　그는 공손하게 대답하였다. 무슨 의미인지 도통 알 수는 없지만, 무작정 순순히 대답부터 내뱉어야 이 지옥 같은 비와 어둠의 곤경에서 벗어날 수 있을 듯싶다. 다시 소리가 들려온다.

　—그러면 일어나라. 다시 일어나서 가던 길을 가라.

　그는 자신도 모르게 새로운 힘을 얻어, 주저앉은 자리에서 다시 일어난다. 그리고 오로지 빈 몸과 빈 욕망으로, 그는 보이지 않는 누군가의 인도에 따라 계속해서 산을 오른다. 참으로 이상하고도 신비로운 이끌림이다. 그는 분명히 보이잖는 그 무엇엔가 단단히 매달려 있다.

아아, 그리고 그는 가선이를 보았다.

비가 개고 문득 날이 밝아지면서, 함빡 웃음을 머금은 그네가 여자들 노리개로나 쓸직하고 머리통만을 겨우 가릴 만한, 콩기름을 먹인 아주 작은 지우산(紙雨傘)을 건네어 온다. 그는 깜짝 놀라며 이 지우산은 이제 필요 없다고 사양하는데도, 그네는 억지다시피 그것을 손에 건네주고는 바삐 안개 속으로 사라진다.

"가선아. 가, 가, 가선아!"

가지 말라고 애타게 목놓아 부르다가, 놀라 눈을 뜬다.

또 꿈이다.

눈을 뜨고도 나는 한동안 어리둥절한 혼란 속에 잠겨 있다. 꿈인지 생시인지 분간이 되지 않는다. 뒤늦게야 꿈이었다는 걸 깨닫고는 몹시 아쉬워 입맛을 다신다.

꿈속의 그 많은 빗물은 다 어디로 갔단 말인가.

발등을 타고 넘쳐흐르던 그 흙탕물이라도 실컷 마셨으면 싶다. 내가 싼 오줌이라도 충분히 마실 수 있을 것 같다. 이 타는 갈증과 찢어지는 굶주림을 세상의 그 어떤 고통에 비유할 수 있을까?

가슴의 속살이 찢어지는 듯싶고, 창자는 사정없이 뒤틀리며, 눈앞은 빙글빙글 어지럽고, 입 안은 소금으로 꽉 차 있는 것 같다. 이제는 침도 고이지 않는다. 오줌도, 똥도 다 말라버렸으며 눈물이나 콧물 따위 몸 안의 진액조차 모두 기체로 날아가 버렸는지 더 이상 나오지 않는다.

그러나 가망이 아주 없는 건 아냐!

조금 전 꿈속에서의 지우산이 갑자기 생생하게 떠올라, 나는 새삼스레 자세를 바로잡는다.

눕지 말고 앉아 있어야 돼. 단전에 힘을 주고 허리를 쭈욱 편 자세로 꼿꼿하게.

최면을 걸 듯, 나는 자꾸만 아래로아래로 잦아들려는 의식을 잡아 깨워 일으킨다. 가선이 건네준 지우산은 뭔가 살아날 가능성이 있다는 걸 암시하는 게 분명하다는 생각이다. 비바람이 몰아치는 고통은 이제 끝났다는, 이제 순조로이 목적지에 이르도록 지우산 같은 비막이가 되어줄 테니, 당신은 조금만 참고 기다리라는 뜻을 함축한 꿈이 아니고 무엇이랴. 조금만 참고 기다리면, 이 애타는 갈증을 억수로 쏟아지는 비처럼 그렇게 많이 채울 수 있으리라는 암시로도 느껴진다.

암, 나는 살 수 있다. 나는 살 수 있다!

나는 눈을 감는다. 그리고 최면을 걸어 지금 물을 마시고 있다고 생각한다.

그 생각을 조금씩 부풀린다.

비가 온다. 꿈에서와 같이, 억수로 쏟아진다. 나는 그것을 혀끝으로 음미하며 핥는다. 한꺼번에 너무 많이, 갑자기 들이켜면 물도 체하는 법이니까 아주 조금씩, 천천히 음미하듯 마셔야 한다. 나는 그렇게, 마음속으로 빗물을 핥아 마신다.

눈을 뜬다. 갈증이 조금 가시는 것 같다.

다시 눈을 감고, 상념으로 물 마시는 걸 천천히 되풀이한다. 이 방법은 분명 어느 정도 효과가 있어 보인다.

그래서 그런지, 아픈 배고픔도 이제 큰 고통으로까지는 여겨지지 않는다. 아랫배의 창자의 뒤틀림이 약간의 역겨운 구토증세로 바뀌었을 뿐, 허기와 공복감 자체가 하나의 당연한 현상으로 받아들여지는 건 또 무엇 때문일까?

부웅 떠있는 듯 심히 어지러운 증세만 제외한다면, 다른 건 그런대로 견딜 만하다. 그 사이에 이 집의 문이 활짝 열리거나 진짜의 비가 억수로 쏟아져 내릴 테니까. 온몸의 살이 욱신거리고 관절이 쑤시는 걸로 보아, 바깥의 날씨는 잔뜩 흐려 있으리라. 금방에라도 빗방울이 후드득 돋을 것이다. 그렇지 않다면 무더위와 어둠의 농도가 이렇게 진할 리 없다.

아니면 아직 밤인가? 새벽? 그도 아니면 어스름녘?

아무래도 좋다.

어쨌든 오늘은 이 질곡의 형틀을 빠져나갈 수 있을 것이다. 꿈속의 가선이가 그렇게 되리라는 걸 충분히 알려 주었다.

그네가 보고 싶다. 지금쯤 어떻게 되었는지, 제발 살아 있기를, 살아서 우리가 다시 만날 수 있게 되기를 간절히 빈다.

그날 밤에도 달은 휘영청 떠 있었다.

인정을 알리는 종소리가 울리기 전 용케 동궁을 빠져 나온 나는, 미리 마부를 시켜 궐밖에 대기해 놓은 말에 급히 올랐다. 가선이가 불안스레 나날을 보내고 있을 안암골 승방으로 가기 위해서였다.

아무도 대동하지 않은 혼자만의 미행이었다. 만약의 경우를 대비해서 도포자락 안에 예리한 장검을 감추고 있는데다가, 한 번 가본적이 있는 길이었으므로 누구와 동행하는 것보다는 오히려 홀가분해서 좋았다.

그러나 내심 불안한 면도 없지 않았는데, 그 사이 가선이가 어디론지 몸을 숨겨버렸을 것 같은 예감이 그것이었다. 지난번 헤어질 때, 그네는 몇 번이고 자기를 다시 찾지 말라고 애타는 눈빛으로 당부했었다. 누군가가 줄기차게 감시하며 따라 붙는 수상한 낌새가 감지되거니와, 불가에 귀의한 니승으로서도 더 이상의 죄를 짓고 싶지 않다는 게 그 간절한 이유였다.

"… 그리고 세자 저하께서도 제발 새롭게 마음을 다잡으소서. 궁궐 안팎의 공기가 아무래도 심상치 않습니다. 그럼에도 옥체는 날로 허깨비처럼 변해 가고, 정신 또한 황폐해지기만 하시는 저하 뵙기가 심히 딱하옵니다. 그래 가지고 어찌 나라의 큰일을 도모할 수가 있겠습니까?"

그러니 제발 심기일전하라는 당부도 그네는 잊지 않았었다. 정신을 바짝 차리지 않으면 절대 안 된다는 거였다. 그러다가 자칫 목숨을 잃게 될 지도 모른다고도 그네는 덧붙였었다.

하지만 그 같은 우려는 내가 더 잘 알고 있는 사실들이었다.

저승사자와도 같은 음험한 음해와 살기의 그림자가 산지사방에서 나를 옥죄어 들어오고 있다는 느낌을 한시도 떨쳐 버릴 수가 없었으며, 그래서 나를 에워싸고 있는 궁 안의 거의 모든 사람들이 죄 원수나 역적으로 간주되는 걸 어쩔 수 없었다. 이미 나를 제거키 위한 음모에 혈안이 된 노론 패거리들은 물론이고 심지어는 아내나 후궁들, 생모까지도 다 그렇게 보였다.

그러면 그럴수록 나의 광기는 더욱 세차게 타올랐다.

분위기가 위험한 국면에 이르렀을 때는 그에 걸맞은 자제와 근신이 필요하다는 걸 훤히 깨달으면서도, 천성으로 타고난 나의 살기

어린 본능은 어떤 묘수로도 도저히 잠재울 수가 없었다. 다른 건 혹 몰라도, 이 무서운 광기만은 영락없이 아버지 당신의 성정을 그대로 빼다 박은 모양이었다.

나는 누군가를 그침 없이 죽이고 싶고, 닥치는 대로 불을 지르고 싶었다.

그걸 겨우 억누르는 방도가 궁 바깥으로의 잠행이거나 지하별궁으로의 도피, 그것밖에는 달리 도모할 수가 없었다. 거기에서 술을 마시면서, 또는 아주 잘 드는 반역의 칼을 갈면서 지금과는 전혀 새로운 조선제국을 은밀히 꿈꾸는 것이었다.

성문을 벗어나고 야트막한 고개를 넘었다.

인가는 죽은 듯 조용하였다. 가끔씩 가까운 곳에서 개 짖는 소리가 들려올 뿐, 저마다 고즈넉한 호롱불을 밝힌 채 옹기종기 모여 앉은 초가집들이 더없이 화평스러웠다. 저 민초들은 온갖 음모와 중상모략, 피비린내 나는 상쟁이 그칠 새 없는 궁중과는 영 딴판으로, 아주 안온한 밤을 보내고 있었다. 나물 먹고 물마시고, 등 따습고 배부르면 바랄 게 더 이상 없는 저 평범한 민초의 무리 속에 나도 함께 섞여 살아간다면, 참으로 그럴 수만 있다면 얼마나 속 편할까 여겨져, 문득 마상에서 내리고 싶은 충동을 느끼기도 하였다. 나는 좀 더 박차를 가하여 말을 몰았다.

　그런데 물이 빠진 마른 내를 건너고 논둑길을 지나, 가선이 든 자그마한 암자에 거의 다 이르렀을 때였다. 말에서 내린 내가 그 길목 초입께의 느티나무에 고삐를 매고 마악 돌아서려는데, 돌담장 옆으로 얼핏 몸을 숨기는 그림자가 있었다.

　그러고 보니 아까부터 등 뒤의 낌새가 아무래도 수상쩍었다는 느낌이 뒤늦게 찾아들었다. 승방이 있는 산동네가 가까워졌을 무렵부터 누군가가, 정체를 알 수 없는 인기척이 줄곧 나를 따라붙고 있었다는 걸 그제야 퍼뜩 알아차렸다.

　나는 모른 척 시치미를 뚝 떼고 암자의 좁은 마당 안으로 들며,

　"주지스님, 계시오?"

　짐짓 큰 소리로 불렀다. 비구니들만 사는 절이라 외간 사내가 한밤에 출입하는 게 조금 겸연쩍은 일이긴 하였으나, 지난 번에 왔을 때 이곳의 나이든 주지와 이 암자를 절답게 새로 지어 주겠노라고 약속했던 터이므로 그것을 핑계삼으면 될 것이었다.

　주지보다도 더 먼저 나의 출현을 알아차린 가선이 한걸음에 달려나와,

　"예, 마마. 밤이 깊사온데 웬일로 여기까지 … ."

　반가움인지 걱정인지 모를 모호한 인사치레를 던져 왔다. 나는 그네의 손을 잡으며 어서 안으로 들어가라고 속삭이듯 일렀다.

　"내 뒤를 밟은 놈이 말이 묶인 나무 뒤에 지금 숨어 있느니라. 그놈

이 누구인지 알아보고 들어가마."

그리고는 잽싼 동작으로 담장 밑에 몸을 숨겼다.

놀란 가선이 황망히 안으로 돌아 들어가자, 나는 주저 없이 허리춤에 찬 칼을 뽑아 들었다. 구름 속에 숨은 달빛으로 돌담 밑은 더욱 그림자가 짙어 다행이었다. 나는 몸을 바짝 낮춰 웅크린 채 숨을 죽이고, 놈이 점점 앞으로 다가오기를 기다렸다.

아니나 다를까, 조금 더 숨죽여 잠복해 있으니 잔뜩 소리를 낮춘 검은 발자국의 인기척이 바로 위 담장 너머에서 전해져 왔다. 나는 이때다 싶어 훌쩍 돌담을 뛰어넘었다.

"이노옴, 누구냐?"

정탐하던 사내의 목에 갑자기 칼날을 들이대자, 혼비백산 뒤로 나자빠진 놈은 그저 두 손부터 비벼댔다.

"마마, 황공하옵니다. 소인은 다만 … ."

"다만?"

"이 밤, 산골마을에 웬 말이 나타났는가. 다만 그것이 궁금하여 … ."

"이놈이 누굴 능멸하려는가? 어서 바른 대로 대라. 너는 누구냐?"

"마마, 죄송하옵니다. 소인은 다만 … ."

"허, 그래도 이놈이?"

나는 힘을 준 칼끝으로 놈의 한쪽 뺨을 쓰윽 긁었다. 마마라는 말을 입에 달고 있는 것으로 보아, 놈은 내가 누구인가를 훤히 알고 있을 뿐만 아니라 아주 중요한 책무를 띠고 있음도 더욱 분명해졌다.

어이쿠, 비명을 내지른 놈의 얼굴은 금방 선혈이 낭자해진다. 단호한 음성으로 내가 말했다.

"누가 시킨 짓인지 빨리 실토하라. 안 그러면 니놈은 바로 죽는다."

"예, 예, 마마. 문, 문, 성국, 나리께서 … ."

극도의 공포감에 벌벌 떨며 사색이 다된 놈의 입에서 비로소 일을 사주한 자의 이름이 터져 나왔다. 놀랍게도 문성국이었다. 주상이 총애하는 후궁 문 숙의의 오라비, 문제의 그 문성국이었다. 할머니(주상의 어머니)인 숙빈 최씨의 묘호를 모신 육상궁의 별감으로, 비록 낮은 직급이긴 하되 이즈음 들어 주상이 부쩍 그곳을 자주 찾는 바람에 임금과의 독대 또한 누구보다 잦은 편인 숨은 실세이기도 하였다.

그렇다면 그 뒤에는 더 큰 음모가 있다!

일개 별감에 불과한 문성국 혼자서 이 첩자를 보내고 이용했을 리는 만무했다. 꼼짝달싹할 수 없는 궁지로 나를 몰아넣기 위한 결정적인 단서를 보기 좋게 휘어잡았다고 판단한 노론의 한 패거리 농간임이 틀림없었다. 문 숙의를 중심으로 늘 눈에 불을 켜고 나를 헐뜯으며 감시하는 김상로와 홍계희 등이 굳게 연계되어 있을 것이었다. 그러니까 문성국은 그 행동대의 선봉이리라.

나는 순간 이 자를 결코 이대로 살려 둬선 안 된다고 직감으로 생각하였다. 그랬다간 반드시 치명적인 꼬투리가 잡힐 것 같았다. 아니, 그 꼬투리와 올가미의 덫은 이미 그들의 손아귀에 단단히 쥐어져 있는지도 몰랐다.

나는 놈의 목에 겨누고 있던 칼끝을 그대로 눌러 찔렀다. 비명도 지르지 못한 채 몇 번 몸을 뒤척이다가 사지를 그만 쭉 뻗어버린다. 콸콸콸 쏟아져 나오는 낭자한 선혈이 온 땅을 적시고 달빛을 붉게 물들였다.

칼집에 칼을 집어넣은 다음, 급히 암자 안으로 뛰어들어 가선을 찾았다. 그네의 방으로 들자마자 나는 서둘러 붓과 종이를 가져오라 이르며,

"파루 종이 울리는 대로, 북한산 중흥사로 몸을 피하게. 거기 도총섭에게 간단한 서찰을 써줄 테니, 다른 건 아무 걱정 말고."

가선에게 일렀다.

거기라면 비구니인 그네가 안전하게 숨어 지낼 수 있을 것이었다. 작년 가을 북성 순행 때 가선을 맨 처음 만난 것도 그곳이었고, 산성을 보호하고 관리하는 승군(僧軍) 도총섭의 후한 대접을 톡톡히 받은 것도 그곳이었다. 그 사찰의 주지직을 겸하고 있는 도총섭은 그날 여러 모로 나와 뜻이 통했었고, 나의 지시를 잘 받들었다.

— 이 니승을 부탁하오. 왕세자.

　짧고 간단하게 일필휘지한 서찰을 가선에게 건넨 나는, 틈나는 대로 한 번 절에 올라갈 테니 일단 그곳으로 먼저 가 있으라고 다시 일 렀다.

　고개를 푹 수그린 채 벌써부터 눈물바람을 피우고 있는 가선이도, 그 당위성을 충분히 이해했음인지 아무 말이 없었다. 여기에 이대로 눌러 있다가는 자신이나 나, 둘 다 큰 화를 입게 되리라는 걸 그네가 먼저 감지한 탓이었다.

　소리 없이 울고 있는 그네의 등을 가볍게 토닥여 준 다음, 나는 또 황망히 입궁을 서둘렀다.

　승방을 빠져 나온 나는, 여전히 축 늘어져 있는 시신 쪽을 잠시 일 별한 후 말에 올랐다. 그리고 아까 왔던 길을 되돌아 교교한 달빛 속 을 달렸다. 피할 수 없는 어떤 불길한 징후의 냄새가 그 밤공기에서 맡아졌다. 동궁의 이곳저곳을 샅샅 뒤지며 세자가 이 밤에 또 어딜 나갔느냐고 앙앙불락 호통치는 임금의 성난 모습도 출렁이는 파도 처럼 다가왔다. 그럼에도 나는 연신 부글대며 끓어오르는 노여움을 견디지 못하였다.

　내 당장 문성국, 이놈의 목부터 날려 보내리라.

　능히 면종복배(面從腹背)의 상징이라고 할 만큼 사악하고 간특한 인간이 바로 이 문성국이었다. 앞에서는 깜북 간이라도 꺼내 먹일

듯 삽상하게 굴다가도 돌아서면 이내 터무니없는 중상모략과 해코지의 칼을 가는 간신. 이 자는 감히 나의 세자 자리를 어깨너머로 훔쳐보기까지 한 전력이 있었다. 10년쯤 전, 놈의 누이동생인 문 숙의가 임금의 씨앗을 잉태했을 때의 일이었다.

주상의 왕성한 이성에의 연정은 도무지 나이를 따지지 않았다. 때와 곳도 역시 가리지 않았는데, 거의 청상이듯 혼자 살아온 맏며느리(일찍 죽은 나의 이복형 효장세자의 빈)가 죽자, 그때 이미 환갑을 앞둔 노년이었음에도 상관하지 않고 당신은 그네의 나인이었던 문씨를 냉큼 낚아챘던 것이다. 안쓰럽게 여기던 그 현빈의 장례를 치러주는 과정에서, 남몰래 문씨를 바라보는 당신의 음흉한 눈빛을 나는 지금도 잊지 못한다. 그것이 바로 불행의 화근이었다.

임금의 승은과 총애를 한몸에 받고 나서 배까지 불러오자, 이미 별감으로 특채되어 궁궐 출입을 일삼고 있던 오라비 문성국과 함께 실로 놀라운 흉계도 마다하지 않았었다.

물론 이들의 엉뚱한 배후에는 줄기차게 세자를 바꾸고 싶어하는 노론이라는 거대한 거미줄이 도사리고 있었다. 대리청정을 여러 해째 겪어 온 과정을 통해 그들은 벌써 소론과 가까운 지금의 왕세자와는 철천지원수가 될 수밖에 없다는 사실을 운명적으로 깨달았던 건지도 모른다. 그래서 만약 세자 외의 다른 왕자만 있다면, 무슨 명분과 구실을 붙여서라도 나를 쫓아낼 궁리에 영일이 없었던 터이다.

그런저런 계산이 서로 맞아 떨어져서, 이들은 지금껏 한 패거리로 야합, 작당하여 사사건건 나를 음해하는 세력으로 한 세상을 누려오고 있는 거였다.

동궁으로 돌아오자 궁 안은 의외로 조용하였다. 괜스레 불안하게 여겼던 조짐들은 아직 아무 데서도 현실로 나타나 있지 않았다.

안도의 한숨을 푹푹 내쉰 나는, 그러나 여전히 도깨비에 쒼 기분이었다. 무슨 일인가가 벼락처럼 꼭 일어나고야 말 것 같은 불길한 예감에 줄곧 사로잡혀 있었으므로, 나는 침전에 들지 못한 채 궁궐 안 여기저기를 혼자 서성였다.

옥천의 졸졸거리는 물소리를 따라 걸었다.

그러다가 물 위에 뜬 달덩이를 보고 나는 흠칫 놀랐다. 아까 내가 죽인 시신의 얼굴이 문득 떠올라서였다. 내가 사람을 죽이다니, 사람 죽이는 걸 밥 먹듯 하다니, 하고 스스로에게 소름이 끼쳐서였다. 언제부터인지 모르게 나도 어김없이 잔인한 살육의 피냄새를 즐기는 왕으로서의 자질을 충분히 이어받고 있었다.

은은한 이 밤의 달빛 속에서, 당신은 지금 어느 품안을 더듬고 계실까.

옥천교 난간에 걸터앉은 나는, 그 달빛을 반사하고 있는 명정전의 우람한 기와지붕을 올려다보며 생각하였다.

아마 통명전 쪽이리라.

어린 새 왕비를 맞아들이기 전까지만 해도 당신은 오로지 요염한 문 숙의에게 홀딱 빠져 지냈지만, 이제는 그 사정이 확 달라져 있었다. 예순여섯의 당신은 3년 전, 바로 정전인 이 명정전 앞에서 열다섯 살짜리 풋풋한 신부를 맞아들여 아주 근엄하고 화려하게 새 혼인식을 올렸었고, 저 뒤쪽 용마루 없는 통명전에 꿀맛 같은 신방을 차렸었다. 그 이후 지금까지 당신은 또 오로지 이 여리고 아리따운 여인의 살냄새에 흠씬 취해버린 터였다.

그날 장식용 대형 휘막이 쳐진 창경궁의 요란한 식장 정경이 지금도 눈앞에 어른댄다. 늙은 신랑이 아들인 나보다도 아홉 살이나 더 어린 손녀 같은 신부를 궁궐로 데려오는 친영 행사는, 1천 명도 훨씬 넘는 인원이 줄줄이 동원될 만큼 엄청난 잔치행렬이었다. 양옆으로 끝없이 이어지는 말과 말들, 그 안쪽의 가마와 가마들, 뭇 신하와 궁녀와 군사와 시종과 길 밖의 수많은 구경꾼들.

물론 나도 그 무리의 맨 앞쪽에서 아버지 당신의 새로운 인생을 성심으로 축복하지 않으면 안 되었다. 사각진 매미머리의 성적(成赤)으로 한껏 치장한 열다섯 살의 새 어마마마에게도 나는 모든 예의를 다하여 인사드렸다.

그러면서 속으로는 또 어떤 외척이 이 여인을 통해 형성되고 나를 잡아먹으려 발호할 것인가, 잠깐 생각했었다. 그 많은 왕비와 후궁들이 바뀌고 들어올 때마다, 그네를 둘러싼 족속들은 어김없이 새로운 세력을 만들고, 알게 모르게 무서운 세도를 부리기 마련이었다. 왕은 장난스레 궁 안의 여인들을 슬쩍슬쩍 건들지라도, 결국에는 그것이 걷잡을 수 없는 화근이나 끄나풀이 되어 한 왕조를 능히 흥하게도, 망하게도 하는 것이었다. 그날 그 흥청대는 식장에서, 나는 엉뚱하게도 그런 상념에 깊이 젖어들곤 하였다.

하지만 그런 걸 뻔히 알고 있음에도 당신은 줄기차게 여인들을 탐하고 새로운 외척을 만들어내었다.

외로움 때문일까?

한때는 그런 쪽으로 당신을 긍정하고 이해하려 애써 보았으나, 꼭 그 이유 때문만도 아니었다. 늘 피문은 당쟁으로 영일이 없는 대신들을 제압하고 대적하기 위해, 그 견제세력으로 외척을 심복 삼아 적시적소에 이용하는 건 나의 장인 홍봉한의 경우가 가장 확실한 산 증거이거니와, 당신은 아직 그것만으로는 성에 차지 않은 모양이었다. 한마디로 아들을 더 얻고 싶은 것이었다.

잉태하는 여인들마다 왕자 아닌 딸만 내리 낳아대니 당신으로서도 어지간히 기가 질릴 법도 하건만, 그러나 집요한 당신은 결코 포기하지 않았다. 이제는 물 좋고 터밭 생생한 새 신부에게서, 나 아닌 다른 총명한 아들이 쑤욱 뽑혀져 나오기를 또 기다리고 있는 것이었다.

227

하긴, 자칫하다간 삼종의 혈맥이 이대로 끊길 판이니.

다른 아들이 없으니 마음에 차지 않은 세자를 쉬 갈아치울 수도 없을 뿐만 아니라, 당신이나 시원찮은 세자마저 어느 날 비명횡사라도 당하게 된다면 심히 딱한 노릇이 아닐 수 없었다.

이 같은 아들에 대한 왕성한 생산 욕구는, 정통성이 약한 임금일수록 더 강한 것인지도 몰랐다. 그들은 대개 적장자가 아닌 아들이 왕이 된 경우들로서, 지금까지 가장 많은 자식을 둔 태종을 보면 더욱 명확해진다. 자그마치 아들딸 합하여 스물아홉 명이나 낳았다고 하였다.

그 다음으로 많이 둔 성종 또한 둘째아들이었다.

깊은 밤 야행하여 절세의 음녀인 어우동과도 자주 유흥을 즐겼다는 당신은, 태종보다 하나 모자라는 스물여덟 명의 자식을 두었었고, 임진왜란의 그 바쁘고 절박한 와중에서도 선조는 또 그침 없이 스물다섯이나 되는 자식들을 생산하였다.

당신들은 하나같이 위태로운 왕권을 확보, 강화하려는 염원을 본능적으로 갖고 있는 공통점을 지닌다. 국가의 경영은 다름 아닌 힘에서 나온다는 것, 그 힘있는 세력을 키우고 거느리려면 많은 숫자의 자식보다 더 좋은 방도는 달리 없다는 사실을 온몸으로 체득하고 있는 이들이었다.

그런데 나는 왜 이 모양인가.

자식을 많이 둘 욕심보다는, 오히려 모든 권좌에서 외척을 싹 몰아내고 없애야겠다는 게 평소의 나의 생각이었다.

내가 왕이 되면, 무엇보다도 그 일부터 먼저 손을 댈 작정이었다.

왕족은 절대 벼슬자리에 오를 수 없도록 법으로 정하였듯이, 그 숱한 외척 또한 그와 똑같이 법으로 정해버릴 것이었다. 이 나라의 조정과 왕실의 배후에서는 늘 이 외척들의 이권다툼 속 간계가 번뜩이며 발호하거니와, 아예 그 뿌리와 싹을 근본적으로 잘라 버리지 않고서는 온전하고 바른 왕조를 이룰 수 없다고 나는 일찍이 간파했었다.

강한 왕은 그 혼자서라도 얼마든지 신하들을 지혜롭게 다룰 수 있어야 하는 법, 나는 이 지겨운 외척에 의지하지 않고서도 충분히 그럴 자신이 있었다. 그러면 시도 때도 없이 궁 안팎의 외척들을 등에 업고 날뛰는 당인들 또한 자연스럽게 정리될 수도 있으리라. 노론은 바로 이 같은 나의 저의와 복안을 벌써부터 알아차리고 그 차단에 미리감치 혈안이 되어 있다고 보아야 한다.

어쨌거나 이놈의 문성국이는 어떻게 갈아 마시지?

구름에 가려 어둑해진 달빛을 쳐다보며 나는 다시 당장의 내 문제로 돌아왔다. 무슨 일인가가 내 발등 위에 금방이라도 꼭 떨어질 것만 같은.

나는 천천히 발길을 돌려 박 귀인의 처소 쪽으로 향하였다. 거기 가서 자상한 그네와 함께 이런저런 이야기를 나누며 위로받고 싶었다. 그네에게라도 푹 의지하여 곤고한 이 육신을 좀 편히 뉘고 싶었다.

하지만 그네는 내가 방안으로 들자마자,

"이게 무슨 냄새지요? 어디서 오는 길이어요?"

다짜고짜 따지듯 물었다. 내 가까이 코까지 킁킁 갖다 대는 것이어서, 옷을 벗어 건네려던 순간 나는 왠지 그네의 목을 조르고 싶은 강한 충동을 느꼈다. 나는 어서 술상을 좀 가져오라 일렀다.

그럼에도 그네는 쉬 움직이려 들지 않았다. 한동안 그 자리에 우두망찰 서서 안쓰런 눈빛으로 나를 내려다보더니,

"아니 되옵니다. 아까 해질 무렵 세자빈께서 직접 오시어, 마마한테 술을 드리면 절대 안 된다고 하더이다."

느닷없는 아내까지 들먹이고 있었다. 그네가 계속하였다.

"암만해도 대궐 안의 공기가 마마한테 안 좋게 돌아가는 것 같은데, 어인 일로 허구한 날 술만 찾으십니까? 지하로 여승을 끌어들여 노닌 것도 하찮은 하인들까지 다 쑤군대는 형편인데요. 제발, 정신 좀 차리셔요."

"아니, 이것들이 이제는 떼거리로 나서서 나를 능멸하는구나. 어서 술상 가져오지 못할까?"

"끝내 그러시다면 차라리 이곳 아닌, 다른 곳으로 가서 술을 찾으

서요."

"뭐라구? 아니, 이년이?"

나는 너울거리는 촛불을 달고 있는 긴 촛대를 들어 그대로 그네를 향해 던졌다. 마침 뒤로 돌아서 문 밖으로 나서려던 그네의 뒤통수에, 놋쇠로 된 촛대가 정통으로 날아가 맞았다. 그리고 그네는 거짓말처럼 앞으로 푹 고꾸라졌다.

어느 결에 이부자리와 옷가지로 옮겨 붙은 촛불을 끌 새도 없이, 그네는 쓰러진 그 자리에서 다시 일어나지 못하였다. 나는 황망히 그네를 일으켜 두 뺨을 두드리고 가슴에 귀를 대보았으나 이미 소용이 없었다.

사람이 이렇게 죽을 수도 있는가, 이게 대체 무슨 악귀의 조화 속이란 말인가.

나는 그네의 축 늘어진 사지를 이끌고 마당 밖으로 나왔다. 불은 삽시에 문짝과 가재도구들을 태우며 천장 쪽을 맹렬히 타올라 가고 있었다. 미친 불길은 곧 기둥을 물어뜯고 지붕을 집어삼켰다. 여기저기서 불이야 소리를 내지르며 헐레벌떡 뛰쳐나온 궁인들이 놀라 주변을 에워쌀 때까지, 나는 그 자리에 허수아비처럼 멍청히 서 있었다. 살인과 불구경이 불러일으키는 당혹은, 그렇게 오래도록 나를 경직시켰다.

내 모진 운명을 이토록 참혹하게 뒤바꿔버린 나경언의 고변은, 그

231

로부터 열흘쯤 후에 일어났다.

그날 밤은 참 모든 일들이 이상했어. 화마처럼 맴돌며 나를 감싸던 불길한 예감이나 조짐들도 그랬고.

물론 불은 하인의 실화로 처리되고, 박 귀인의 죽음 역시 불의의 돌발사로서 주상의 귀에는 보고되었던 것이나, 나중에 나경언의 고변에는 이 두 가지의 일도 사실대로 거짓 없이 적혀 있었다. 그걸 보면 이를 사주한 노론의 거미줄은, 거기까지 치밀하게 뻗쳐 있었던 셈이다.

유달리 푸른 귀기를 내뿜던 달빛 탓이었을까?

아무튼 그 하룻밤의 두 번에 걸친 살인과 화재사건은 하나같이 우연과 충동으로 거짓말처럼 이어져 나갔었다. 나의 의지와는 별 상관없이, 꽤나 운명적으로. 그래서 사람들은 점을 치거나 굿을 벌이고, 하늘땅의 귀신들을 향해 두 손 모아 중얼중얼 주술을 외는 것인지도 몰랐다.

나도 지금 누군가에게 빌고 싶다.

그동안 쌓아온 그 숱한 잘못과 죄업들, 무책임과 방탕과 불성실에 대해서 용서를 구하고 싶다. 내가 직접 죽인 세 건의 살인을 포함해서, 법이라는 이름으로 사형을 내리고 억울하게 목숨을 빼앗은 경우는 또 얼마나 많았을 것인가. 그 혼백들에게도 간절히, 눈물로써 사죄하고 싶다.

독화살 같은 말을 뱉어서 남에게 깊은 고통과 상처를 준 경우 또한 무릇 기하이며, 칼보다 더 무서운 증오와 살의를 내뿜었던 나날은 또 얼마였던가.

아, 그런 것도 다 부질없는 짓이었다. 용서하라, 부디 나를 용서해다오.

나는 천천히 꿈틀거리며 일어나 두 무릎을 꺾는다.

스스로도 알 수 없는 메마른 눈물이 양볼을 적시며 주르륵 흘러내렸다. 찝찔한 물기는 아직 내 몸 안에서 다 빠져나간 게 아니었다.

한참을 그렇게 무릎 꿇은 채 홀로 흐느끼고 나니, 분하고 억울한 감정은 조금 가신 듯하다. 그 대신 주체할 수 없는 부끄러움과 회한이 그 자리를 메우려 한다. 봇물 같은 그리움도 가슴 가득 흘러들고, 어머니와 아내와 사랑했던 두 후궁, 그네들에게서 낳은 어린 세 서자들과 세손 아들을 향한 한없는 죄책감도 불쑥불쑥 고개를 치켜든다. 그리고 가선이 ….

그네는 과연 어떻게 되었을까?

벌써 죽었으리라.

자꾸만 그쪽으로 상념이 모아진다. 꿈속의 작은 지우산도 예사롭지 않은 상징이다. 그 많은 빗물은 다 어디로 흘러갔단 말인가?

그 새벽의 파루 종소리가 울렸을 때, 그네는 내가 말했던 대로 북한산을 올라갔던 것인지 궁금하다. 나중에 꼭 찾겠다고 약속했었는데, 그걸 지키지 못한 것도 가슴 아픈 일이다. 댕강 잘린 그네의 목이, 상상 속에서 함부로 나뒹군다.

나는 무릎을 풀며 다시 자리에 눕는다.

어지럽고 힘이 없어, 그런 식의 앉은 자세를 오래 지탱시키지도 못한다. 옆으로 길게 누워, 한쪽 귀를 바닥에 바짝 밀착시킨다. 땅 속에서 물 흘러가는 소리가 들린다.

졸졸졸, 꾸르르 쿨쿨, 콸콸콸, 콸콸.

땅 속의 물소리는 마침내 거대한 강을 이룬다.

한데 모아진 여러 갈래의 수맥과 수맥들이, 아주 깊고도 넓은 강이 되어 어디론지 쉬지 않고 졸졸졸, 꾸르르 쿨쿨, 콸콸콸 흘러가고 있다.

"아, 물 … ."

나무닭

마음속의 나무닭은 어디론지 훨훨 날아가 버리고, 환청이듯 귓가에서 맴돌던 먼 데 닭울음소리도 끊어진 지 이미 오래. 그 대신 또 어디선지 어지러운 말발굽 소리가 들려온다. 뿌우연 흙먼지를 일으키며 말들이 떼지어 질주해 온다. 이것은 현실인가, 환상인가?

먼 닭울음소리에 어렴풋이 눈을 뜬다.

새벽을 알리는 저와 같은 닭울음소리는 분명 어제도, 그제도, 더 오래 전에도, 때가 되면 어김없이 울었을 텐데. 지금의 내게는 왠지 생전 처음 들어보는 양 놀랍고 새롭다. 기이하기까지 하다.

"꼬끼요, 꼬옥. 꼬끼요, 꾸욱 … ."

날개 털어 홰를 치고 난 뒤의 여운은, 또 무슨 일인가가 꼭 일어날 것만 같은 어떤 암시나 예감까지도 불러일으키곤 한다. 어쩌면 나를 구하려는 군사가 도처에서 들고일어났다는 헌걸 찬 군호(軍號) 같기도 하고, 또 어쩌면 이제 당신의 죽음이 임박했으니 그저 얌전히 눈이나 감고 기다리라는 저주스런 주문 같기도 하고, 또 어쩌면 가슴이 미어지도록 그립고 원망스러운 이들의 안타까운 곡(哭) 같기도 하다.

어쨌든 오늘쯤엔 뭔가 결판이 나겠지.

죽이든지 살리든지, 나의 생사여탈권을 터무니없이 거머쥐고 있는 당신의 하교가 날아들 것이었다. 당신도 사람이라면 능히 그러하리라.

오늘따라 의식은 한결 명료해지고, 알 수 없는 소망마저 전신을 휘감는다. 왠지 살 수 있을 것 같다는, 조금은 엉뚱하고도 막연한 기대감이 내부에 차오름을 느낀다. 나는 천천히 자리에서 일어난다.

양손으로 가볍게 두 뺨을 두드린다. 허벅지 살을 한 번 꼬집어보고, 위아래 이빨들도 서로 세게 부딪쳐 본다.

몸의 기능은 아직 정상이다. .

나는 아직 숨을 쉬고 있고, 살과 뼈마디는 여전히 몸살 기운이듯 쑤시고 아프다. 지금껏 그토록 나를 괴롭히며 고통스럽게 굴던 허기와 갈증도 웬만큼 없어졌다. 귓속의 이명이나 눈앞에서 어른거리는 약간의 어지럼증만 제외한다면, 나는 이제 무엇이든 참고 견딜 만하다. 어차피 지금부터는 죽기 아니면 살기의 극한상황 아니겠는가. 참고 견디며 기다리는 수밖에, 다른 뾰족한 방도가 없다. 아아, 하늘의 뜻에 내맡기는 수밖에.

그것이 하늘의 뜻이라면, 나는 내 목이 허공에서 댕강 잘리더라도 달게 감수하리라. 가능하다면 아버지의 단칼에 참수되기를 원한다. 당신은 그 피묻은 손을 씻으며 또 무슨 탕평을 꿈꿀 것인지.

민심은 천심이라고 했던가?

그래, 바로 그 천심이 우리 부자 사이를 갈라놓았었다. 다름 아닌 나주벽서 사건으로서, 내가 대리청정한 지 여섯 해로 접어들 무렵의 어느 날의 일이었다.

— 전라도 나주땅 객사에 이런 흉서가 내걸려 민심을 현혹시켰나이다. '이 나라 조정에는 실로 자기 잇속 챙기기에 바쁜 간신들만 가득하여, 백성들의 살림이 도탄에 빠졌도다. 어느 한쪽만 잘 사는 탕평책이 무슨 소용이 있으며, 이러고도 나라가 망하지 않고 어찌 배기겠는가' 하는 내용이 바로 그것이옵니다.

전라감사가 급히 올린 이 같은 장계를 손에 움켜쥔 당신은, 처음엔 하 어이가 없어 헛웃음부터 지었으나, 이내 무서운 분노의 화신으로 돌변해 두 포도대장을 불러들였다. 그리고 당장 기한을 정해 범인을 색출, 체포하라고 엄명하였다.

"이는 분명 이인좌 역적의 잔당 소행일 것이다. 나주땅을 다 뒤져서라도 반드시 잡아내라. 차령 이남의 물은 역시 거꾸로 흐르는도다."

견훤이 망할 때 끝내 협조하지 않고 저항한 백제사람들을 미워한 나머지, 고려 왕건이 임종하며 내뱉은 말까지 당신은 입에 담아 끓는 적개심을 불태웠다. 그 범인은 필시 소론의 무리일 게 분명하니, 그에 대한 응징도 벌써부터 철저하게 준비하고 있었다.

당신의 진단은 적중하였다.

조정에 불만을 품은 소론 계열의 양반 사대부로 그 용의자의 신분을 좁혀버리니, 범인은 금방 수면 위로 얼굴을 드러낼 수밖에 없었다. 윤지(尹志)라는 대쪽같은 선비가 바로 그였다.

한때 한성판윤과 훈련대장까지 역임하면서 김일경 등과 함께 노론 제거에 앞장섰다가 끝내 모진 고문으로 숨진 소론 강경파 윤취상의 아들이 바로 윤지였다.

그 역시 아버지와 같은 역신의 반골로서, 이인좌의 난 때 제주도에 유배되었다가 어렵사리 나주로 옮겨져 30년 가까운 긴 세월을 좀체 풀려나지 못하고 있는 영어의 몸이었다. 그래서 어쩌면 이판사판의 막가는 기분으로 목숨을 내던진 거였는지도 몰랐다. 기왕지사 덧없이 죽을 바엔 그럴 듯한 영예와 명분이나 얻고 죽자는, 대대로 쌓인 원한이나 속 시원히 풀고 가자는.

그는 곧 체포되어 한양으로 압송되었다.

임금이 직접 친국에 나섰다.

"네 이놈, 아직도 그런 불충한 역모를 꾀하고 있었다니 진정 사악하도다. 어서 바른 대로 대라. 네 뒤에 누가 있느냐?"

" ...... "

"혼자서는 결코 가능할 수 없는 일, 사주한 자가 누구더냐? 이실직

고하지 않으면 당장 목을 치리라."

"목을 쳐도 어쩔 수 없소이다. 어디까지나 이 몸 혼자서 대의에 따라 결행한 거사이외다."

"허, 독종이로다. 그럼 너의 소원대로 해주겠노라. 지금 당장 이놈을 정형에 처하도록 하라."

당신은 분노하고 또 분노하였다.

윤지의 지시에 따라 벽서를 붙인 당사자가 잡혀 오고, 그의 자백에 따라 또 줄줄이 엮어져 나온 다른 소론 핵심들의 피문은 절규에, 당신은 그만 벌린 입을 다물지 못할 지경이었다.

나라의 녹(祿)을 먹고사는 나주목사까지 그에 직접 연루되어 있다는 사실은, 당신을 거의 기절 직전으로까지 몰고 가고도 남았다. 국청 뜰에 나앉은 나주목사 이하징은 당신을 정면으로 쳐다보며 이렇게 소리쳤다.

"사람은 누구나 한 번 죽지, 두 번 죽지 않습니다. 신은 그 죽음을 걸고 말하거니와, 삼십여 년 전에 있었던 김일경님의 상소를 천하의 절개로 여기고 있나이다. 신하는 모름지기 그래야 하나이다."

"허, 이놈이?"

당신은 아연 실색하였다.

다름 아닌 현직 목사가 경종 당시 왕세제였던 연잉군을 역적의 수괴로 낙인찍었던 김일경이야말로 진정한 신하의 정도를 지켰노라고 직언한 거였다. 따라서 나는 지금껏 당신을 임금으로 인정하지 않고 있었다는 뜻이었다. 당신은 선왕의 자리를 강제로 탈취한 못된 무뢰배일 따름이라는 극언이었다.

다른 연루자는 또 이렇게 악을 쓰며 외쳤다.

"주상께선 '철마가 서쪽에서 한강가로 왔다'는 시를 지어 숙종께 바친 적이 있지요? 꿈속에서 보았나이다."

"이, 이런 고이헌!"

당신은 이를 갈며 안절부절, 자리에 앉아 있지 못하였다. 철마는 곧 군사를 뜻하는바, 그 군사를 일으켜 선왕을 몰아냈다는 의미의, 생전 지어보지도 않은 시구까지 억지로 갖다 붙이며 거꾸로 통박해 오니 정녕 미치고 환장할 노릇이었다.

이 시는 일찍이 공민왕 때 홍건적이 지어 부른 것이었지만, 이를 알 바 없는 당신은 오로지 자신의 허물을 자격지심으로 받아들이며 죄인 죽이기에 혈안이었다.

"저 흉인도 바로 참수하라."

"이번에는 훈련대장을 지낸 자까지 역적들과 내통했다 하옵니다, 전하."

죄인의 목을 참수하고 매를 내리쳐 죽여도, 연루자는 쉬지 않고 떼를 지어 몰려나왔다. 그 훈련대장의 집에서 임금이 입는 붉은색 융복까지 나오는 데에야 오히려 신문하는 쪽에서 지레 질리지 않을 수 없었다.

　성문 밖에는 효수된 머리가 다투어 내걸렸다.

　그래도 당신의 분은 여전히 풀리지 않았다.

　"역적 윤지의 아들을 능지처참하라."

　마침내는 삼족을 멸하는 데까지 이르렀는데, 당신은 그 끔찍한 형장에 스스로 나아가 주관하고자 문무백관을 배석토록 하였다. 그리고는,

　"세자도 따르라."

　나에게도 그 자리에 서있도록 명령하였다.

　역적은 진정 어떻게 다스려야 하는가를 똑똑히 보아두라는 거였다. 그 처참한 말로가 어떤 모습인가를 생생히 새겨두라는 거였다. 그리고 또 당신은, 소론에게 기울어져 있는 심히 수상쩍은 세자의 평소 생각을 이번 기회에 싹 바꾸지 않으면 안 된다는 무언의 가르침도 그 속에 포함시키고 있었다.

　형장은 숭례문 밖이었다.

　보련에서 내린 당신은 임시로 설치된 휘막 안으로 들며 바로 옆자리에 나를 앉혔다. 그리고 백관들은 직급에 따라 양옆으로 도열해 세웠다.

　칼을 든 망나니가 오라에 묶인 윤지의 아들 앞에 등장하였다.

　이윽고 명령이 떨어졌다.

망나니의 손에 들린 칼끝이 허공중으로 힘껏 치솟았다. 그리고 춤 추듯 너울거리며 예리한 빛을 내뿜었다. 그렇게 몇 번을 더 맴돈 후 에, 칼날에서 깨어지는 푸른 인광과 함께 죄수의 목이 한순간에 떨 어져 나갔다. 분수처럼 선혈이 솟구쳤다. 낭자한 피가 하늘과 땅을 붉게 물들였다.

땅바닥에 홀로 떨어져 나뒹구는 산발한 머리통이 이내 붉은 핏물 에 젖어들었다. 그러나 부릅뜬 두 눈만은 아직도 형형하게 살아 있 었다.

이쪽 몸통에 붙어 있던 두 팔과 두 다리도 따로따로 떨어져 나갔 다. 산지사방으로 튀어나가는 피와 피, 참혹한 시신, 그리고 죽음보 다 더 고요한 침묵.

멀쩡했던 사지가 금방 처참한 토막으로 뿔뿔이 흩어져 나간 시신 은, 이제 완연한 아귀의 형상이었다. 끔찍한 아비규환의 지옥도, 그 자체였다. 나는 욱욱 토할 것 같은 구역질 때문에 고개를 떨구었다. 사람으로서는 차마 눈뜨고 볼 수 없어서 당신 몰래 슬그머니 외면한 것이었다.

하지만 시립해 있는 백관들은 아무도 고개를 숙이거나 옆으로 돌 리지 못하였다. 그럴 경우 자칫 죄인을 동정하거나 군주에 대한 불 충으로 간주될 우려가 있어서였다. 그러다 보면 또 자칫 역적으로 내몰림 당할 수도 있었다.

하지만 아니야, 주상은 결코 제정신이 아니야.

나는 저 밑바닥에서부터 치밀어 오르는 깊은 슬픔과 분노로 전율했다. 용서할 수 없는 근원적인 적의가 가슴속에서 함부로 소용돌이치는 것을 느꼈다. 그리고 나는 번개처럼 뇌리를 스치고 지나가는 어떤 확신에 한 번 더 치를 떨었다.

그것은 다름 아닌 경종 독살설로서, 바로 당신이 그 행위의 직접 당사자라는 어쩔 수 없는 심증이었다.

만약 그렇지 않다면 저토록 예민하게 과민 반응을 보일 리가 없었다. 그까짓 벽서사건이 뭐 그리 대단하다고, 달을 넘기면서까지 온 조정을 발칵 뒤집으며 두고두고 사람을 죽이겠는가. 그리고 마침내는 그 사건과 직접 상관이 없는 범인의 아들까지 저리 참혹하게 사지를 찢어 죽이는 비정한 살생극을 벌이겠는가. 거기에는 필시 당신만이 아는 어떤 피치 못할 곡절이 속 깊이 숨어 있을 거였다.

어디 그뿐이랴.

당신은 조정에 무슨 중대한 일이 생길 때마다 가장 먼저 선왕을 들먹이는바, 그 또한 이상하다면 이상한 일이었다. 생전의 경종이 자신을 지극히 사랑했으며, 당신도 그러한 선왕을 극진히 공경하였음을 입버릇처럼 강조하면서 어울리잖은 눈물바람까지 피워대기 일쑤였다.

당신이 넌지시 나를 돌아보았다.

"세자는 어찌 고개를 숙이고 있는가?"

"… 속이 좀 거북해서 그러나이다."

"고개를 들고, 똑똑히 보아두라. 그리고 나라를 다스림에는 한 치의 흔들림도 있어서는 아니 될 것이로되, 오늘의 이 일로써 전날에 역적 같기도 하고 역적이 아닌 것 같기도 한 자들도 마음을 단단히 고쳐먹었을 것이니, 대리청정하는 세자는 이를 특히 유념하도록 하라."

"예, 전하."

나는 공손히 대답하였다. 아버지의 뜻을 철석같이 따라 줄 거라고 믿는 당신의 심중에는, 이제 너도 감연히 소론을 멀리하고 저 밖으로 내뿌리치라는 무언의 명령도 함께 포함되어 있었다.

아무튼 이 나주벽서 사건은 당신의 그동안의 탕평책을 일거에 함몰시켜 버렸다. 그리고 당신은 어디까지나 노론의 당인이었음을 백일하에 드러내는 결과를 낳았다. 세상은 이제 노론의 천지였다.

그들은 이 사건을 기회로 소론 전체를 역적으로 몰아붙였으며, 주상도 암암리에 이를 추인하고 동조하였다.

그들의 공세는 더욱 잔인하고 집요하게 펼쳐졌다. 가까스로 살아 있는 소론의 잔당뿐만 아니라, 이미 죽은 소론의 지도자급 혼령들까지 지상으로 불러내어 역률을 추시하고, 관작을 추탈하고, 죽이고 또 죽였다. 벽서사건에 연좌되어 한을 품고 살아가는, 남의 종이 된

자들은 물론, 멀리 유배 보낸 소론의 여러 영수들까지 모조리 죽여 없애자는 상소도 올라왔으나 나는 일언지하에 잘라 말했다.

"언제까지 이런 피의 보복의 악순환을 되풀이할 것인가? 나는 그 상소의 뜻에 따르지 않겠다."

"하오나 저하, 저들은 일찍이 역모를 꾀한 죄인들입니다. 피의 보복은 저들이 먼저 자행한 악습이었나이다."

"그래도 나는 아니다. 진절머리 나는 당쟁은 이쯤에서 끝내야 하리라."

하지만 그들은 결코 멈추지 않았다. 오히려 소론에 대한 고삐를 더욱 억세게 조이면서, 이 사람 저 사람 바꿔가며 나를 압박하고 줄기찬 상소를 일삼았다.

누구를 그 자리에서 물러나게 하고, 누구누구를 죽이소서. 또 누구누구에게도 역률을 추시하고, 여죄를 물으소서.

그래도 나는 한사코 더 이상의 모함이나 살육을 허락지 않았다.

"주상께서도 비록 하찮은 미물이라 하더라도 까닭 없이 죽여서는 아니 된다고 하셨다. 모름지기 군주의 덕은 뭇 생명을 살리는 데 있는 것이지, 죽이는 데 있는 건 아니잖은가. 나는 이번 사건에 관한 한 그대들의 주청을 더 이상 따르지 않으리라."

이 같은 서슬에 노론의 기세는 한풀 수그러들었고, 소론은 안도의 한숨을 내쉬었다.

하지만 이것이 바로 내가 노론으로부터 미움을 산 결정적인 계기였다.

그들은 내가 임금이 되는 날의 무서운 피바람을 벌써부터 후끈 감지하고 있었고, 그러므로 하루 빨리 제거하지 않으면 안 되는 눈엣가시로 이미 낙인찍어 놓고 있었다. 그들에게서의 나는, 다음 왕위를 이을 지엄한 왕세자가 아니라 다만 철천지원수 같은 정적일 따름이었다.

소론을 싹 쓸어버리다시피 한 그들은 내내 잔치 기분에 들떠 있었다. 그 같은 기분은 주상도 마찬가지여서, 당신은 만화방창한 어느 신록의 늦은 봄날을 택해 역적 토벌을 축하하는 과거까지 열었다.

하지만 그 역적으로 몰린 소론 또한 결코 만만치 않았다.

참담하게 죽어간 선대들의 원한을 그대로 묵과하지 않은 채, 오히려 바로 그 축제의 과장(科場)을 자기네 복수의 자리로 삼을 만큼 끈질겼다. 거기에 참여한 심정연이라는 소장파를 통해 나주벽서 사건의 주모자인 윤지의 숙부 윤혜 등이 차마 입에 담을 수 없는 조롱조의 상변서를 임금께 올렸던 것인데, 과거시험의 답안지에도 노론과 조정을 맘껏 비난하는 글로 채워졌으며, 먼저 간 역대 왕들의 이름까지 모독 어린 언사로 마구잡이 언급되어 있었다.

이를 본 임금은 내용을 다 훑기도 전에 상을 내리치며 눈물부터 흘렸다.

"허, 이런이런 … 방자하고 흉악한 놈이로다. 이놈을 빨리 잡아들이라. 어허, 종묘사직을 이제 무슨 면목으로 뵐 수 있을꼬."

"전하, 어인 일로 그러시나이까? 오늘은 좋은 날이오니 부디 고정하소서."

신하들이 놀라 물으며 다독였으나, 한 번 불붙은 당신의 노여움은 이미 한 차례의 무서운 피바람을 예고할 만큼 분기탱천한 상태였다. 야유어린 답안지와 비난의 화살로 가득한 느닷없는 상변서의 주인공들을 줄줄이 잡아들이라고 고래고래 소리치고 있었다.

그 주인공들은 보나마나 지난번의 나주벽서 사건의 잔당들이었다.

그들에 의해 춘천에서 군사를 모아 역모를 일으키려 했다는 사실까지 뒤늦게 밝혀지자, 조정은 다시 한 번 발칵 뒤집혔다. 노론과 주상의 경악은 극에 달하여 하늘을 찌를 듯하였다. 곧바로 정전 뜰아래에 국청이 차려졌고, 이번에도 임금이 직접 국문에 나섰다.

"너는 누구냐? 대체 누구이기에 임금인 나를 이리 괴롭히느냐?"

"윤혜, 엊그제 당신의 손에 의해 효수당한 윤지의 숙부로소이다. 일찍이 억울하게 화를 입고 돌아가신 윤취상은 제 형님이옵고 … ."

"독종이로다. 이놈들을 반드시 씹어 먹어야겠구나."

두 눈 똑바로 뜨고 바라보며 이를 갈 듯 말하는 윤혜가, 당신은 짐짓 소름끼치도록 싫은 모양이었다.

그러나 윤혜를 비롯한 심정연, 김도성 등은 더욱 무서운 독기를 서슴없이 뿜어댔다. 그 살기 어린 국문장에서 주모자 심정연은 이렇게 말하였다.

"우리가 과거에 급제하여 부귀영화를 누리려고 나선 줄 아십니까? 아니외다. 이 나라 조정의 잘못된 폐풍을 바로잡기 위해 일어섰소이다. 그래서 과장에서 나온 상변서는 이 몸이 일생 동안 간직한 마음을 미리 써두었던 것이외다."

"진정 간악한 악종이로다. 그럼 여러 선왕들의 휘(諱; 이름)를 한 종이에 나란히 쓴 까닭은 무엇인가?"

"그건 내 아들의 이름을 지을 때 참구하려고 그리 되었소."

윤혜가 당당히 대답하였다.

이미 목숨을 내던진 다음의 원한 섞인 항변으로서, 나는 결코 당신을 왕으로 섬기지 않고 있다는 뜻이었다. 다름 아닌 내 아들을 왕으로 만들려 했다는 뜻으로도 통하는, 실로 엄청난 독설이요 야유였다. 시퍼렇게 실색한 당신은 부르르 이를 갈고 치를 떨었다.

"뭐라? 너의 자식을 왕으로 만들고 싶었다고?"

"집에서는 누군들 왕이 아니리오."

"애비도 능히 잡아먹을 놈이로다. 내 이놈을 당장 처단하리라."

"삶이 아깝지 않은 바는 아니나, 이 왕조 신민으로서는 단 하루라도 살고 싶지 않소이다. 어서 죽여주시오."

"알았다, 기꺼이 너의 소원대로 해주마."

그러나 당신은 죄인을 당장 없애지는 않았다. 형을 집행하기 전에
엄숙히 치러야 할 의식이 있는지, 어서 보여를 준비하라 일렀다. 그
리고 어리벙벙 서있는 나에게도 뒤를 따르라 명하였다.

당신이 행차한 곳은 종묘였다. 어떤 큰일을 치르기 전에는 으레
꼭 들르는 신전으로서, 보여에서 내린 당신은 종묘 제단 앞에 넙죽
엎드려 울음 섞인 소리로 이렇게 아뢰었다.

"여러 열성조께 차마 발설하지 못할 누를 끼쳐드려, 참으로 죄스
럽고 부끄럽기 짝이 없나이다. 이 몸의 부덕이 하늘 끝에 닿아 신성
한 종묘에까지 이르렀으니, 어찌 통탄치 않을 수 있겠습니까. 부디
용서해 주옵소서."

"전하, 그건 어디까지나 신하와 백성을 잘못 둔 탓이옵니다. 어서
눈물을 거두시고 저들을 벌하소서."

옆에 시립한 도승지의 권유가 아니더라도, 당신의 심중에는 이미
무서운 칼을 준비해 품고 있는 터라서 곧장 자리를 털고 일어섰다.

그리고는 궁궐로 바삐 돌아가 갑옷으로 갈아입고, 다시 문무백관
을 거느려 숭례문으로 향하였다. 곤룡포가 아닌 군사용 갑옷을 당신
이 애써 착복한 것은, 역적을 응징하고 토벌한다는 의미를 내외에
한층 과시하기 위해서였다. 그런 당신 앞을 충성스런 신하 이종성이
조심스레 가로막고 나섰다.

"전하, 죄인에게 벌을 주고 형을 시행하는 것은 밑엣사람들이 알아서 할 일입니다. 어찌 이런 험한 흉사를 지존께서 직접 나서 관장하려 하십니까, 통촉하시옵소서."

"무엄하도다. 그대가 감히 나를 책망하다니, 내 앞에서 썩 꺼지라."

당신은 바로 그 자리에서 소론의 영수 이종성을 충주로 귀양 보내라고 명하였다. 그리고는 즉시 숭례문 누각에 올라가 소리쳤다.

"가차없이 형을 집행하라. 저 윤혜라는 놈부터 목을 치라!"

"예, 히!"

망나니들의 무자비한 칼춤이 다시 시작되었다. 석 달 전 윤지가 죽어 나갈 때보다 더 끔찍하고 참담한 지옥이 또 떼거리로 이루어지고 있었다. 주범 심정연은 그저께 바로 이 자리에서 능지처참으로 목숨을 날렸으되, 그로부터 이틀이 안 되어 그보다 훨씬 더 참담하고 비통한 살생이 아예 본격적으로 펼쳐지고 있었다. 윤혜의 머리가 땅바닥에 떨어지자 당신은 소리쳤다.

"저 저주 덩어리를 깃대 끝에 효수하라. 그리고 배석한 백관들은 차례차례 돌아가면서 조리를 돌리라."

"……?"

백관들은 벌린 입을 다물지 못하였다.

하지만 어쩔 수 없는 노릇이었다. 원한 서린 선혈이 뚝뚝 떨어지는 윤혜의 머리가 내걸린 깃대를, 그들은 하나씩 번차례로 나와 조리 돌리지 않으면 안 되었다.

이런 치 떨리고 섬뜩한 살풍경은 한참이나 더 계속되었다.

오래 전에 죽은 김일경의 후손들도 너나없이 목이 잘려 효수되었고, 윤혜의 형들과 그 조카들도 줄줄이 끌려 나와 목이 날아갔다. 재수 없는 윤씨 집안은 거의 씨가 마를 지경이었다. 아니, 소론 전체의 씨가 마를 만큼 혹독하고 잔인하게 진행되는 떼거리 살생의 형장이었다.

그래도 그렇게 죽어가는 소론 강경파들은 끝내 소신을 굽히지 않았다. 친애하는 동지나 핏줄들이 깃대 끝에 효수되는 참상을 핏발선 눈으로 훤히 바라보면서도, 그들은 목숨을 걸고 이렇게 절규하였다.

"우리는 임금 없이 살았소이다. 오늘의 주상은 다만 저 빌어먹을 노론 패거리의 일개 수장일 뿐이외다."

"선왕이 게장을 들고 붕어하신 후, 이 몸은 지금껏 그 원한 서린 게장을 먹지 않았소이다."

형장은 갈수록 생지옥이었다.

나는 이게 아닌데, 이건 결코 아닌데 하고 속으로 몇 번이나 도리질을 쳤다. 그래서 거듭되는 살육에 재미를 붙인 노론의 또 다른 주청에도 반기를 들고 애써 가로막아 보았으나, 결국엔 역부족이었다. 나를 믿고 의지하는 많은 소론들이 속절없이 죽어갔지만, 나는 오히려 노론의 중상모략에 마구잡이로 걸려들거나 그들과 한 편인 주상

253

의 미움만을 더욱 깊게 살 따름이었다.

이 참혹한 사건을 계기로, 당신은 이제 그동안 신주단지처럼 지켜온 탕평책을 가차 없이 내팽개쳐 버렸다. 바야흐로 노론의 천하, 그들만의 세상이었다.

그러면 나의 업보는 또 어떠하였던가.

이 비운의 참담한 사건을 통해서 일관되게 소론의 편을 들어준 결과, 나는 곧 고립무원의 섬에 갇히는 꼴로 돌변하였다. 노론은 한결같이, 더욱 노골적으로 내가 새 왕이 되는 것을 바라지 않았다.

그 같은 불행한 사태를 미리감치 방지하기 위해서 그들은 필사적으로 움직였다. 아주 치밀하고도 용의주도하게 나와 임금 사이를 이간질하고, 그래서 부자(父子)가 서로 증오하지 않으면 안 되는 정적으로 만들어 나갔다.

— 전하, 지금 조정에는 세자 저하의 그릇된 사관 때문에 말들이 많습니다. 선왕이 승하하신 이유에 대한 소론의 주장을 전폭 지지한다 하옵니다.

— 마마, 세자가 요즘 궁 밖 출입이 부쩍 잦아졌다고 하옵니다. 거의 매일 밤 선비차림으로 변장하여 미행을 일삼는다고 하옵니다.

254

─ 저대로 놔두었다간 장차 큰 화근이 될 것이옵니다.

그들은 이렇듯 자신에게 주어진 역할에 따라 적시적소에서 주상께 모함하고, 고자질하고, 역모하였다. 나는 철저하게 고립되었고 따돌림당하였다.

이런 치욕과 외로움의 고통스런 도정에서도, 나를 흔쾌히 만나주고 원려를 도모하는 데 숨은 힘이 되어 준 이는 다름 아닌 송지원이었다. 어릴 때 나의 강관 노릇을 지냈으며, 지금은 지돈녕부사로 있는 그만이 궁궐 안에서 마음놓고 상대하며 깊은 대화를 나눌 수가 있었다.

"저하, 급할수록 돌아가라 했습니다. 지금처럼 형세가 어지러울 때는 흐르는 물에서 그 지혜를 배우십시오."

어느 날 동궁 나의 처소로 불러들여 마주하였을 때, 그가 근심스레 들려준 첫마디였다. 차 한 모금을 홀짝이고 난 그가 계속하였다.

"노자에 이런 말이 나옵니다. '최고의 선이란 물과 같은 것이다. 물은 만물을 도와서 양육하지만 절대 자기 주장을 펴지 않고, 모두가 피하며 싫어하는 곳으로, 아래로만 물러나서 흐른다. 물은 가장 낮은 곳에 위치하며, 모든 것을 차별 없이 받아들이며, 언동에 거짓이 없고 하는 일에 무리가 없다. 따라서 이 물과 같이 자기를 주장하지 않는 자만이 자유자재한 능력을 얻을 수 있는 법이다. 무릇 그 어떤 것이 부드럽다든가 약하다더라도 이 물만큼 더 약하고 부드러운 건 없다. 그럼에도 굳세고 강한 것과 싸워 이기는 점에서는 또 이 물보다 더 센 것이 없다. 이는 물이 가장 약하기 때문이다'라고 말이지요.

저하, 약한 것이 가장 강하다는 이 역설적인 진리를 부디 통촉하시옵소서."

"물의 지혜에 관해서는 일찍이 손자병법에도 나오지요. '전투태세는 물이 흐르는 것처럼 하지 않으면 안 된다. 물은 높은 곳을 피해서 낮은 곳으로 흐르는데, 적과 싸울 적에도 상대방의 허술한 데를 골라 쳐야 한다. 물에는 틀에 박힌 형태가 없듯이, 적과의 싸움에 있어서도 불변의 태세란 있을 수 없다. 적의 태세에 따라서 능소능대하게 전술을 구사하여 승리를 쟁취하는 것이야말로 절묘한 용병이라고 할 수 있다'는 말을 나도 익히 알고 있소이다.

지금, 그 같은 가르침을 몸소 실천하고 있는 중이니, 나를 도와 주셔야겠어요."

"저하, 지금은 때가 아닙니다."

하고 송지원은 손을 내저었다. 그리고는 잠시 뜸을 들였다가 '장자' 속의 나무닭 이야기를 비유해 계속 말을 이어 나갔다.

"옛날에 기성자라고 하는 사람이 있었지요. 이 사나이는 투계용 닭을 기르는 명인인데, 왕으로부터 한 마리의 닭을 하사받았습니다. 용맹한 투계로 철저히 훈련시키라는 것이었죠."

"그래서요?"

"훈련을 시키기 시작한 지 십여 일이 지난 후 왕은 그 닭의 상태를 물었습니다. 어떻더냐? 이제 투계용으로 쓸 만하더냐? 라고 말이지요. 그러자 기성자는 어떻게 대답한 줄 아십니까?"

"……?"

"전하, 아뢰옵기 젓사오나 아직 멀었나이다. 지금은 너무 살기가 등등해서 끊임없이 적을 찾고 있는 중이옵니다."

"허, 그래서요?"

"다시 열흘이 지났을 때, 왕은 또 물었지요. 이제는 쓸 만하겠지? … 허나 기성자의 대답은 여전히 안 된다는 거였습니다. 전하, 아직 쓸 만하지 못하옵니다. 다른 닭의 우는 소리를 듣거나 다른 닭이 옆에 있는 눈치가 보이기라도 하면 금방 싸울 채비부터 차리옵니다."

"그럼 싸움닭으로선 그만 아닌가요?"

"아니지요. 진짜 싸움닭은 그래서는 안 된다는 게 기성자의 생각이고, 훈련방법이었습니다. 또다시 열흘이 지나 이제는 다 되지 않았느냐고 왕이 물었을 적에도, 기성자는 여전히 닭이 벼슬을 바짝 곤두세우고 상대방한테 마구잡이 싸우려든다며 고개를 내저었답니다."

"참 답답한 일이구료. 그래서 그 다음은 어떻게 됐습니까?"

"저하처럼 답답해진 왕이 다시 열흘이 지나서 물었을 때, 그제야 기성자는 이렇게 흔쾌히 대답하더랍니다. 전하, 이제는 되겠나이다.

곁에서 다른 닭들이 아무리 성내며 덤벼들어도 아랑곳하지 않고 있사옵니다. 마치 나무로 만든 닭처럼 보이나이다. 그야말로 덕(德)이 충실하다는 증거가 아니고 무엇이겠나이까. 이렇게 되면 제아무리 사납고 못된 닭이라 하더라도 도저히 견디지를 못하는 법이지요. 가만히 서 있는 그 모습을 보기만 해도 절로 도망치고 말 테니까요."

"글쎄요."

나는 속으로는 적이 탄복하고 동의하면서도, 콧방귀를 뀌듯 이렇게 말을 이었다.

"그렇듯 덕이 충만할 때까지 한가하게 기다릴 여유가 없어요. 저들은 이미 사방에서 나를 에워싼 채 포위하고 있는데, 어느 세월에 그런 나무닭을 기른단 말입니까?"

"저하, 나무닭은 저하의 마음속에 있나이다. 부디 때와 장소를 구분치 말고 기르소서. 그러면 언젠가는 힘차게 홰를 치며 일어설 날이 있을 것이옵니다."

"그래, 송지원!"

하고 나는 신음처럼 그를 혼잣말로 부른다. 눈물이 핑그르르 돌 만큼 그리운 이름이다.

나는 다시 바짝 타들어가는 입술을 들썩여, 마지막 고혈을 짜내는 기분으로 넋두리인 양 혼자 중얼거린다.

"그대는 때와 장소를 구분치 말고 나무닭을 기르라 했는데, 그렇다면 지금이라도 늦지 않았단 말인가? 이렇게 속절없이 죽어가는 내가, 다시 힘차게 홰를 치며 일어설 수 있을까?"

"……"

대답이 없다. 들려오는 건 오직 침묵뿐이다.

마음속의 나무닭은 어디론지 훨훨 날아가 버리고, 환청이듯 귓가에서 맴돌던 먼 데 닭울음소리도 끊어진 지 이미 오래. 그 대신 또 어디선지 어지러운 말발굽 소리가 들려온다. 뿌우연 흙먼지를 일으키며 말들이 떼지어 질주해 온다.

이것은 현실인가, 환상인가?

여전히 분간이 가지 않는다.

나는 가늘게 실눈을 뜨고, 두꺼운 판자벽의 빈틈으로 칼날 같은 빗금을 그으며 새어 들어오는 두어 줄기 햇살을 응시한다. 기운 서쪽이니 이제 얼마 안 있으면 해가 지리라. 그리고 또 죽음 같은 밤이 오리라.

아무튼 밤이 오기 전에, 오늘은 무슨 일이든 일어나야 할 텐데.

정말이지 오늘 안으로는 반드시 결판이 나야 될 것 같다. 이대로는 더 이상 버텨낼 재간이 없겠다. 나를 죽이든지 살리든지, 아니면 나를 구원할 반역의 군사가 궁궐 안으로 물밀듯 밀려들든지.

하지만 무망이야. 아무래도 틀렸어.

나는 가볍게 고개를 가로젓는다.

예감으로 따진다면야 말을 탄 군사들은 벌써 이곳에 당도하고도 남아야 한다. 어제나 그제쯤에는 그들이 벌써 쳐들어 와서, 이 치욕스런 어둠의 옥방을 깨부수고, 억울하게 갇혀 있는 나를 구출했어야 한다.

그러나 그들은 오지 않았다. 앞으로도 결코 이곳으로 올 수 없으리라는 예감이 불길한 확신처럼 뇌리를 스친다.

나는 이제 끝이다.

나를 기다리는 건 오직 칠흑 같은 죽음밖에 없다!

녹은 쇠를
먹는다

"...산아, 산아." 저절로 결가부좌가 풀려 제 몸에 옆으로 쓰러진 나는, 흐느끼듯 아들의 이름을 부른다. 이 집에 갇히기 전, 놈은 악을 쓰듯 임금을 향해 눈물로 애원했었다. 할바마마, 아비를 살려 주옵소서. 살려 주옵소서. 아비 대신 저를 죽여 달라고도 버둥치며 읍소했던 것 같다. 그런데 안 오다니, 그토록 울부짖던 내 아들이 이직껏 한 번도 내 곁으로 오지 않고 있다니! 그럴 리가 없다. 하고 나는 표희미하게 고개를 가로젓는다. 그애의 얼굴을 보기는커녕 목소리조차 들을 수 없다니!

아내는 그때 정말로 나를 죽이고 싶었을까?

자꾸만 물밑으로 가라앉는 가물거리는 의식 속에서도, 갑자기 되살아나는 한 의문이 있다.

언제던가 몹시 취한 상태로 박 귀인의 처소에서 돌아오던 날 밤, 그네는 놀랍게도 작고 앙증맞은 은장도를 한 손에 움켜쥐고 있었다. 스스로 목숨을 끊겠다고 하였다.

"사는 게 부끄럽습니다. 이대로는 절대 아니 되옵니다."

그네는 다짜고짜 이렇게 거두절미하고 나왔다.

기실은 나의 방탕과 주색, 몇 달째 진현하지 않는 주상께의 불충을 한꺼번에 싸잡아 비난하고 있는 것이었으나, 그네는 그런 내색 없이 무작정 칼부터 들고 설치기로 작정한 모양이었다. 그리고 그네는 무엇보다도 세자인 남편이 이즈음 들어 정신착란마저 수시로 일으킨다고 지레 판단하고 있는 터여서, 어떤 수를 써서든 나를 바로 잡아 볼 요량인가 보았다.

나는 헛웃음부터 지었다.

"이게 무슨 짓이오? 어서 거두지 못하겠소?"

"이대로 가다가는 동궁에 큰 재앙이 닥치리라는 게 두 눈에 훤히 보이는데도, 어찌 그리 태평이십니까. 허구한 날 술이나 축내시고 몸과 마음을 함부로 굴려 만신창이로 망가뜨리니, 그게 어찌 장차 임금이 될 사람의 거동이란 말입니까."

"이제는 못할 말이 없구료. 뚫린 입이라고 해서 그렇게 함부로, 씹히는 대로 내뱉어도 된단 말이오?"

"세자를 위한 간절한 충고입니다. 이런 말도 종래는 먹히지 않을 테니까, 이렇게 자결하겠다는 게 아닙니까. 부디 잘 사소서."

그리고 그네는 오른손에 쥔 은장도를 높이 치켜들었다. 시퍼런 칼 날이 너울거리는 촛불의 반사를 받아 허공중에서 잠깐 반뜩였다. 나는 비틀거리는 걸음으로 달려들어 그네의 손목을 낚아챘다. 그러나 그네는 재빨리 왼손으로 칼자루를 옮겨 쥐더니,

"이렇게 욕되게 사는 바에야, 차라리 우리 같이 죽읍시다. 다 끝났어요. 모든 것이 다 끝났다구요."

칼끝은 어느새 내 쪽을 겨누고 있었다.

입에 거품을 문 그네의 절박한 표정을 지금도 선히 떠올릴 수가

있는데, 그것은 다름 아닌 무서운 살기였다. 자기 스스로를 향한 것이든, 아니면 남편이며 왕세자인 나를 향한 것이든, 그네는 그 누군가를 찔러 죽이고 싶어하는 강렬한 살기에 사로잡혀 있었다.

그 경멸과 증오의 눈빛이 그걸 잘 설명해 주고 있었다.

칼을 빼앗아 들고 돌아서 나오는 나의 뒷모습을 향해, 그네는 뭐라 표현할 수 없는 살기를 여전히 그 얼굴에 나타내었다.

그 전율의 느낌은 이후에도 자주자주 나를 엄습하곤 하였다. 그래서 그네가 손보아 준 탕약을 마실 때라거나 음식을 먹을 때, 혹은 오랜만에 금침에 들어 잠자리를 함께할 적에도 나는 어떤 한순간 흠칫 놀라며 아내의 진심을 새삼스레 점검하는 버릇이 은연중 생겨났었다.

흠, 모든 불행은 그렇게 의심하는 데서 시작되는 법이지.

나는 자꾸만 가물거리는 의식을 붙잡기 위해 신음하듯 기를 쓰면서 생각하였다. 상대방을 믿고 의지하지 못하는 데서 사람들은 얼마나 많은 불행을 불러들이고 죄악을 저지르는가.

하지만…, 하고 나는 다시 고쳐 생각한다.

너무 믿고 가까이하면 상대방은 버릇없이 기어오르게 마련이거든. 너무 멀리하면 원망하기 마련이고. 그래서 세상살이가 어렵다는 게야. 인간관계가 그래서 힘들다는 게야.

나는 어렵사리 몸을 일으켜 앉는다.

모든 힘이 기체로 빠져나가, 이대로 누워 있다간 쥐도 새도 모르게 그대로 숨이 끊어질 것 같아서이다. 죽어도 앉아서 죽고 싶다. 척추를 꼿꼿이 곧추세우고, 가장 편한 자세의 결가부좌를 튼 채.

그래서 불가근불가원(不可近不可遠)이라고 하지 않았던가.

위에서 누르거나 옆에서 밀어도 꿈쩍하지 않을 만큼 단단히 결가부좌를 틀어 앉은 채, 고요히 눈을 감은 나는 또 부질없는 상념의 뜨락을 오르내린다.

너무 가깝지도 않고 너무 멀지도 않게, 그렇게 원만한 인간관계를 유지하는 게 가장 이상적이야. 이건 애비와 자식 사이, 임금과 신하 사이에서도 통용되는 법칙이거니와, 너무 가까우면 화상을 입고 너무 멀리 떨어져 있으면 동상을 입는 것과 마찬가지 이치지. 모든 세상살이는 사람과 사람 사이의 일을 말하는 것이니, 그것이 증오와 미움이 아닌 사랑으로 영속하려면 부디 불가근불가원하라. 모름지기 그러해야 하리라.

나는 깊이 숨을 들이마셨다가 길게 내뿜는다. 단전에 힘을 주어 기(氣)를 한데 빨아 모은 다음, 그 기가 온몸을 돌 수 있도록 아주 천천히 뿜어낸다. 머리와 어깨, 상체의 힘은 완전히 빼버리고, 오직 부드러움만이 충만한 상태로 숨을 들이마시고 내쉬는 것이다. 오직 단전의 숨구멍만 숯불 후끈 달아오르는 기분으로 살아 숨쉬어야 한다. 오로지 부드러움만이 강한 것을 이길 수 있다는 신념으로.

눈을 감고 심호흡을 하니, 느닷없는 살모사 한 마리가 눈앞을 휙 스쳐 지나간다. 스르륵, 풀섶을 헤치고 나가 지 어미를 냉큼 잡아먹는다. 늙고 병들어 형편없이 몸피가 줄어든 지 어미를 이놈은 사정없이 물어뜯고 집어삼킨다.

　나는 도로 눈을 뜬다.

　눈을 감고 있다는 게 너무 괴롭다. 눈을 감으면 온갖 상념들이 꼬리의 꼬리를 무는데, 그 중에서도 특히 나를 괴롭히는 것은 저열한 저 인간들의 숨길 수 없는 동물성이다.

　그들은 누구를 가릴 것 없이 개의 본능을 닮았다. 늘 먹을 것이 있는 곳으로 촉각을 곤두세우고, 먹이를 던져 주는 자에게 빌붙는다. 먹이를 움켜쥐고 있는 자가 그의 주인이다. 그 주인 앞으로 쪼르르 모여드는 견인(犬人)들의 모습이 자꾸만 눈앞을 어른거려 견딜 수가 없다.

　떼를 지어 편을 가르고, 내 편이 아니면 모조리 원수로 취급하는 것도 다 이와 같은 본성 탓이리라. 내가 살기 위해 죄 없는 남을 헐뜯고 모함하고 돌팔매질하는 걸 보면, 개만도 못한 인간의 실상은 더욱 적나라하게 드러난다. 먹을 것을 던져 주는 힘 있는 자의 성실한 충복이 되어 물불 안 가리고 세상을 물어뜯는, 그러다가 그 주인이 힘이 빠지면 또 언제 그랬더냐 싶게 거꾸로 덤벼들어 배신하고 마는.

　은혜를 원수로 갚는다거나 노복이 주인을 잡아먹는 것 또한 인간만의 특성일 터이다. 자식이 어버이를 잡아먹고, 신하가 임금을 잡아먹는 것도 역시 그렇다. 쪽에서 뽑아낸 푸른 물감이 쪽보다 더 푸르다는 의미의 청출어람(靑出於藍)이라는 말도 있거니와, 제자가 스승을 잡아먹는다든지, 쇠에서 나온 녹이 그 쇠를 갉아먹는다는 것 또한 이 같은 진리를 실감나게 보여주는 경우라 하겠다.

"아들아."

나는 가늘게 실눈을 뜨며 새삼스레 아들 산이의 얼굴을 떠올린다. 그리고 가만히 중얼거린다.

"산아, 너도 그러냐? 너도 진정 이 애비를 잡아먹고 싶은 거냐?"

"……"

대답이 없다. 애비 말이 말 같지 않은 거냐고 큰소리치려다가, 나는 곧 현실로 깨어나며 이마를 찡그린다.

그러나 어쨌든 이상한 일이긴 하다.

온전한 자식의 도리로 따질 것 같으면, 놈도 벌써 한두 번쯤은 이곳으로 찾아왔어야 하리라. 제아무리 지엄한 주상의 엄명이라 할지라도, 놈과 주상은 서로가 눈에 넣어도 아프지 않을 할아버지와 손자 사이가 아니던가. 그것도 아직은 열 살밖에 되지 않은, 당신의 귀여움을 한몸에 독차지하고 있는 세손의 신분이지 않은가.

"나쁜 놈."

놈이 마음만 먹는다면 어찌 이곳으로 달려올 수 없으랴.

목숨을 걸고 지 할애비한테 앙앙불락 떼를 쓰든, 조용한 한밤중 잠든 대전쪽 몰래 은밀히 숨어 들어오든, 지 애비 살릴 용심을 조금이라도 품는다면 내 가까이 오는 게 뭐가 그리 힘들까.

틀림없이 지 에미가 가로막고 있어!

나는 까마득한 절망감으로 그렇게 단정한다.

남편을 일찍이 구제불능의 미친 위인으로 점찍어 놓고 진즉부터 어서 죽어지기만을 목을 빼고 기다려 온 그네가, 한사코 아들의 구명의 손길을 막고 있는 게 아니라면 이렇듯 감감무소식일 리는 없다는 생각이다. 시간과 공간을 분별치 못할 정도로 의식이 혼미해질 때까지, 그렇게 어두운 질곡의 여러 날이 지났음에도 어찌 아들의 음성조차 들을 수 없단 말인가.

" … 산아, 산아."

저절로 결가부좌가 풀려 제풀에 옆으로 쓰러진 나는, 흐느끼듯 아들의 이름을 부른다. 이 집에 갇히기 전, 놈은 악을 쓰듯 임금을 향해 눈물로 애원했었다.

할바마마, 아비를 살려 주옵소서. 살려 주옵소서.

아비 대신 저를 죽여 달라고도 버둥치며 읍소했던 것 같다.

그런데 안 오다니, 그토록 울부짖던 내 아들이 아직껏 한 번도 내 곁으로 오지 않고 있다니!

그럴 리가 없다, 하고 나는 또 희미하게 고개를 가로젓는다. 그애의 얼굴을 보기는커녕 목소리조차 들을 수 없다니!

아, 미치도록 놈이 보고 싶다.

어느 날이었던가, 나는 어린 아들의 뺨을 때린 적이 있었다.

그날도 새벽녘까지 궁 밖에서 노닐다가 들어와 허깨비처럼 잠깐 한숨 자고 나서 맞이한 아침이었다.

동궁 안마당 은행나무에서 새소리가 요란하였다. 꿈결처럼 잠이 밀려오는 혼돈 속에서 저것들은 또 무슨 새들일까 하고 그 울음소리를 하나둘 헤아리며 누워 있자니까,

"아버님 기침하셨나이까?"

산이의 음성이 문 밖에서 들렸다.

이 눈먼 자식, 오늘은 단단히 혼 좀 내줘야지 문득 생각하면서 안으로 들라 일렀다. 엉거주춤 들어와 무릎 꿇고 앉은 놈에게 나는 다짜고짜 소리쳤다.

"이놈, 그렇게도 임금이 되고 싶으냐?"

"⋯⋯?"

영문을 몰라 한동안 어리벙벙 눈알만 굴리고 있는 놈에게 내가 다시 소리쳐 물었다.

"너, 지금 어디서 오는 길이냐?"

"임금 할아버님을 뵙고 오는 길이옵니다."

"가서, 무슨 말을 나눴느냐구 묻지 않느냐?"

"가는 길에 연못에 들렀더니, 웬 나비 한 마리가 물에 빠져 있어 묻어주었나이다. 할아버님은 무슨 나비더냐고 물으셨으나 그걸 몰라 아버님께 여쭈려 했사온데, 하오나 아버님, 소자에게 임금이 되고 싶으냐고 꾸중이시니 그 무슨 말씀이옵니까?"

총기 가득한 두 눈을 초롱초롱 빛내면서 놈이 따져 물었으나, 나는 그 추궁에는 아랑곳없이,

"어린것이 너무 똑똑한 척하는구나. 잔말 치우고, 거기 가서 또 무엇을 하였느냐?"

다그쳐 되물었다.

스스로 생각해도 어른스럽지 못하다는 느낌이었으나, 한 번 어긋난 마음이 그리 움직이니 나로서도 어쩔 수 없는 노릇이었다. 놈이 자랑스레 뇌까렸다.

"예, 아버님. 거기 가서 할아버님과 함께 장자의 한 대목을 가지고 글이야기 하다가 왔사옵니다."

"그것뿐이었더냐? 너의 할아버님이 이 애비를 두고 미친 위인, 미친 위인이라고 흉은 안 보았단 말이지?"

"… 예."

271

대답이 너무 나직한 목소리여서,

"너도 이 애비를 능멸하는구나!"

고함쳤다.

그러자 아들놈은 제딴에는 제법 솔직하게 털어놓는답시고 또 이렇게 뇌까리고 있었다.

"할아버님은 소자가 장자의 꿈이야기, 자고 나니 내가 나비인가, 나비가 나인가 하는 그 이야기를 말씀드렸더니, 네 아비보다 네가 더 영특하고 어질구나 칭찬하셨어도, 아버님을 미쳤다고는 하지 않으셨습니다."

"이놈, 그 말이 그 말 아니냐!"

그리고 찰싹!

나는 순간 불처럼 끓어오르는 노여움 때문에 놈의 여린 뺨을 거세게 후려치고 말았었다.

그리고 나는 모로 쓰러져 흐느끼는 놈을 지그시 훑어보면서 얼얼히 다가오는 한 아픈 과거를 기억해내고 있었다. 그 언제던가, 나도 이 산이놈처럼 아버님께 뺨을 얻어맞고 나가떨어진 적이 있었던 것이다.

물론 철이 덜 든 탓이겠으나 당신의 무슨 말끝에 나는 '옛날 요순시대엔 감옥이 따로 없어도 죄인들이 생기지 않았으니, 백성들로부

272

터 세금을 받지 않으면 우리도 태평성대를 누릴 수 있지 않겠습니까'
고 했었는데, '그러니까 너의 말은 이 애비가 정치를 잘못한다는 게
아니냐? 요순시대 임금 같지가 않아서, 덕이 형편없이 모자라 옥방
에 죄인들이 득시글거리고 백성들의 원성을 듣는다는 뜻이렷다?'면
서 가늘게 눈을 부릅떴다.

나는 그때 눈 하나 깜박이지 않은 채 '예' 대답하고 말았었다.

나는 여전히 어리벙벙 훌쩍이고 있는 놈을 불러 세워 단호히 말하
였다.

"너는 나의 아들, 나보다 먼저 임금 될 생각은 말아라. 할아버님인
지 상감인지 그 어른 계신 곳에 얼씬거리지도 말고 … 내 말 알아들
었느냐?"

"……"

쉬 대답이 없는 것으로 보아 놈은 이미 임금이 되고 싶거나, 임금
할아버지께 문안인사도 드리지 못하게 하는 애비의 정신상태를 심
히 의심하고 있는 게 분명하였다. 나는 다시 헛소리쳤다.

"불충한 놈, 왜 대답이 없느냐?"

"… 가지 않겠나이다."

놈은 뚜욱뚝 닭똥 같은 눈물을 떨어뜨렸다.

그러나 그만한 나이 때의 나 같았으면 아버님 앞에서 두 눈 똑바

로 뜨고 '아버님, 그게 아니옵나이다' 말했을 터이다.

놈이 물러간 후 나는 다시 눈을 붙여 보았다.

그러나 헛일, 잠은 벌써 저만큼 달아나버렸다. 그대신 며칠간 잠잠해져 있던 환청이 문득 되살아나기 시작했다. 귀청에서 이상한 벌레 울음소리가 들리기도 하고, 수많은 빛의 알갱이들이 눈앞을 가득 채우기도 하였다. 알 수 없는 그림자가 어른거리고 있어서, 저것이 사람인가 귀신인가고 혼자 머리칼을 쥐어뜯기도 하였다.

그러다가 나는 벌떡 자리에서 일어나 닥치는 대로 옷을 찢어발겼다. 스스로 생각해도 내가 미쳐가고 있는 게 틀림없어 보였다.

오, 헛것이 보이는구나.

그때나 지금이나 헛것이 보이기는 마찬가지이다. 아니, 지금이 더욱 어지럽다. 아무리 정신을 가다듬고 몸을 일으켜 앉으려 해도, 자꾸만 옆으로 무너지고 뒤로 넘어진다. 그러면서 누군가가 자꾸만 오라고오라고 손짓한다.

명문혈(命門穴)이 바닥에 닿으면 안 된다던데 ….

등 뒤 한가운데의, 허리가 움푹 휘어져 들어간 부분이 축 늘어져 바닥에 닿으면, 그것이 비로소 죽음이라는 소리를 들었던 기억이 나서 나는 본능적으로 허리를 펴려고 기를 쓴다.

그러나 이제 내 의지로는 안 된다. 자주자주 허리가 휘어지고, 꺾인다. 명문혈이 바닥에 닿는다.

지금이 밤인가, 낮인가.

그것도 알 수가 없다. 여기가 어디인지도 헷갈린다. 자꾸만 졸립다.

줄기차게 가물거리는 알 수 없는 졸음의 와중에서, 나는 또 엉뚱하게도 말을 타고 달린다. 달리고 또 달린다. 내 뒤로는 수많은 군사가 온 산야 가득 먼지를 일으키며 따른다. 산을 넘고 강을 건넌다. 또하나의 산을 넘고 또 하나의 강을 건너니 확 펼쳐지는 허허벌판, 청나라로 들어선다.

나는 청나라를 치러 가는 길이다.

오래도록 꿈꾸며 이를 갈아온 복수의 칼날을 위해, 억울하게 조공 바치며 살아온 속국으로서의 모진 설움을 씻기 위해 나는 드디어 북벌의 기치를 높이 치켜들었다.

우리는 왜 황제라고 부를 수 없는가.

왜 '폐하' 대신 '전하'를 써야 하며, 그 흔한 '만세' 소리도 맘대로 못지른 채 고작 '천세'나 외쳐대야 하는가.

우리는 왜 가상의 용(龍)조차 소유할 수 없으며, 왕위계승이나 세자책봉도 일일이 저들의 허락을 받아야 하는가.

그 기나긴 치욕과 모멸의 시대를 단칼에 앙갚음하기 위해 나는 마침내 종주국 정벌에의 길로 나선다. 종이 주인을 잡아먹듯이, 아들이 애비를 죽이듯이.

꿈인가?

나는 가늘게 눈을 뜬다.

꿈인 것도 같고, 꿈이 아닌 것도 같다. 눈꺼풀을 일으키는 것조차 힘에 겹다. 저것은 별똥별인가, 벌레들인가? 어지러운 눈앞으로 검은빛의 수많은 알갱이들이 한꺼번에 쏟아져 들어온다.

온몸이 가렵다. 온몸의 살갗이나 머리칼 속에도 헤아릴 수 없는 벌레들이 기어다닌다. 나는 머리칼을 쥐어뜯고, 날카롭게 손톱을 세워 여기저기 가려운 곳들을 피가 나도록 긁는다. 그리고 산발한 머리통을 벽과 바닥에 번갈아가며 짓찧는다. 찧고 또 짓찧는다. 피가 흘러나온다. 모든 진액이 다 빠져나간 줄 알았는데, 아직도 흘러나올 물기가 몸속에 남아 있다니.

손톱 안에서도 피가 배어 나오고 있다.

끈적이는 액체가 두 손의 열 손가락 끝마다에서 일제히 쏟아져 나오는 느낌이다. 이윽고 붉은 핏물은 눈에서도, 코에서도, 입과 귓구멍, 항문에서도 펑펑 쏟아져 나온다.

쇠에서 나온 녹이 쇠를 먹는다.

버얼겋게 물든 녹물이 천지를 뒤덮는다.

온천수처럼 콸콸콸 용솟음치는 녹물은 이내 선홍의 핏빛으로 변한다.

　나는 사정없이 칼을 내리찍는다. 하늘을 죽이고, 땅을 죽이고, 임금을 죽이고, 뭇 조상을 죽이고, 아버지와 어머니를 죽인다. 그리고 나를 죽인다.

흙
사
람

반짝, 가물거리는 의식 속으로 한 줄기 빛이 스며들어 온다. 진정 어둠도 하나의 빛인가? 모든 꿈과 절망을 뛰어넘는 이상한 빛의 소리가 들린다. 이제는 타는 갈증도, 슬가쁜 가슴의 통증도 없다. 어둠의 사슬이 던져주는 극심한 공포나 외로움도 어느새 바람처럼 사라지고 없다. 그 분노와 살의도, 증오도, 복수의 칼날도 끊어진 지 이미 오래. 오직 줄기차게 덤벼드는 건 졸음 사이로 비쳐 들어오는 알 수 없는 한 줄기 빛다발뿐. 그것만이 꺼져가는 내 의식 안에서 먼 하늘처럼 충만하다.

춥다. 이가 시리다.

타는 불 속에 든 것 같던 어제까지의 지옥의 감정은 오간 데 없이, 지금은 오직 춥고 시린 몸뚱이가 자꾸만 땅 속으로 가라앉으면서 작은 달팽이처럼 오그라드는 느낌이다. 뼈와 살과 피는 서로 해체, 분리되어 기체로 변해버리거나 가루로 빻아져 허공으로 날아가고, 혹은 흙가루 같은 눈송이로 흩날린다. 그러다가 다시 본래의 내 모습으로 희미하게 돌아오곤 한다. 춤추는 헛것이 보인다.

울긋불긋 화려하게 치장한 웬 꽃가마가 저쪽에서 걸어오고 있다. 너울너울 춤을 추듯 내 쪽으로 느릿느릿 다가온다.

겨우 아홉 살짜리 철부지인 나는, 그 모습이 너무 눈부셔 이마 위에 삐딱한 손차양을 하고 넋없이 바라본다. 나는 왕자가 아닌, 너무나 평범하고 가난한 핫바지 차림의 사내아이이다.

헌데 내 앞에서 우뚝 멈춘 꽃가마 안에서, 궁궐의 혼인예복으로 성장한 앳되고 아리따운 한 여자애가 다소곳한 미소를 머금으며 사뿐 걸어 나온다. 그리고는 곧장 어리벙벙한 나를 향해 절을 올리고는, 임금님이 사는 곳으로 빨리 가자는 것이다. 우리들의 행복한 가례를 위해 구중궁궐 저 안에서 임금님이 기다리고 있다는 것이다.

화들짝 놀란 나는 혼비백산 도망친다.

그래도 어린 신부는 주저 없이 쫓아온다. 치렁치렁한 혼례복과 사각진 큰머리를 거추장스럽게 틀어올렸음에도, 신부는 그에 아랑곳없이 나비처럼 훨훨 잘도 따라온다. 나는 헉헉, 숨이 막힌다.

거친 돌밭을 지나고, 내를 건너고, 풀숲 우거진 산으로 들어선다.

그리고 비로소 안도의 숨을 푸푸 내쉬며 불안스레 뒤를 돌아보았을 때, 나는 다시 한 번 으악 소리를 내지르며 놀란다. 용케 거기까지 쫓아온 신부가, 이번에는 아예 헐레벌떡 벌거숭이로 서있어서이다. 실오라기 하나 걸치지 않는 맨몸뚱이가 백옥처럼 곱고 희다.

"옷을 입어. 어서 옷을 입으라구!"

나는 애써 소리친다.

그러나 소리는 소태 같은 입 안에서만 겨우 맴돌 뿐, 밖으로 터져나오지는 않는다. 맨몸의 벌거숭이 신부는 점점 더 가까이 다가오고, 헉헉 숨을 몰아쉬던 나는 다시 일어나 도망친다.

하지만 이번에는 한 발자국도 떼어놓을 수가 없다.

나는 살려 달라고 또 소리친다.

그러나 여전히 어림없는 외침이다. 걸음아 날 살려라, 기를 쓰며 도망치려 하지만, 그 역시 난망한 일이다. 나는 그 풀숲 언저리에 그만 벌러덩 누워버린다. 의외로 아늑하고 편안하다. 비단이불의 촉감이 느껴진다.

이윽고 나도 어느새 벌거숭이가 된다.

눈부신 시야 가득 덮쳐오는 신부의 맨살, 너무 부시어 도무지 눈을 못 뜨겠다. 침도 못 삼키겠다.

그럼에도 벌거숭이 신부는 아무런 부끄러움 없이, 출렁이는 유방으로 나를 단김에 집어삼킨다. 한없이 희고 고운, 부드럽고 투명한 찰흙의 살결이 숨 가쁘게 나를 짓누른다. 나는 헉헉 숨을 몰아쉬면서 철없는 그 신부의 알몸을 전신으로 받아들인다. 서로 현란하게 부딪히는, 가물거리는 빛의 알갱이들이 무수히 쏟아져 내린다.

열락에 달뜬 두 벌거숭이 몸뚱어리가 고통스럽게 한데 어우러져 나뒹군다. 한몸으로 한데 뒤엉켜 흘레질한다. 거친 풀잎에 쓸리고 독가시에 찔려도, 벗은 내 몸은 하나 아프지 않다.

그런데 색동옷을 곱게 차려입고서 가만히 지켜보고 서있는 저 나무 뒤의 어린아이는 또 누구인가?

황망히 놀란 나는 감탕질하는 신부에게서 억지다시피 몸을 떼어내고 일어선다.

뒤늦게 일어선 신부도, 그 틈을 이용해 흘깃흘깃 돌아보며 숲 속으로 줄행랑을 친다. 그제야 나는 방금 사라진 신부가 다름 아닌 가선이라는 사실을 알아차린다.

"가, 선아, 가, 선아!"

그러나 돌아오는 건 허망한 빈 메아리뿐.

힘없이 돌아선 나는 다시 서둘러 벗어놓은 옷을 찾지만, 벌거숭이의 부끄러움을 가려줄 옷가지는 그 어디에도 없다. 어찌할 바를 몰라 쩔쩔매는 나에게,

"괜찮아요. 괜찮아요. 용서해 드릴게요."

아이는 싱글거리며 저만큼 떨어진 채 나를 위로한다. 벗겨진 알몸이 낭패스럽고 창피하긴 하지만, 녀석의 말이 너무 황당하고 어이가 없어 내가 반문한다.

"용서라구? 누가, 누구를?"

"누구긴요. 아들이 아버지를 용서하는 거지요."

"그렇다면 너는 …"

내 아들 산이란 말이냐?

다시 한 번 놀라고 당혹스러워진 나는, 녀석에게 보이고 싶지 않은 치부를 한 손으로 가리며 좀 더 가까이 다가간다.

하지만 그 얼굴은 여전히 분간이 되지 않는다.

얼핏 산이 같기도 하고, 어릴 적의 나 같기도 하다. 그러나 눈을 더 크게 뜨고 자세히 들여다보니, 둘 다 아니다. 나는 어릴 적의 나를 기

억하지 못하므로 내가 전혀 모르는 아이임에 틀림없다.

　산이의 모습과도 영 딴판이어서 나는 고개를 갸웃거리며 그 자리
에 털썩 엉덩이를 깔고 주저앉는다. 나의 벌거숭이 전신이 흙덩이로
변해가기 시작한다. 다리와 손발, 목, 턱과 이목구비와 머리카락 한
올까지, 아주 천천히 물반죽의 흙덩이로 응고되어 간다. 어느 결에
향기로운 바람이 불어와 그 젖은 흙사람을 말리고, 일그러진 조각품
으로 고정시킨다.

　그러다가 흙사람은 이내 풀풀거리는 먼지가 되어 조금씩 허공 속
으로 흩어져 날아간다.

　응고된 머리카락이 떨어져 날아가고, 이마가 씻겨 없어지고, 코가
문드러지고, 두 눈알이 빠져 달아나고, 입이 짓뭉개어지고, 목이 끊
어지고, 어깨와 가슴이 무너져내린다. 눈이 햇볕에 녹아 없어지듯
흙사람은 바람에 홀홀 흩날려 날아간다. 그 자리에 남는 건 이제 아
무것도 없다.

　반짝, 가물거리는 의식 속으로 한 줄기 빛이 스며들어 온다.

　진정 어둠도 하나의 빛인가?

　숨통 끊어지기 직전의 마지막 회광반조 현상인지도 모르겠다. 모
든 꿈과 절망을 뛰어넘는 이상한 빛의 소리가 들린다.

　이제는 타는 갈증도, 숨가쁜 가슴의 통증도 없다.

삐걱이는 관절의 아픔이나 온몸에 옴이 오른 듯 미칠 것 같던 가려움도 느껴지지 않는다. 이가 딱딱 마주치도록 시리던 추위도, 손톱에 피가 엉기도록 마구잡이로 쥐어뜯게 만들던 답답증이나 무더위도, 어둠의 사슬이 던져주는 극심한 공포나 외로움도 어느새 바람처럼 사라지고 없다.

그 분노와 살의도, 증오도, 복수의 칼날도 끊어진 지 이미 오래, 오직 줄기차게 덤벼드는 건 졸음 사이로 비쳐 들어오는 알 수 없는 한 줄기 빛다발뿐. 그것만이 꺼져가는 내 의식 안에서 먼 하늘처럼 충만하다.

범이 깊은 산에서 울부짖으니 큰 바람이 부는구나.

그 빛소리의 한 끝을 부여잡은 채 안타까이 울고 있는 아들에게, 나는 속삭이듯 신음처럼 뇌까린다.

"산아, 부디 용서해 다오. … 세상 모든 게, 다 내 탓이야."